LAURA CHILDS

Picknick für eine Leiche

Buch

Theodosia Brownings Indigo Tea Shop hat sich inzwischen bestens etabliert, und so ist es kein Wunder, dass Theo gebeten wird, sich bei *dem* gesellschaftlichen Ereignis in Charleston, der alljährlichen »Isle of Palms«-Regatta, um das leibliche Wohl der Picknickgäste zu kümmern. Wetter und Stimmung sind hervorragend, die Gäste sind begeistert von Theos neuer – eigens für diesen Anlass kreierten – Teemischung, und die Gerüchteküche brodelt, wie es bei einem solchen Ereignis zu erwarten ist. So tritt erst dann gespannte Stille ein, als sich die ersten Schiffe dem Zieleinlauf im Hafen von Charleston nähern. Als ein lauter Knall erschallt, ist das noch kein Grund zur Aufregung, schließlich wird diese Regatta traditionell durch einen Schuss aus einer antiken Pistole für beendet erklärt. Doch mit einem Schlag herrschen Bestürzung und Chaos, denn einer der ersten Männer der Charlestoner Gesellschaft ist tot zusammengebrochen. Alles scheint auf einen tragischen Unfall hinzudeuten, aber Theodosia stößt bald auf Ungereimtheiten und stellt ihre eigenen Nachforschungen an, die sie der Lösung des Rätsels gefährlich nahe bringen sollen …

Autorin

Laura Childs war zwanzig Jahre lang erfolgreich in der Werbe- und Marketingbranche tätig, bevor sie anfing, Kriminalromane zu schreiben. Als Teeliebhaberin hat sie Reisen nach China, Japan und Indonesien unternommen. Zusammen mit ihrem Mann und ihren zwei Hunden lebt sie in Charleston, South Carolina. Weitere Informationen zur Autorin und ihrem Werk unter www.laura-childs.com.

Von Laura Childs außerdem bei Goldmann lieferbar:

Tod beim Tee. Roman (45373)

Laura Childs

Picknick für eine Leiche

Roman

Aus dem Amerikanischen
von Sabine Maier-Längsfeld

GOLDMANN

Die Originalausgabe erschien 2002
unter dem Titel »Gunpowder Green«
bei The Berkley Publishing Group,
a division of Penguin Putnam Inc., New York

Dieses Buch ist ein Werk der Fantasie.
Personen, Orte und Ereignisse
sind von der Autorin erdacht.
Jede Ähnlichkeit mit tatsächlichen Ereignissen,
lebenden oder toten Personen ist rein zufällig.

Umwelthinweis:
Alle bedruckten Materialien dieses Taschenbuches
sind chlorfrei und umweltschonend.

1. Auflage
Deutsche Erstausgabe März 2004

Umschlaggestaltung: Design Team München
Umschlagfoto: Wolf Huber
Satz: deutsch-türkischer fotosatz, Berlin
Druck: GGP Media, Pößneck
Titelnummer: 45560
Redaktion: Maria Hochsieder
An · Herstellung: Sebastian Strohmaier
Made in Germany
ISBN 3-442-45560-X
www.goldmann-verlag.de

1

Theodosia Browning befestigte die Schildpattspange neu, die ihre kastanienbraune Lockenpracht an Ort und Stelle hielt. Wie aufs Stichwort fing sich der frische Wind von Charleston Harbor in ihren Haaren und spielte mit ihnen wie mit den anmutig flatternden Fahnen an den Masten der Jachten, die im Hafenbecken auf und ab tanzten.

Jetzt ist es gleich so weit, dachte Theodosia und beschattete die Augen gegen die strahlende Nachmittagssonne. In der Ferne konnte sie Dutzende schlanker J-24-Boote ausmachen, die auf die Meerenge zwischen Patriots Point und Fort Sumter zurasten. Mit ächzenden Masten und geblähten Spinnakern kämpften die vierköpfigen Mannschaften, nutzten jede Böe, um das Letzte aus ihren Booten herauszuholen. Noch zwanzig Minuten, dann würden die ungefähr zweihundert Zuschauer, die sich zum Picknick in White Point Gardens an der Spitze der Charlestoner Halbinsel versammelt hatten, den Ausgang der diesjährigen Isle-of-Palms-Segelregatta kennen.

Die meisten Picknickgäste saßen in gemütlichen Grüppchen beieinander, schläfrig vom schönen Aprilwetter und gesättigt vom Überfluss an Speisen und Getränken. Als die Segelboote der rivalisierenden Jachtklubs an den Start gegangen waren, hatte natürlich helle Aufregung geherrscht: fröhliches Gedränge, zum Toast erhobene Gläser und großtuerisches Prahlen der Anhänger beider Teams. Doch als die Segelboote die Bucht von Charleston Harbor durchkreuzt und auf dem Weg zur Isle of Palms die äußerste Markierungsboje umrundet hatten, waren sie aus dem Blickfeld der Zuschauer verschwunden.

Aus den Augen, aus dem Sinn. Die zurückgebliebenen Mitglieder der Jachtklubs hatten sich mitsamt ihrem Gefolge aus Freunden, Familie und Unterstützern, von denen die meisten in den eleganten georgianischen, föderalistischen und viktorianischen Häusern des nahe gelegenen historischen Viertels wohnten, in fröhlicher Runde in den grünen Gärten niedergelassen, die die alte Festungsanlage von Charleston, The Battery, so ungeheuer anziehend machten.

Als Besitzerin des Indigo Tea Shops, der ebenfalls in der Altstadt lag, war Theodosia vom Charleston Jachtklub, dem diesjährigen Gastgeber der Regatta, mit der Bewirtung betraut worden. Zu ihrer Freude hatten Drayton Conneley und Haley Parker, ihre guten Freunde und Mitarbeiter, mal wieder die übliche unübertroffene Kreativität in Sachen Veranstaltungs- und Menüorganisation an den Tag gelegt und sich mit Begeisterung in die Herausforderung gestürzt, ihr an diesem außergewöhnlich schönen Sonntagnachmittag zur Hand zu gehen.

Möwen kreisten majestätisch in den Lüften, und dicke rosa Wolken türmten sich am Horizont, als Theodosia sich die Schürze enger um die schmale Taille band und den Blick über die zwei langen, mit weißem Damast gedeckten Tafeln schweifen ließ, die sich unter all den Köstlichkeiten förmlich bogen. Es hätte nicht besser laufen können, und auf Theodosias rundem, klugem Gesicht mit den hohen Wangenknochen und der feinen Nase zeichnete sich Entspannung und Zufriedenheit ab.

Ja, es lief perfekt, dachte Theodosia. Goldgelb gebackene Weißbrotstangen standen in Weidenkörben, und auf Platten mit gestoßenem Eis lagen frisch aufgebrochene Krebsscheren. Auf Minibagels lag geräucherter Lachs, garniert mit Frischkäse und kandiertem Ingwer. Und die in Schokolade getauchten Erdbeeren mit Crème fraîche ... oh Himmel ... verschwanden mit gefährlicher Geschwindigkeit.

Theodosia schenkte sich aus einer Silberkaraffe gelben Eistee in ein Glas mit Eiswürfeln. Sie nahm einen Schluck und genoss die kräftige, erfrischende Mischung aus chinesischem Gunpowder Green und frischer Minze.

Drayton, seines Zeichens Meisterteeverkoster und ihr Angestellter, hatte den Tee eigens zu diesem Anlass kreiert. Der chinesische Gunpowder Green verdankte seinen Namen der Eigenschaft der winzigen Teeblätter, sich beim Trocknen zu kleinen festen Kugeln zusammenzurollen, die sich erst bei der Berührung mit kochendem Wasser wieder entfalteten. Die frische Minze hatte Theodosia gestern eigenhändig im Garten ihrer Tante Libby im Low Country, dem Marschland hinter Charleston, gepflückt.

Theodosia hatte die Kreation White Point Green getauft, ein Zugeständnis an das heutige Debüt des Eistees in White Point Gardens. Und wenn man nach der Anzahl der Karaffen gehen durfte, die bereits konsumiert worden waren, so würde dieser Tee mit Gewissheit den Weg in die Regale ihres Ladens auf der Church Street und von dort zu ihren Kunden finden.

»Deine Tafel erinnert mich an ein Stillleben von Cézanne: poetisch, elegant und beinahe zu schön, um davon zu essen.« Delaine Dish, Inhaberin des Cotton Duck Clothing Shops war an Theodosias Seite aufgetaucht. Ihr langes, rabenschwarzes Haar hatte sie zu einem lockeren Knoten hochgesteckt, der ihr herzförmiges Gesicht unterstrich.

Theodosia seufzte innerlich. Cotton Duck lag nur ein paar Türen weiter von ihrem Teeladen, und Delaine, so großherzig und energisch sie auch war, wenn es darum ging, sich für Bürgerinitiativen und soziale Ereignisse zu engagieren, war die erklärte Klatschbase der Nachbarschaft.

»Ich meine es ernst, Theodosia, es ist der reinste Augenschmaus«, säuselte sie. Stets gekleidet wie für eine Modenschau, war Delaine heute mit einer vogeleiblauen Seidenbluse und einer eleganten, schmalen, cremefarbenen Hose ausstaffiert. Theodosia wischte sich die Hände an der Schürze ab und ließ den Blick unauffällig zu Delaines Füßen hinunterwandern. Sie steckten in farblich entsprechenden vogeleiblauen Pythonslippern. Klar, dass Delaines Kleidung perfekt abgestimmt war, dachte Theodosia. Sie war *immer* perfekt abgestimmt.

Delaine tunkte eine riesengroße reife Erdbeere in ein Schälchen Crème fraîche und hielt ein paar Zentimeter vor dem Mund inne: »Hast du eigentlich je daran gedacht, dich ganz auf Veranstaltungen zu verlegen, Theodosia?« Es klang, als sei ihr diese Frage ganz plötzlich in den Sinn gekommen. »Du wärst einfach *fantastisch*!«

»Meinen Teeladen aufgeben? Nein danke«, sagte Theodosia entschieden. Schließlich hatte sie den Indigo Tea Shop sprichwörtlich aus dem Boden gestampft. Angefangen hatte sie mit einem nichts sagenden, leer stehenden kleinen Geschäft auf der Church Street; sie hatte Schichten von Schmutz und die fehlgeleiteten Verschönerungen ganzer Jahrzehnte abgetragen wie Korktapeten, fluoreszierende Lichter und Linoleumböden. Irgendwann im Verlauf des Umbaus hatte Theodosias Vision immer festere Formen angenommen, und sie hatte gezeichnet und entworfen und Luftschlösser gebaut und sämtliche Antiquitätengeschäfte auf der Jagd nach der vollkommenen Einrichtung und Ausstattung durchkämmt, bis ihr Laden ein echtes Juwel geworden war. Jetzt atmete der kleine Teesalon den eleganten Charme der Alten Welt. Es gab hölzerne Bodendielen, freiliegende Balken und Ziegelmauern. Antike Tische und Stühle, Teekannen aus Porzellan und kupferne Teekessel unterstrichen die üppige Patina und den durchdringenden Hauch vergangener Zeiten.

Vom Boden bis zur Decke erstreckten sich Holzfächer mit Dosen und Gläsern, die gefüllt waren mit losem Tee: kupferfarbener Munnar vom Südzipfel Indiens, blumiger Keemun aus der chinesischen Provinz Anhui, köstlicher Formosa Oolong mit dem Aroma von Pfirsichen und Honig; jeder Tee Chinas, wie Drayton oft stolz bemerkte; dazu Tee aus Japan, Tibet, Nepal, der Türkei, Indonesien und Afrika. Sogar South Carolina war mit dem kräftigen American Classic vertreten, der auf der Charleston-Teeplantage angebaut wurde, die sich gut vierzig Kilometer südlich der Stadt auf der subtropischen Insel Wadmalaw befand.

Der Teeladen hatte Theodosias Ausstieg aus der gnadenlosen Welt von Medien und Marketing markiert. Vierzehn Jahre im Dienste der Kunden hatten ihren Tribut gefordert. Sie hatte sich für andere verausgabt, statt für sich selbst zu arbeiten. Theodosia war fest entschlossen, nie wieder auf dieses Karussell aufzuspringen.

»Ich wette, mit Veranstaltungen könntest du mehr Geld machen«, redete Delaine ihr zu. »Denk doch nur mal an die ganzen gesellschaftlichen Ereignisse, die in Charleston ständig stattfinden.«

»Auf Partyservice umzuschwenken ist einfach nichts für mich«, sagte Theodosia. »Ich habe alle Hände voll mit dem Teeladen zu tun. Dazu kommt, dass unsere Webseite inzwischen steht und der Verkauf im Internet überraschend gut läuft. Drayton mischt ständig neue Sorten, um unser Sortiment zu erweitern, und er hat wunderbare Pläne für seine Tee-Events.«

»Was um alles in der Welt sind denn bitte Tee-Events?«, fragte Delaine.

»Kammermusik-Tees, Jungfernabschied-Tees, Krimi-Tees ...«

»Ein Krimi-Tee!«, rief Delaine. »Was ist das denn?«

»Am besten schaust du es dir selbst an«, lud Theodosia sie ein. »Drayton hat für nächsten Samstagabend einen geplant.«

Theodosia war sich bewusst, dass sie und Delaine Dish aus völlig verschiedenem Holz geschnitzt waren. Sie hatte die Überholspur auf der Jagd nach Kunden verlassen und war wunderbar zufrieden mit der kleinen Oase der Ruhe, die ihr der Teeladen bot. Delaine hingegen war stets darauf bedacht, neue Trends auszumachen, und legte bei ihren Kunden fast schon unlautere Methoden an den Tag. Wenn eine Frau Cotton Duck auf der Suche nach einer neuen Bluse betrat, garantierte Delaines goldenes Händchen, dass sie mit Rock, Schuhen, Handtasche und neuem Schmuck wieder nach Hause kam. Und wenn Delaine zu voller Hochform auflief, dann gehörten zu den Neuerwerbungen der Dame außerdem noch ein paar Seidentücher.

»Hallo, Drayton«, flötete Delaine, als dieser mit einem Silbertablett auf sie zutrat. »Du steckst doch wirklich voller Überraschungen!«

Drayton setzte für Delaine ein höfliches Lächeln auf und

küsste sie rechts und links auf die Wange, während er Theodosia mit hochgezogener Augenbraue ansah.

»Ich habe Delaine von deinem Krimi-Tee erzählt«, erklärte diese.

»Natürlich.« Drayton setzte das Tablett ab und ergriff mit freundschaftlicher Geste Delaines Hände. »Du musst unbedingt kommen«, bedrängte er sie.

Theodosia lächelte verstohlen. Drayton konnte sie alle um den Finger wickeln. Aber schließlich hatte er auch viele Jahre Erfahrung. Er war Teehändler in Amsterdam gewesen, dem Ort der weltgrößten Teeauktionen. Und ehe sie ihn dazu überredet hatte, bei ihr einzusteigen, war er Empfangschef in einem der ersten Hotels am Platze gewesen. Außerdem saß Drayton Conneley im Vorstand der Charleston Heritage Society, einer Gesellschaft, die sich dem historischen Erbe der Stadt verschrieben hatte.

Doch was Drayton am allermeisten lag, war die Leitung von Teeverkostungen. Er führte die Gäste in die mannigfaltigen Teesorten und deren Zubereitung ein und klärte sie auf über feine Nuancen in der Herstellung wie Dämpfen, Oxidieren und Fermentieren.

So sicher, wie Theodosia wusste, dass der Teeladen ihre Schöpfung war, so sicher war sie sich auch, dass Drayton der Motor war, der ihn am Laufen hielt. Und mit seinen einundsechzig Jahren schwelgte er in seiner Rolle als Graue Eminenz.

Delaine fuhr mit ihren perfekt manikürten Fingernägeln sanft über das Revers von Draytons Sportsakko. »Ägyptische Baumwolle. Schön.« Sie warf Theodosia einen anerkennenden Blick zu. »Einen wahren Gentleman erkennt man immer an seiner Kleidung«, sagte sie gedehnt.

»Drayton ist direkt den Magazinseiten von *Town and*

Country entsprungen«, stimmte Theodosia zu, weil sie spürte, dass Delaines affektiertes Getue anfing, Drayton auf die Nerven zu gehen.

»Theo, haben wir noch Brötchen mit Gurken- und Hummersalat?«, fragte Drayton, während er die Weidenkörbe und Kühlboxen unter dem Tisch durchsuchte. »Ach, schon gut, hier sind sie.« Drayton zog ein frisches Tablett mit den winzigen, kunstvoll arrangierten Häppchen hervor. »Es wurde danach verlangt. Und« – er hielt inne, einen Ausdruck wahrer Zufriedenheit auf dem Gesicht – »kaum zu glauben, aber Lolly Lauder hat soeben einen Handwerker in Savannah aufgetan, der ihr versichert hat, dass er die verschimmelten Holzsimse an ihrem Säulengang restaurieren kann, ohne die Einheit zu zerstören!«

Drayton rückte seine Fliege zurecht, lächelte den beiden Frauen kurz zu und eilte davon, darauf erpicht, Architektentratsch zu verbreiten. Theodosia fand, er sah genauso aus wie das ständig gehetzte weiße Kaninchen aus *Alice im Wunderland*.

Neben Tee und Gartenarbeit war Draytons große Mission die Bewahrung der Geschichte, und er tat nichts lieber als mit Freunden und Nachbarn, die in den eleganten alten Stadthäusern entlang der Battery wohnten, Geschichten über das Kitten alter Ziegelmauern auszutauschen. Drayton selbst lebte in einem winzigen, aber historisch akkurat restaurierten Haus aus der Zeit des Bürgerkriegs, nur ein paar Straßen von White Point Gardens entfernt.

»Sieh mal, wer da drüben sitzt!«, raunte Delaine mit gedämpfter Stimme. Ihre veilchenblauen Augen schimmerten vor Aufregung, und sie hatte die perfekt gezupften Brauen erwartungsvoll erhoben.

Theodosia war damit beschäftigt, die Karaffen nachzufüllen und die Platte mit den Erdbeeren zu ergänzen. »Delaine«, sagte sie, bemüht, ihre gute Laune zu bewahren, »nur, falls du es nicht bemerkt haben solltest, ich bin hier, um zu arbeiten, nicht, um mich zu amüsieren.«

»Kein Grund, gleich schnippisch zu werden, meine Liebe. Schau einfach über meine Schulter, links von dir. Nein, noch etwas weiter links. Da. Siehst du sie? Das sind Doe Belvedere und Oliver Dixon.«

»Das ist Doe Belvedere?«, rief Theodosia. »Meine Güte, das Mädchen kann unmöglich älter als fünfundzwanzig sein!«

Die Belvedere-Dixon-Hochzeit vor einigen Wochen war *das* Stadtgespräch in Charleston gewesen. Doe Belvedere und Oliver Dixon hatten im Hofgarten der luxuriösen viktorianischen Kentshire-Villa eine verschwenderische Hochzeit gefeiert. Die Hochzeitsgäste waren von Pferdekutsche, Champagner und Kaviar und einem Streichorchester in den Kostümen französischer Höflinge aus dem achtzehnten Jahrhundert ganz gebannt. Nach dem Fest waren die frisch Vermählten auf dreiwöchige Hochzeitsreise nach Marokko geflogen, und ganz Charleston hatte sämtliche Aspekte des prächtigen Ereignisses auf den Klatschseiten des *Charleston Post and Courier* noch einmal durchlebt. Abgesehen von den grobkörnigen Schwarzweißaufnahmen war dies das erste Mal, dass Theodosia das glückliche Paar in Augenschein nahm.

»Sie ist fünfundzwanzig«, säuselte Delaine. »Und Oliver Dixon ist sechsundsechzig.«

»Wirklich?«

»Aber Herzchen«, fuhr Delaine fort. »Oliver Dixon hat vermutlich Berge von Geld. Hast du gelesen, dass er eine neue Hightech-Firma gründen will? Irgendwas mit diesen drahtlosen Funkdingern, mit denen man gleichzeitig telefonieren und im Internet surfen kann. Wahrscheinlich hat er deswegen das Rennen bei Doe gemacht, was glaubst du?«

»Ich bin mir sicher, dass sie ihn sehr liebt«, sagte Theodosia großherzig.

Delaine sah das Paar argwöhnisch an. »Ja, aber Geld verleiht einem Mann doch eindeutig eine gewisse, sagen wir, *Patina.*«

»Über wen flüstert ihr beide denn?« Haley tauchte hinter Theodosia und Delaine auf. Haley Parker war Theodosias Verkäuferin und begnadete Bäckerin. Haley war vierundzwanzig und selbst ernannte ewige Studentin an der Abendschule mit sarkastisch klugem Köpfchen. Außerdem war sie die jugendliche Elfe, die in der kleinen Backstube hinter dem Indigo Tea Shop ihr Unwesen trieb. Sie führte ihr Regiment mit der Präzision und unangefochtenen Autorität eines preußischen Generals und brachte Backwaren hervor, bei denen einem das Wasser im Mund zusammenlief und die die Kundschaft in Scharen anlockten. Haley überwachte sorgsam die Auswahl von Mehl, Zucker, Sahne und Eiern und ging oft selbst auf den Charlestoner Markt, um von den ansässigen Bauern die besten Äpfel und Johannisbeeren, den feinsten Wildhonig und den erlesensten Feigensirup zu erstehen. Und ihr unermüdlicher Einsatz für hohen Standard machte sich bezahlt. Haleys Pfirsichtörtchen und Apfelküchlein erfreuten sich stetiger Nachfrage. Für die Mohnfüllung ihrer federleichten Windbeutel hätte man sterben mögen.

»Wir haben gerade über Doe Belvedere gesprochen«, raunte Delaine verschwörerisch. »Sie hat doch Oliver Dixon geheiratet.«

Haley spähte zu der hübschen jungen Frau mit dem fließenden blonden Haar hinüber, die angeregt mit ein paar Gratulanten plauderte, während sie liebevoll die Hand ihres frisch angetrauten Ehemannes hielt.

»Das also ist Doe Belvedere«, rief Haley. Sie musterte die junge Frau mit zusammengekniffenen Augen. »Klar habe ich jede Menge über sie gehört. Ich meine, sie ist eine sprichwörtliche Legende an der Universität von Charleston. Doe Belvedere ist die beliebteste Schülerin ihres Jahrgangs gewesen, Abschlussballkönigin und Magnolienprinzessin, und alles im selben Jahr. Da kann man mal sehen, wie beliebt sie gewesen ist.«

»Das ist doch noch gar nichts«, sagte Delaine. »Vor drei Jahren war sie Miss South Carolina.«

»Das schlägt Miss Grütze oder Miss Krabbe um Längen«, sagte Haley verschmitzt.

»Da gebe ich dir Recht«, sagte Delaine ernst.

»Soweit ich mich erinnere«, fuhr Haley fort, »hat man ihr in New York einen Vertrag als Model angeboten.«

»Bei Eileen Ford«, sagte Delaine entzückt. »Aber sie hat abgelehnt. *Ihm* zuliebe!«

»Tja, Oliver Dixon ist ein Glückspilz, was?«, sagte Haley mit zweifelndem Unterton.

»Es heißt, Oliver sei unglaublich reich«, raunte Delaine. »Wie sollte er sich sonst dieses riesige Haus auf der Archdale Street leisten können?« Delaine nickte in Richtung von Oliver Dixons gelbem Stadthaus. »Ich wette, Timothy Neville hat sich tierisch geärgert, als Oliver Dixon ein Haus gekauft hat, das größer war als seines, und es dann auch noch um einen riesigen Flügel erweiterte!«

Haley beäugte Doe und Oliver. »Glaubt ihr, sie planen eine Familie?«, fragte sie.

»Haley!«, sagte Theodosia.

»He, war ja nur eine Frage«, grinste Haley achselzuckend.

»Wohlerzogene Damen stellen aber in der Öffentlichkeit solche Fragen nicht«, neckte Theodosia sie, als Haleys sommersprossige Wangen rot wurden.

»Und wer sagt, dass ich eine wohlerzogene Dame bin?«, witzelte Haley mit jugendlicher Großspurigkeit.

»Deine Mutter.«

»Oh.« Haleys Augen füllten sich mit Tränen. Ihre Mutter war erst vor zwei Jahren gestorben. »Du hast Recht. Manchmal bin ich ...« – Haley suchte nach dem richtigen Ausdruck – »... forscher, als mir gut tut.«

»Und wir lieben dich genau so, wie du bist, Herzchen.« Theodosia legte Haley einen Arm um die schmalen Schultern. Obwohl Theodosia selbst erst fünfunddreißig war, verspürte sie ihrer jungen Angestellten gegenüber einen gewissen Beschützerinstinkt. Haley neigte dazu, kopfüber loszugaloppieren, ohne vorher einen konkreten Plan gemacht zu haben. Weswegen sie auch ihr Studienfach schon zum vierten Mal gewechselt hatte.

»Komm«, drängte Delaine. »Ich mache euch miteinander bekannt. Vielleicht macht dieser rasende Reporter von der *Post and Courier* sogar einen Schnappschuss von euch.« Sie nahm Haley an der Hand.

»Okay.« Haley stampfte mit Delaine davon.

Also, ich bleibe hier nicht stehen wie bestellt und nicht abgeholt, entschied Theodosia. Sie nahm ein Tablett mit winzigen Sandwiches ohne Kruste vom Tisch und wollte sich gerade auf den Weg machen, als eine männliche Stimme sie anrief.

»Hallo, Ma'am?«

Theodosia sah sich suchend um und musterte schließlich auch das Ufer. Einer der Arbeiter, ein junger Mann mit dunklem, lockigem Haar, derselbe, der vorhin geholfen hatte, die Stühle aufzustellen, kämpfte mit einem großen Klapptisch aus Metall. Das eine Ende schien zu stimmen, doch die Beine auf der anderen Seite ließen sich nicht entriegeln. »Haben Sie« – der Mann versetzte dem Tisch genervt einen Fußtritt – »noch ein Tuch?«

Theodosia stellte das Tablett wieder ab und ging ein paar Schritte auf ihn zu. »Meinen Sie ein Tischtuch?«

»Genau«, sagte er und wischte sich mit dem Ärmel über die Stirn. »Ich soll die Pokale und das Zeug hier aufbauen.«

Theodosia ging zu ihren Picknickkörben und zog das Reservetischtuch heraus, das sie für alle Fälle mitgenommen hatte.

Zurück am Ufer sah sie, dass der Arbeiter den Tisch zwischen Sand und Felsen fest aufgestellt hatte. »Das passt sicher gut«, sagte sie, faltete das weiße Damasttuch auseinander und ließ den Wind den größten Teil der Arbeit tun. Sanft breitete sich das Tuch über den Tisch.

»Es ist warm heute«, sagte Theodosia. »Darf ich Ihnen ein Glas Eistee anbieten, Mr. …?«

»Billy«, sagte der Mann. »Billy Manolo. Ich arbeite drüben im Jachtklub.« Er machte eine Geste in Richtung einiger schwankender Masten, die in der Ferne kaum zu erkennen waren. »Lieber nicht; hab noch 'nen Haufen Arbeit.« Und weg war er.

Theodosia nahm ihr Tablett wieder auf und spazierte damit zwischen den Gästen umher. Der Tag war fantastisch, und White Point Gardens sah zu keiner Jahreszeit schöner aus als jetzt. Magnolien, Kreppmyrte und Begonien standen in üppiger Blüte, und Fächerpalmen wiegten sich majestätisch im Wind, liebkost von der warmen Atlantikbrise. In früheren Zeiten, als man Charleston noch Charles Town nannte, waren hier Piraten an roh gezimmerten Galgen aufgeknüpft und auf diesem Boden Kriege ausgefochten worden. Jetzt kamen hunderte Paare hierher, um sich trauen zu lassen, und tausende weitere, um auf dem friedvollen Gelände spazieren zu gehen, das so viel Balsam für die Seele zu bieten hatte.

»Dies schöne Reich am Meer«, rezitierte Theodosia leise die berühmte Zeile aus Edgar Allen Poes Gedicht »Annabel Lee«, das ihrer Meinung nach Charleston auf so treffende, romantische Weise beschrieb.

Und Charleston war wirklich ein schönes Reich. Nicht weniger als einhundertachtzig Türme, Kirchturmspitzen und Gefechtstürme erhoben sich in den Himmel der Stadt. Direkt gegenüber von White Point Gardens, an die Festungsanlage geschmiegt, stand eine veritable Parade ausladender, eleganter Stadtpaläste. Sie waren verziert wie Hochzeitstorten: mit Ornamenten, Simsen, Balustraden, Gitterwerk und Kreuzblumen. Die meisten waren in Pastelltönen gestrichen, lachsrosa, alabasterweiß und blassblau, eine romantische Farbpalette. Hinter diesen Bauwerken erstreckte sich ein buntes Muster aus dreiundzwanzig weiteren Straßenzügen mit historischen Wohnhäusern und Geschäften, Charlestons architektonisches Erbe inklusive kopfsteingepflasterter Gassen, schmiedeeiserner Tore und Gatter und abgeschiedener Gärten.

»Sie sind doch die Dame aus dem Teeladen, oder?« Ein tiefer Bariton riss Theodosia aus ihren Gedanken.

Sie drehte sich lächelnd um und blickte in ein Paar hellwache, dunkle Augen, umgeben von glatter, olivfarbener Haut. Über vollen, sinnlichen Lippen saß ein säuberlich getrimmter Schnurrbart.

»Ihren werten Namen kenne ich leider nicht, Sir«. Theodosia merkte augenblicklich, dass sie viel förmlicher klang als beabsichtigt.

Doch der Mann war nicht im Geringsten beleidigt. Mit galanter Geste zog er sich den Panamahut vom Kopf, ganz Rhett Buttler. »Giovanni Loard, Ma'am, stets zu Diensten.«

Theodosia fragte sich, wo sie diesen Namen schon einmal gehört hatte, während sie den interessanten Mann ansah. Er strahlte sie an und angelte eine Visitenkarte aus der Innentasche seines blauen Blazers.

Theodosia nahm die Karte entgegen und entzifferte die winzige, altmodische Schrift. »Loard Antiquitäten. Ach, natürlich!«, sagte sie, als es ihr endlich dämmerte. »Unten auf der King Street.«

»Im Antiquitätenviertel«, half Giovanni Loard ihr auf die Sprünge.

»Drayton Conneley schwärmt sehr von Ihrem Geschäft«, erzählte sie ihm begeistert. »Er sagt, Sie haben die schönste Sammlung an Gemälden aus dem achtzehnten und neunzehnten Jahrhundert in ganz Charleston. Und wundervollen antiken Schmuck. Ich will schon seit langem endlich in die Ecke hinunter, aber irgendwie fehlt mir ständig die Zeit dazu«, klagte Theodosia. »Ich habe da diese eine Wand …«

»… die geradezu nach einem wahrhaft großen Gemälde schreit!«, beendete Giovanni Loard den Satz.

»Genau.«

»Dann, Verehrteste, müssen Sie sich die Zeit einfach nehmen«, mahnte Giovanni. »Oder, noch besser, Sie eröffnen einen zweiten Teeladen bei uns in der Nachbarschaft. Das wäre eine wunderbare Bereicherung.«

»Ich bin mir nicht sicher, ob ich den ersten ganz und gar unter Kontrolle habe«, gestand Theodosia, »aber es ist eine nette Idee.« Theodosia warf Giovanni Loard ein strahlendes Lächeln zu, amüsiert über diesen farbenfrohen, ein wenig schrulligen Zeitgenossen, und merkte, dass er plötzlich zu Doe und Oliver Dixon hinübersah.

»Mein Cousin«, erklärte er. »Der Bräutigam.«

»Oliver Dixon ist Ihr Cousin?«, fragte Theodosia.

»Eigentlich ein Cousin zweiten Grades«, sagte Giovanni. »Oliver ist der Cousin ersten Grades meiner Mutter.«

Theodosia lächelte weiter, doch ihr Blick wurde glasig. Es kam ihr oft so vor, als wäre in Charleston, und ganz besonders in der Altstadt, jeder mit jedem verwandt. Die Menschen konnten buchstäblich Stunden damit zubringen, sich und anderen das komplizierte Netz aus Großcousins, Ur-Urgroßeltern und Großneffen zu erklären.

Dankenswerterweise ersparte Giovanni Loard ihr einen Vortrag über seine Abstammung. Stattdessen nahm er ihr mit galanter Geste das Tablett mit den Häppchen ab.

»Erlauben Sie?«, fragte er mit einem Augenzwinkern. »Ich bin mir sicher, Sie haben noch genug zu tun.« Und damit verschwand Giovanni im Gewühl, ein Stegreifkellner.

Theodosia war derart überrascht, dass sie bewegungslos auf der Stelle verharrte und ihm hinterherstarrte.

»Ein bisschen durch den Wind?«, ertönte Draytons Stimme in ihrem Ohr. Sie drehte sich um und sah ihn vor sich stehen, zwei leere Karaffen in der einen und ein Tablett mit einem einsamen Sandwich in der anderen Hand. Er sah sie fragend an.

»Dieser Antiquitätenhändler, von dem du mir erzählt

hast, Giovanni Loard.« Theodosia deutete zu ihm hinüber. »Er hat sich erboten zu helfen. Das hat bis jetzt noch niemand gemacht.«

Drayton musterte die Menschenmenge. »Erstaunlich. Wusstest du, dass eine Statistik der Gesundheitsbehörde in Atlanta den Bewohnern von South Carolina bescheinigt, die Bevölkerungsgruppe mit dem größten Anteil Menschen mit vorwiegend sitzender Lebensweise zu sein?«

»Hey«, sagte Haley und trat zu ihnen. »Ich bin absolut bereit für eine sitzende Lebensweise. Mir tun die Füße weh, und ich glaube, ich habe mir soeben den ersten Sonnenbrand der Saison geholt. Aber eins nach dem anderen. Wer war denn dieser süße Typ eben?«

»Giovanni Loard«, sagte Theodosia. »Er hat ein Antiquitätengeschäft auf der King Street.«

Sie beobachteten, wie Giovanni sich durch die Menge schlängelte, Sandwiches anbot und sich angeregt mit den Gästen unterhielt. »Bemerkenswerter Bursche, was?«, meinte Drayton.

Giovanni bahnte sich einen Weg zum Tisch von Doe und Oliver Dixon, wo auch Delaine noch immer saß, und reichte das Tablett herum.

Plötzlich baute sich hinter ihm ein Mann mit feuerroten Haaren auf. Obwohl Theodosia, Drayton und Haley zu weit weg waren, um zu verstehen, was gesprochen wurde, war doch offensichtlich, dass der rothaarige Mann wütend war. Sehr wütend. Oliver Dixon schwang herum, um ihn anzusehen, und beide Männer redeten aufgebracht aufeinander ein. Ein Murmeln ging durch die Menge.

»Der Typ mit den roten Haaren«, sagte Haley. »Was hat er für ein Problem?«

»Keine Ahnung«, sagte Theodosia.

»Weiß jemand, wer das ist?«, fragte Drayton und schürzte die Lippen, während er die beiden Männer misstrauisch beäugte, deren Streit jeden Moment zu eskalieren drohte.

»Das ist Ford Cantrell«, sagte Theodosia. Sie kannte ihn, vom Hörensagen jedenfalls. Ford Cantrell stammte aus dem Low Country, der weiten Ebene aus Wäldern, alten Reisplantagen und Sumpfland südlich von Charleston. Er war Farmer von Beruf, obgleich seine Vorfahren sicher Plantagenbesitzer genannt worden wären.

»Er hat getrunken«, zischte Drayton. »Habt ihr schon mal jemanden gesehen, der sich auf einem Nachmittagstee betrunken hat?«

Theodosia sah wieder zu dem rotgesichtigen, schwankenden Ford Cantrell hinüber. Mit ausgestreckter Hand gestikulierend, redete er wütend auf Oliver Dixon ein. Dann versetzte er ihm einen heftigen Stoß und stolzierte davon.

»Ja«, sagte sie schließlich. »Ich schon.«

Eine aufgeregte Stimme erhob sich aus der kleinen Gruppe Späher, die am Strand versammelt war. »Sie kommen!«

Zweihundert Menschen sprangen gleichzeitig aus ihren Stühlen und drängten ans Wasser.

Nein, dachte Theodosia. Nur hundertneunundneunzig. Ford Cantrell stürmte in die entgegengesetzte Richtung davon. Sie beobachtete, wie er eine Ansammlung Kanonen aus dem Bürgerkrieg umrundete und dann in Richtung Musikpavillon davonging. Sein Gang war sicher, er schwankte nicht, doch sein Nacken war hochrot. Ein Rot, das von einem Zuviel an Alkohol, nicht an Sonne herrührte.

Weswegen war der augenscheinlich sanftmütige Oliver Dixon in einen Streit mit Ford Cantrell verwickelt? Ein

Streit, der ausgesehen hatte, als hätte er jederzeit in eine handfeste Schlägerei ausarten können. Was hatte diese beiden Männer nur so in Rage gebracht?, grübelte Theodosia.

»Komm schon, Theodosia!«, rief Haley. »Die Segelboote sind kurz vor den letzten Markierungen!«

Theodosia schüttelte ihre Betroffenheit wegen Ford Cantrell ab und wandte ihre Aufmerksamkeit Charleston Harbor zu. Sechs Boote waren in Führung gegangen und steuerten jetzt auf die zwei roten Bojen zu, die in den wogenden Wellen wild auf und ab hüpften.

Irgendwo da draußen navigierte Jory Davis seine J24, dachte Theodosia. Jory arbeitete als Anwalt in der alten Kanzlei ihres Vaters, Ligget, Hume & Hartwell, und sie war in den vergangenen Monaten ein paarmal mit ihm aus gewesen. Sie hoffte, dass die Rubicon unter der Hand voll Boote war, die auf die Ziellinie zumanövrierten.

Theodosia ging über die frisch ergrünte Wiese zum Ufer und hob auf dem Weg heruntergefallene Servietten und Besteck auf. Als sie die Menge schließlich eingeholt hatte, standen sie dicht gedrängt auf den Überresten der alten Kaimauer, die 1989 von Hurrikan Hugo übel zugerichtet worden war. Die Zuschauer pfiffen und klatschten, während die Segelboote sich durch die starke Gegenströmung kämpften, die durch den Zusammenfluss von Ashley und Cooper entstand.

Theodosia räumte die leeren Platten von der langen Tafel und sah wieder hinaus zu den Booten. Wenn dieses Rennen zu Ende war – und so, wie es aussah, war es bald zu Ende –, würden die Menschen zum Jachtklub hinüberspazieren auf ein kühles Bier, frittierten Fisch oder eine Schale Krabbensuppe. Manche von ihnen würden sich in private Hinterhofgärten in der Altstadt zurückziehen auf ein Glas Mint-Julep und später zum eleganten Dinner auf wertvollem Porzellan. Sie hatte ihre Schuldigkeit hier beinahe getan.

»Oliver, hierher!« Ein aufdringlich wirkender Mann mit weißem Haarschopf und einem zu engen weißen Kapitänsblazer mit Goldtressen winkte auffällig zu Oliver Dixon hinüber. Er zog die Holzkiste hervor, die er sorgsam unter einem Arm getragen hatte, und legte sie auf den Tisch, den Billy Manolo am Ufer aufgestellt hatte. Dann winkte der Mann Oliver Dixon erneut zu sich. »Na los doch, Oliver!«, insistierte er.

Theodosia unterbrach ihre Aufräumarbeiten und sah zu, wie der aufgeregte Präsident des Jachtklubs ein überaus hübsches Rosenholzkästchen öffnete und vorsichtig eine Pistole herausnahm. Sie war alt, antik, mit Messingbeschlägen, die in der Sonne glitzerten, und langem, geschwungenem Schaft. Wie nett, dachte Theodosia, Oliver Dixon die Ehre zu erweisen, das Rennen zu beenden.

Sämtliche Jachten hatten die Markierungen inzwischen passiert, und zwei lagen mit Abstand in Führung. Auf dem weißen Großsegel der einen stand Topper; die andere hatte ein blau-weiß gestreiftes Segel mit dem Kennzeichen N271. Kopf an Kopf rasten sie auf die Boje zu, welche die Ziellinie markierte.

Die Menge brach in Jubel aus. Der Wind hatte aufgefrischt und trieb die beiden Boote rasant aufs Ziel zu.

Etwa zehn Meter zu Theodosias Linker stand Oliver Dixon am felsigen Ufer direkt neben dem Tisch. Der Wind zerzauste sein dünnes, silbernes Haar, seine Augen waren fest auf das Boot mit dem blau-weißen Segel geheftet, die N271. Sie schien inzwischen einen leichten Vorteil gegenüber der Topper herausgeholt zu haben.

Inzwischen konnte wirklich jeder am Ufer erkennen, mit welcher Anstrengung die Mannschaften versuchten, das Letzte aus ihren Segeln zu holen. Sie lehnten sich weit über den Rand der Boote hinaus, nutzten ihr Körpergewicht, um ihr Schiff auszuloten.

Die beiden Boote kamen heran, die N271 noch immer leicht in Führung. Sie waren inzwischen so nah, dass Theodosia sogar die verzerrten Gesichter der Besatzungen erkennen konnte, in denen sich Anstrengung und Freude spiegelten.

Oliver Dixon stand in Position, bereit, die Pistole abzufeuern, sobald der Sieger die Ziellinie erreichte.

Theodosia nahm einen silbernen Krug, um ihn zu leeren, als die Pistole mit ohrenbetäubendem Knall explodierte.

Plötzliches Schweigen senkte sich über die Menge, als hätte jemand den Stecker gezogen.

Dann durchdrang ein einzelner gequälter Schrei die Stille. Anfänglich ein leiser Schluchzer, erhob sich Doe Belvedere Dixons Stimme zu einem entsetzten Schrei, als Blut sich aus Oliver Dixons Kopf ergoss, und hilflos musste sie mit ansehen, wie ihr vor neun Wochen angetrauter Ehemann zu Boden sank.

2

Drayton stolperte auf Theodosia zu und packte sie am Arm. »Keiner unternimmt was!«, flüsterte er mit erstickter Stimme.

Theodosia sah sich um. Die grauenhafte Szenerie schien sich ihr in Zeitlupe zu offenbaren. Drayton hatte Recht.

Alle standen einfach nur da. Die Picknickgäste, einen Augenblick zuvor noch in ausgelassener Hochstimmung, waren wie gelähmt. Die meisten starrten unverhohlen auf Oliver Dixons blutüberströmte Gestalt; einige hielten sich schaudernd die Augen zu. Aus dem Augenwinkel registrierte Theodosia, dass eine Frau zu Boden sank. Sie vermutete, dass Doe, die junge Ehefrau, in Ohnmacht gefallen war; und so war es auch.

Theodosia fand die Sprache wieder. »Jemand muss den Arzt rufen, schnell!«, schrie sie. Ihr lauter Befehl durchbrach die Stille.

Plötzlich war Giovanni Loard neben ihr und drückte hektisch die Tasten seines Mobiltelefons. Er bellte hinein, ein barscher, dringender Appell an die Vermittlung, einen Krankenwagen und den Notarzt nach White Point Gardens zu schicken.

Mit dem verzweifelten Gefühl, etwas tun zu müssen, irgendetwas, rannte Theodosia zu der Stelle, wo Oliver Dixon lag. Beim Anblick der mit roten Blutstropfen gesprenkelten silbernen Haare schreckte sie unwillkürlich zurück. Der arme Mann war kopfüber auf den Tisch gestürzt und dann zu Boden gerutscht. Sein Kopf lag jetzt auf dem Sand, die untere Körperhälfte zum Teil im Wasser. Sanft und stetig schaukelten ihn die Brandungswellen vor und zurück.

Sekunden später hatte Theodosia sich wieder im Griff. Sie ging in die Knie und legte Oliver Dixon sanft ihren Zeige- und Mittelfinger an den Hals. Nichts. Kein Pulsschlag, kein Atemgeräusch.

»Der Krankenwagen ist unterwegs. Was können wir noch tun?« Giovanni Loard stand wieder neben ihr. Sein Atem war keuchend; er war blass und schien kurz davor zu sein zu hyperventilieren.

»Nichts«, antwortete Theodosia und starrte auf den leuchtend roten Fleck an Oliver Dixons Kopf. »Ich fürchte, es gibt nichts, was wir tun könnten.«

Was ihr vorkam wie eine Ewigkeit, dauerte in Wirklichkeit nur drei Minuten, wenn man nach Draytons antiker Piaget ging, bis nur ein paar Straßenzüge entfernt die schrille Sirene des Rettungswagens ertönte.

»Theodosia, komm hier rüber.«

»Was?« Theodosia blickte in Draytons faltige Miene. Sein trauriger Gesichtsausdruck erinnerte an einen im Stich gelassenen Bluthund.

»Komm hier rüber, solange sie sich um ihn kümmern«, drängte Drayton.

Plötzlich merkte sie, wie kalt ihre Füße waren. Ihr langer Seidenrock war nass geworden und hing nun traurig herunter. Drayton zog sie von Oliver Dixon fort, während sich die Sanitäter an ihnen vorbeidrängten und den Tisch wegstießen. Weiße Decken flatterten, und Theodosia hörte das Klappern der Metallkoffer auf den Felsen. Es war ein hässliches, kratzendes Geräusch.

Drayton führte sie zu einem Stuhl und zwang sie, sich zu setzen. Noch vor wenigen Minuten haben die Leute hier gesessen und unbeschwert gefeiert, dachte Theodosia. Menschen hatten sich an Eistee und Horsd'œuvres gelabt – an *ihrem* Eistee und *ihren* Horsd'œuvres. Langsam kam Bewegung in die Menge. Die Leute wandten sich einander zu und flüsterten verhalten. Doch noch immer schien niemand zu wissen, was zu tun war.

Delaine kam herüber und brach auf dem Stuhl zusammen, der Theodosia gegenüber stand. Ihre Zähne klapperten, und die Haare hingen in unordentlichen Strähnen herunter. Mit Augen so groß wie Untertassen starrte sie

Theodosia an. »Mein Gott!«, stöhnte sie, »hast du das Gesicht von diesem armen Mann gesehen?«

»Pscht!«, fuhr Drayton sie an. »Natürlich hat sie es gesehen. Genau wie wir alle.«

Theodosia wandte sich ab und sah hinüber zu den Felsen, wo Oliver Dixon immer noch lag. Inzwischen war mit großem Getue das Notarztteam eingetroffen. In den blauen Uniformen wirkten die Männer sehr professionell und bestimmt. Sie hatten Sauerstoffflaschen dabei, eine Defibrillierausrüstung, Injektionsnadeln und Beutel mit Kochsalzlösung. Obwohl sie inzwischen bereits einige Zeit mit Oliver Dixon beschäftigt waren, wusste Theodosia, dass es in der Trickkiste der Notärzte nicht ein einziges Ding gab, das irgendetwas hätte ändern können. Es lag nicht in ihrer Hand. Oliver Dixon war bei seinem Schöpfer.

Natürlich war die Polizei von Charleston dem Notarztteam auf dem Fuße gefolgt. Quietschende Reifen waren über den Bürgersteig gerast und hatten in dem weichen Bankett tiefe Spuren hinterlassen. Überall verstreut lagen herausgerissene Rasenstücke und eben erst erblühte Blumen.

Theodosia verbarg das Gesicht in den Händen und versuchte, das leise Stimmengewirr auszublenden, das sich erhob, als die Polizisten mit den Befragungen begannen. Sie rieb sich heftig die Augen und warf dann erneut einen Blick auf den Tumult, der noch immer um Oliver Dixons Leiche stattfand. Einer der Notärzte hatte dem armen Kerl einen Schlauch in die Kehle geschoben und pumpte wie wild einen Plastikball.

Zwei Männer, offensichtlich Polizisten, lösten sich aus einer Gruppe Schaulustiger und gesellten sich zu dem Rettungsteam.

Theodosia kniff die Augen gegen die grelle Reflexion der Sonne auf dem Wasser zusammen und versuchte herauszufinden, was genau sich zwischen den Ärzten und der Polizei abspielte. Als sich einer der Polizisten zur Seite drehte, durchfuhr Theodosia ein Ruck. Sie erkannte die stattliche Silhouette wieder.

Es war Burt Tidwell.

Theodosia seufzte. Burt Tidwell war sicherlich der arroganteste, streitsüchtigste Kriminalbeamte des gesamten Charlestoner Polizeiapparates. Sie war Tidwell letzten Herbst über den Weg gelaufen, als ein Gast der Lamplighter Tour vergiftet worden war. Tidwell hatte damals die Untersuchungen geleitet, dumpf in seiner Fragerei und mit taktlos aufdringlichem Gebaren.

Aber Tidwell war einer der Besten. Er war der Tiger Woods der Kriminalkommissare.

Theodosia beobachtete, wie Tidwell die Regie übernahm. Seine physische Präsenz war überragend, er übernahm nicht einfach nur die Verantwortung, sein Benehmen war beinahe anmaßend. Die Mediziner mussten sich schließlich die Tatsache eingestehen, dass all ihre heroischen Bemühungen vergebens waren. Sie ließen von weiteren Versuchen ab und traten zurück. Dies war nicht mehr ihre Show. Jetzt war Tidwell an der Reihe.

Schließlich hielt Theodosia es nicht mehr länger aus.

»Wo bringen Sie ihn hin?« Sie zupfte Tidwell am Ärmel seines Tweedjacketts. Es war typisch für Tidwell, am ersten wirklich heißen Tag ausgerechnet Wolle zu tragen. Andererseits gehörte Tidwell kaum zu denjenigen, die sich mit Modefragen abgaben. Sein Interesse schien sich auf zwei Dinge zu beschränken: Verbrechen und Essen. Wobei diese Reihenfolge nicht zwangsläufig war.

Tidwells kugelrunder Kopf drehte sich auf seinen breiten Schultern, bis er Theodosia direkt ansah. Seine Unterlippe hing herab, und die buschigen Augenbrauen breiteten sich wie eine verirrte Raupe quer über die gewölbte Stirn. Lediglich die zusammengekniffenen Augen, die klar und scharf waren und einen wachen Verstand widerspiegelten, verrieten, dass er sie erkannte.

»Sie!«, brummte er schließlich.

»Treten Sie zurück, Miss!« Ein Officer in Uniform, dessen Namensschild ihn als Tandy auswies, packte Theodosia am Arm und versuchte, sie zurückzuzerren. Doch Tidwells zorniger Blick gebot ihm auf der Stelle Einhalt.

»Lassen Sie sie in Ruhe!«, brummte Tidwell. Seine Stimme erhob sich grollend aus dem Bauch wie ein siedender Dampfkessel.

Erschreckt ließ Officer Tandy Theodosia los und trat zurück. »Ja, Sir«, sagte er ehrfürchtig.

Tidwell sah Theodosia forschend an. Er registrierte den nassen Rock, die durchweichten Schuhe, ihre offensichtliche Pein. »Ins Krankenhaus wohl kaum«, sagte er leise, während einer der Sanitäter sich daran machte, die Leiche mit einem Tuch abzudecken. »Der arme Teufel ist ganz sicher tot.«

Theodosia nahm aufs Neue Schlamm und Blutspritzer wahr. Dann fiel ihr Blick auf etwas, das ihr bis dahin entgangen war. Überall lagen Teile der explodierten Pistole herum. Nur wenige Schritte von ihnen entfernt lag ein reich verzierter Griff im nassen Sand. In einer Spalte zwischen zwei Felsbrocken klemmte ein verbogenes Stück graues Metall.

»Aber das wussten Sie doch schon, oder?« Tidwell sah sie freundlich an. »Die Sanitäter sagten, Sie wären die Erste gewesen. Sie wären als Erste bei ihm gewesen.« Tidwell hatte eine aufreizende Art, sämtliche Fragen als Feststellungen zu formulieren.

»Ja, ich glaube schon«, sagte Theodosia. Plötzlich kam ihr der Gedanke, sie hätte vielleicht einen leichten Schock erlitten. Schließlich geschah es nicht jeden Tag, dass jemand vor ihren Augen ums Leben kam.

»Ich glaube, ich gehe recht in der Annahme, dass der unglückselige Mr. Dixon bei der Fehlzündung der Pistole augenblicklich getötet wurde«, sagte Tidwell. Er ließ den Blick über den Hafen schweifen, als sei er auf der Suche nach etwas am anderen Ufer. »Höllendinger, diese alten Pistolen«, murmelte er. »Funktionieren jahrelang einwandfrei, jahrzehntelang sogar, scheint mir in diesem Fall. Und dann, eines Tages ... ka-bumm!« Tidwell riss die Hände mit einer Geste in die Höhe, die wohl die Unberechenbarkeit des Schicksals demonstrieren sollte.

»Sir.« Officer Tandy reichte Tidwell ein Paar Latex-Handschuhe.

Wortlos nahm Tidwell die Handschuhe und streifte sie mühsam über seine Wurstfinger. Er bückte sich und begann, die Überreste der Pistole einzusammeln.

Theodosia sah ihm zu, und plötzlich verzogen sich ihre normalerweise makellosen Brauen zu einem Runzeln. »Sie werden die Teile doch von einem Ballistikexperten untersuchen lassen, oder?«, fragte sie.

Burt Tidwells Augen blinzelten langsam, wie bei einem Reptil, das seine Beute ins Visier nimmt.

Er ließ zwei Teile der Pistole in eine Plastiktüte fallen, reichte diese an Tandy weiter, der neben ihm in Habachtstellung wartete. Dann schob er Theodosia seine große Pranke unter den Ellbogen und führte sie weg. Theodosia spürte den Druck auf ihrem Arm und das Knirschen winziger weißer Muscheln unter ihren Füßen. Und zweihundert Augenpaare in ihrem Rücken.

Als sie gut vierzig Schritte vom Strand und von Oliver Dixons Leichnam entfernt waren, blieben sie unter einer riesigen Immergrünen Eiche stehen und sahen sich an. Bartflechten hingen in dichten grünen Bahnen über ihnen herab. Eine laue Brise aus der Bucht liebkoste Theodosias Gesicht und erinnerte sie daran, dass noch immer Sonntagnachmittag war. Doch der Tag hatte seinen Glanz verloren.

»So.« Tidwell sah sie forschend an. »Und jetzt sagen Sie mir, ob Sie immer so voller Misstrauen und ungebremster Skeptik sind.«

»Natürlich nicht!«, sagte Theodosia. Himmel, dachte sie, jetzt sind wir schon wieder so weit. Burt Tidwell ist bestimmt der halsstarrigste, begriffsstutzigste Kauz auf Gottes weitem Erdenrund.

Während der Lamplighter Tour letzten Oktober hatte Tidwell sie alle wochenlang mit seinen Verdächtigungen und Anschuldigungen gepiesackt, als Bethany Shepherd, eine Freundin von Haley, die aushilfsweise im Laden gearbeitet hatte, unter Verdacht geraten war. Natürlich hatte Tidwell sich nie dafür entschuldigt, selbst als Theodosia höchstpersönlich herausfand, dass Samantha Rabathan und nicht Bethany die tödliche Tat begangen hatte.

Auch jener Tod im Garten des Avis Melbourne House hatte wie ein Unfall ausgesehen. Theodosia hatte daraus gelernt, ein wenig skeptischer zu sein und einen Funken Vorsicht walten zu lassen.

Außerdem war ihr klar geworden, dass Tidwell beides sein konnte: Quälgeist oder Verbündeter. Noch wusste sie nicht, was von beiden er diesmal sein würde. Diese Münze hing noch in der Luft.

»Miss Browning«, fing Tidwell an. »Ich habe bereits mit einem Vorstandsmitglied des Jachtklubs gesprochen. Er ist ein angesehener Anwalt und der Meinung, es sei schlicht ein unglücklicher Unfall gewesen.«

»Hat er Ihnen gesagt, wo die Pistole normalerweise aufbewahrt wird?« Theodosia ließ nicht locker.

»Ich nehme an im Jachtklub«, erwiderte Tidwell. Sein Lächeln sah aus wie das nachsichtige Lächeln, das Erwachsene oftmals für Kinder übrig haben. »Wo sie stets unter Verschluss gehalten wurde.«

»In welchem Jachtklub?«, fragte Theodosia.

Tidwells Zögern verriet sich mit einem scharfen Atemzug. Aha, dachte Theodosia. Er weiß es nicht.

»Es sind zwei Klubs«, klärte sie Tidwell auf. Sie zögerte einen Augenblick, ehe sie ergänzte: »Zwei rivalisierende Klubs.«

3

Teekessel summten und zischten, und das Aroma von frisch aufgebrühten Tees lag in der Luft: ein zart fruchtiger Nilgiri, ein süßer Assam und ein würziger schwarzer Yunnan aus Südwestchina. Durch die alten Fenster fiel Sonnenschein, tauchte den Teeladen in warmes Licht und ließ die hölzernen Dielen und abgenutzten Walnusstischchen leuchten: der vollkommene Hintergrund für die kunterbunte Sammlung von Teekannen, von schlichtem weißem Porzellan bis zu modischen handbemalten Keramikkannen mit Blumendekor.

Haley war wie immer früh aufgestanden und vollbrachte wahre Wunder in ihrem riesigen professionellen Bäckerofen, den sie in die kleine Küche hinter dem Laden gequetscht hatten. Jetzt kühlten süße Waffeln, Blaubeerküchlein und Zitronen- und Sauerrahmmuffins auf den hölzernen Regalen. Drayton schwor, dass der Duft die gesamte Church Street hinauf- und hinunterzog, sobald die Türen des Teeladens aufschwangen, und das geschah nicht selten.

Um neun Uhr morgens waren die ersten Gäste des Tages, Händler und Angestellte von Robillard Booksellers, dem Cabbage Patch Needlepoint Shop und anderen benachbarten Geschäften bereits zu ihrer Frühstückstasse Tee und einem süßen Teilchen da gewesen. Sie hatten Theodosia, Drayton und Haley belagert, um Einzelheiten des schrecklichen Ereignisses vom Vortag zu erfahren, hatten betrübt die Köpfe geschüttelt und murmelnd ihre Bestürzung kundgetan, und was es doch für ein Jammer für Doe, die junge Witwe, sei. Danach gab es eine kurze Flaute, ehe der nächste Schwung Gäste eintraf. Dies waren für gewöhnlich Stammkunden aus dem alten Viertel, die auf eine Tasse Tee und die Lektüre der Morgenzeitung hereinkamen, sowie Touristen, die mit Pferdekutschen und farbenfrohen Kleinbussen vorgefahren wurden.

Während dieser Flaute fanden sich Theodosia, Drayton und Haley an einem der runden Tische zusammen, um Tee zu trinken und die tragischen Ereignisse des Vortages noch einmal Revue passieren zu lassen. Dabei leistete ihnen Miss Dimple Gesellschaft, ihre nicht mehr ganz junge Buchhalterin, die gekommen war, um die Belege der letzten Woche abzuholen.

»Und die Pistole ist einfach so explodiert?«, fragte Miss Dimple eingeschüchtert, als sie die Geschichte ihr zuliebe ein weiteres Mal erzählten.

»Mit einem gewaltigen Knall«, sagte Drayton. »Daraufhin ist der arme Mann einfach zusammengebrochen. Kein Wunder. Ich bin mir sicher, dass er sofort tot war.«

»Und niemand hat etwas getan«, sagte Haley, »nur Theodosia. Sie ist zu ihm gelaufen und hat sich um ihn gekümmert. Oh, und dieser nette Antiquitätenhändler, Giovanni Loard, hat den Notarzt gerufen.«

»Braves Mädchen«, sagte Miss Dimple und schenkte Theodosia einen anerkennenden Blick. »Sie sind bestimmt immer noch ganz durcheinander.«

»Ein bisschen«, gab Theodosia zu. »Es war ein schrecklicher Unfall.«

Miss Dimple lehnte sich zurück und trank ein Schlückchen Assam. »Sind die sich sicher, dass es ein Unfall war?«, fragte sie.

Haley erschauderte und runzelte die Stirn. »Miss Dimple«, sagte sie, »mir wird gleich ganz anders.«

»Wie kommen Sie darauf, Miss Dimple?«, wollte Theodosia wissen.

»Na ja«, antwortete die alte Dame langsam, »diese alte Pistole ist in Gebrauch, solange ich denken kann. Als ich ein kleines Mädchen war, in den Vierzigern, da hat mein Daddy uns immer mit hinunter zu den Segelregattas nach White Point Gardens genommen. Nicht nur zum Isle-of-Palms-Rennen. Es gab noch viele andere. Und damals haben sie auch schon die gleiche alte Pistole benutzt, und es hat nie ein Problem gegeben. Zumindest bis jetzt nicht.«

»Das hat Burt Tidwell auch gesagt«, erzählte Theodosia. »Aber er sagte, bei diesen alten Dingern wüsste man nie. Eines Tages gehen sie einfach nach hinten los.«

Miss Dimple lächelte entschuldigend, weil sie Haley mit ihrer sinnlosen Spekulation so beunruhigt hatte. »Na also, sehen Sie? Ein Experte wie der muss es doch wohl wissen, oder?«

»Ich glaube, Theodosia möchte mal wieder ein Geheimnis lüften«, warf Haley ein.

»Haley!«, protestierte Theodosia. »Ich habe wirklich Besseres zu tun als in Charleston rumzulaufen und einer Sache nachzuschnüffeln, die offensichtlich ein Unfall war.«

Drayton warf Theodosia über die Halbgläser seiner Lesebrille einen forschenden Blick zu. »O doch«, sagte er. »Das sehe ich an deinem Gesichtsausdruck.«

Theodosias helle Augen blitzten. »Ich bin einfach nur neugierig, wie ihr bestimmt auch. Es passiert schließlich nicht alle Tage, dass eine Berühmtheit wie Oliver Dixon direkt vor unseren Augen stirbt.«

»Vor vierhundert Augen«, ergänzte Haley. »Wenn jemand ihn ermordet hat, dann war es geschickt eingefädelt.«

»Was meinst du damit?«, fragte Drayton.

»Zu viele Zeugen, das meint sie«, sagte Theodosia. »Bei so vielen Augenzeugen gibt es endlos viele Versionen der gleichen Geschichte, und keine gleicht der anderen.«

»Jetzt wird mir aber ganz anders«, sagte Miss Dimple. Sie hatte den Bleistift niedergelegt und das schwarzlederne Rechnungsbuch zugeklappt, in dem sie gelesen hatte.

»Aber ist das wirklich eine Spur?«, fragte Drayton. »Oliver Dixon war ziemlich beliebt, oder? Er war weder ein Halunke noch ein Halsabschneider oder dergleichen.«

Theodosia schob ihre Tasse über den Tisch und ließ sich von Drayton Nilgiri nachschenken. »Delaine hat irgendwas davon erzählt, dass Oliver Dixon eine Hightech-Firma gründen wollte«, sagte sie.

»Ach ja, das habe ich im Wirtschaftsteil gelesen«, warf Haley ein.

»Seit wann liest du denn den Wirtschaftsteil?«, wollte Drayton wissen.

»Seit ich beschlossen habe, BWL zu studieren«, sagte Haley. »Irgendwann möchte ich mein eigenes Geschäft haben. Wie Theodosia.« Sie lächelte Theodosia freundschaftlich zu.

»Haley, du bist doch ohnehin schon sehr geschäftstüchtig«, sagte Theodosia. »Aber jetzt erzähl uns etwas über diese neue Firma von Oliver Dixon. Und du, Drayton, unterbrich nicht andauernd.«

»Ja, meine Liebe.« Drayton zog die Schultern ein wie ein geknechteter Ehemann, und alle kicherten.

»Oliver Dixon hatte gerade einen Haufen Risikokapital aufgebracht, um eine neue Firma namens Grapevine zu gründen. Ihr wisst schon, wie in dem Lied ›*Heard it through the grapevine*‹. Jedenfalls soll Grapevine Erweiterungsmodule für PDAs herstellen.«

»Was um alles in der Welt ist ein PDA?«, fragte Drayton.

»Ein Personal Digital Assistant«, erklärte Haley. Sie fasste in die Schürzentasche und zog ein handtellergroßes Ding hervor, das aussah wie ein Mobiltelefon mit Minibildschirm. »Hier, ich habe auch einen. Das ist ein Palm. Ich benutze ihn für Notizen, Telefonnummern, Rezepte und solche Sachen. Ich kann die Daten sogar auf meinen PC übertragen. Laut *Business Week* sind PDAs der Renner. Die Zukunft der Welt ist drahtlos, und PDAs sind der neueste Techno-Trend.«

»Das gefällt mir gar nicht.« Drayton schauderte. Er war ein selbst ernannter Luddit, der tunlichst versuchte, alle technischen Dinge zu meiden. Drayton mochte sich der

Moderne gebeugt haben, indem er eine Telefonleitung in seinem Haus legen ließ, doch was das Kabelfernsehen anbelangte, blieb er hart.

»Jedenfalls hat Oliver Dixon das Kapital von einem Typen namens Booth Crowley bekommen«, fuhr Haley fort. »Grapevine sollte revolutionäre neue Funkempfänger und Fernbedienungsmodule herstellen, die bestimmte PDAs noch vielseitiger machen sollten.«

»O weh!«, sagte Miss Dimple. Sie verfolgte die Diskussion plötzlich mit großer Aufmerksamkeit.

»Was denn?«, fragte Theodosia.

»Booth Crowley ist ein sehr gerissener Geschäftsmann. Dessen Klauen entkommt kein Penny, ehe er einen ausgefeilten Vertrag in Händen hält, den seine Anwälte genauestens unter die Lupe genommen haben. Mr. Dauphine, Gott sei seiner Seele gnädig, war zusammen mit Booth Crowley im Kunstförderverein, und er hat mir erzählt, dass dieser Mann extrem darauf geachtet hat, wie die Mittel verteilt wurden.«

Miss Dimple war lange Jahre Mr. Dauphines Sekretärin gewesen. Ihm hatte das Peregrine-Gebäude nebenan gehört, und er war letzten Herbst gestorben, während Theodosia und ihre Freunde inmitten der turbulenten Bemühungen steckten, das Geheimnis um die Vergiftung bei der Lamplighter Tour zu lüften.

Theodosia nickte. Sie hatte von Booth Crowley gehört. Nichts Schlechtes, gewiss, aber seine Geschäfte waren legendär. Er war in Charleston ein sehr einflussreicher Mann. Neben dem Vorsitz über Cherry Tree Investments, einer der führenden Risikokapitalfirmen in Charleston, war Booth Crowley im Vorstand des Charlestoner Sinfonieorchesters, des Gibbes Kunstmuseums und des Charlestoner Memorial Hospital. Er war eine Macht, um die man nicht herumkam.

Plötzlich läutete die Glocke über der Tür, und ein gutes Dutzend Menschen betrat gleichzeitig den Indigo Tea Shop. Haley und Drayton sprangen augenblicklich auf und gingen auf die Gäste zu, um sie zu begrüßen und zu bedienen.

Mit Wohlgefallen beobachtete Theodosia, mit welchem Geschick Haley sich an die Gruppe wandte.

»Zu wievielt sind Sie? Zu dritt?«, fragte Haley. »Was halten die Damen von diesem hübschen Tisch hier am Fenster? Heute scheint die Sonne so schön.«

Drayton stand ihr in Sachen Charme in nichts nach. »Fünf Personen? Dann wird Ihnen dieser runde Tisch hier bestimmt zusagen. Das Rechaud hat sogar Platz für mehrere Teekannen, und wenn Sie möchten, könnte ich für Sie eine kleine Verkostung veranstalten. Ich bin im Nu zurück und bringe Ihnen Tee und ein wenig Gebäck auf Kosten des Hauses.«

Und so würde der Rest des Tages im Indigo Tea Shop wie im Fluge vergehen.

»Ich komme Mittwoch wieder, meine Liebe.« Miss Dimple legte Theodosia ihre weiche Hand auf den Arm.

»Danke, Miss Dimple. Ich bin so froh, dass Sie uns hier aushelfen. Seit Bethany eine Stellung im Museum in Columbia hat, sind wir ständig unterbesetzt.«

»Den Dank schulde ich Ihnen«, erwiderte Miss Dimple. »Wer hätte denn einer alten verkalkten Buchhalterin noch einmal eine Chance gegeben? So wie es aussieht, geht der Trend heutzutage eher dazu, junge Leute einzustellen.«

»Der Trend interessiert uns hier im Teeladen nicht«, sagte Theodosia warmherzig. »Uns interessieren die Menschen.«

»Sie sind ein Schatz.« Und damit tippelte Miss Dimple zur Tür hinaus, eine kaum ein Meter fünfzig große, pummelige Elfe, deren Verstand, wenn es um Zahlenkolonnen ging, noch immer messerscharf funktionierte.

4

»Theodosia.« Drayton hielt eine Kanne Jasmintee in der einen und eine Kanne Ceylon Silver Tips in der anderen Hand. »Sobald unsere Gäste versorgt sind, muss ich mit dir reden.«

Theodosia warf einen Blick über die Tische. Ihre Gäste hatten es sich inzwischen bequem gemacht, knabberten knusprige Waffeln und musterten bewundernd die Regale, die gefüllt waren mit Teedosen, Marmeladen, Teekannen und Teelichtern.

»Was gibt's?«, fragte sie.

Drayton neigte den Kopf und rollte verschwörerisch die Augen. »Um unseren Krimi-Tee«, raunte er mit theatralischem Tremolo.

Theodosia lächelte. Drayton war, was die Planung der Teeveranstaltungen betraf, in seinem Element. Und dieser Krimi-Tee schien seine Fantasie geradezu zu beflügeln. Es sah tatsächlich so aus, als habe Drayton, dieser puritanische Geschichtsfanatiker und ehrwürdige Beisitzer der Heritage Society, doch einen Sinn für das Verspielte.

Wie dem auch sei, dachte Theodosia, einen ausgemachten Geschäftssinn hat Drayton auf alle Fälle. Sein Krimi-Tee erwies sich schon jetzt als Erfolg. Die beiden Anrufe von heute Vormittag mitgerechnet, hatten sie inzwischen zwölf feste Reservierungen für Samstagabend. Und Drayton hatte den Preis pro Person unverfroren auf fünfundvierzig Dollar festgesetzt.

»Okay, Drayton«, sagte Theodosia. »Ich bin in meinem Büro.«

Theodosia verschwand hinter den schweren grünen Samtvorhängen, die den Teeladen vom hinteren Bereich abtrennten, wo sich die winzige Küche und ihr noch winzigeres Büro befanden.

Theodosia saß an ihrem antiken Schreibtisch und blätterte in dem Katalog von Woods & Winston, einem ihrer Lieferanten. Sie hatte alle Mühe, sich auf die Karaffen und französischen Teebereiter zu konzentrieren. Ihre Gedanken wanderten ständig zum vergangenen Nachmittag zurück, zu Oliver Dixons Ableben und der darauf folgenden Unterhaltung mit Burt Tidwell.

Sie hatte Tidwell mit der Bemerkung über die rivalisierenden Jachtklubs ein wenig necken wollen. Sie hatte ihn auf die Probe gestellt, versucht, seinen Vermutungen auf die Spur zu kommen, denn – und dessen war sie sich sicher – Burt Tidwell wäre nicht Burt Tidwell, wenn er sich zu dieser Sache nicht ein paar eigene Gedanken machen würde.

Doch war sie wirklich der Meinung, dass die Mitglieder der Jachtklubs gegeneinander intrigieren würden? Nein, eigentlich nicht. Sie wusste, dass der Charlestoner Jachtklub und der Compass-Key-Jachtklub im Wettbewerb miteinander standen. Doch die Verbindungen zwischen den beiden Vereinen waren immer freundschaftlich gewesen. Außer dem Isle-of-Palms-Rennen fuhren sie die Intercoastal-Regatta und außerdem einen Cup im Herbst, der sonderbarerweise auch als Bourbon Cup bekannt war.

Was sie viel mehr interessierte, war Oliver Dixon im Zusammenhang mit seiner neuen Firma Grapevine.

Dann war da noch der offensichtlich angetrunkene Ford Cantrell, der Oliver Dixon und Giovanni Loard eine ziemlich hässliche Szene gemacht hatte. Worum war es da gegangen?

Haley hatte vorhin erwähnt, Theodosia sei mal wieder auf der Suche nach einem Geheimnis, das sie lüften könnte. Vielleicht hatte sie ihr Geheimnis gefunden.

»Klopf, klopf«, sagte Drayton und schob sich in ihr Büro, ein Teetablett in den Händen. »Dachte, du würdest vielleicht gerne einen Schluck von dem neuen japanischen Sencha probieren. Ein First Flush, und wirklich ziemlich selten«, sagte er und stellte das Lacktablett auf den Schreibtisch.

Theodosia nickte erwartungsvoll. Die erste Ernte eines Tees war immer etwas ganz Besonderes. Die neuen, jungen Triebe waren sehr zart und aromatisch.

Drayton ließ sich Theodosia gegenüber auf dem dick gepolsterten Sessel nieder, den sie »Dicker« nannten, und machte sich an dem Tetsubin zu schaffen, der traditionellen japanischen eisernen Teekanne. Zuvor hatte er den zerstoßenen grünen Tee mit Hilfe eines Bambusschneebesens mit einem Schuss heißem Wasser aufgeschäumt und das Gemisch dann mit Wasser übergossen, welches er bis kurz vor dem Siedepunkt erhitzt hatte.

Jetzt schenkte Drayton ein klein wenig des leuchtend grünen Tees in zwei Teetassen. Wie der Tee waren auch die Tassen japanisch, winzige Keramikschalen mit einer dekorativen Craquelé-Glasur, die etwa fünfzig Milliliter fassten.

Theodosia genoss das himmlische Aroma, nahm einen

Schluck und ließ den Tee langsam über die Zunge gleiten. Er war voll und frisch mit einem sanften Abgang. Der Geschmack von grünem Tee war gewöhnungsbedürftig, doch hatte ein Teetrinker ihn erst einmal entdeckt, so bekam der grüne Tee sehr schnell einen festen Platz in seinem persönlichen Repertoire. Grüner Tee ist reich an Fluorid und hat den Ruf, das Immunsystem zu stärken. In der Not als Kompresse verwendet, kann grüner Tee auch Insekten- oder Bienenstiche lindern.

»Köstlich!«, rief Theodosia aus. »Wie viel haben wir davon bestellt?«

Drayton bedachte sie mit einem schiefen Grinsen. »Nur diese eine Dose. Der Preis ist exorbitant, viel mehr, als die meisten unserer Kunden zu zahlen gewohnt sind. Was hältst du davon, wenn wir ihn für unseren kleinen Privatvorrat aufheben?«

»Meinetwegen gern«, sagte Theodosia. »Also, was gibt es Neues in Sachen Krimi-Tee?«

Drayton hatte das Konzept allein erarbeitet und in der ganzen Church Street sowie in vielen Frühstückspensionen Plakate aufgehängt. Doch bis jetzt hatte er noch niemanden im Teeladen mit dem genauen Ablauf vertraut gemacht.

Drayton zog sein schwarzes Notizbuch hervor und platzierte die Lesebrille auf der Nasenspitze. »Bis jetzt haben sich zwölf Gäste angemeldet, und wir haben Platz für, na ja, etwa zehn weitere. Wir werden mit Kaviar auf Toastecken beginnen und dazu in überdimensionierten Martinigläsern indischen Chai mit einem Spritzer Zitrone reichen. Danach, im Verlauf des Programms, werden wir …« Er blickte auf und sah den entzückten Ausdruck auf Theodosias Gesicht. »Oh«, sagte er. »Gefällt's dir?«

»Es gefällt mir sehr«, gab sie zurück. »Wie geht's weiter?«

Drayton klappte das Notizbuch zu. »Nein, eigentlich wollte ich nur deine erste Reaktion prüfen. Und das, was ich soeben gesehen habe, hat mich sehr ermutigt. Aber jetzt musst du dich bis Samstagabend gedulden, ehe du den Rest erfährst.«

»Drayton!«, protestierte Theodosia lachend. »Das ist unfair!«

Er zuckte die Achseln. »Ich glaube, man könnte statt Krimi-Tee auch Geheimnis-Tee dazu sagen.«

»Es klingt so charmant«, sagte sie. »Zumindest das winzige bisschen, an dem du mich hast teilhaben lassen. Aber du kannst es unmöglich … ich meine, du solltest auf keinen Fall alles alleine machen. Du wirst Hilfe brauchen.«

Drayton schüttelte entschieden den Kopf, und ein breites Grinsen überzog sein Gesicht. »Netter Versuch!«, sagte er. »Aber jetzt muss ich zurück und Haley ein wenig zur Hand gehen.« Er trank einen letzten Schluck Tee und stellte die Tasse zurück aufs Tablett. »Oh, Theodosia. Und könntest du bitte überlegen, was mit den Resten von gestern geschehen soll? Sie blockieren den Kühlschrank, und ich brauche Platz für meine …«, er senkte die Stimme, »… Geheimniskrämereien.«

Als er gegangen war, lehnte Theodosia sich zurück, ein listiges Lächeln auf den Lippen. Also gut, Drayton, dachte sie, ich werde dein kleines Spielchen mitmachen. Wir werden ja sehen, was für ein aufregendes Süpplein du uns Samstagabend brauen wirst.

Sie schenkte sich noch einen Schluck Sencha ein und dachte über das Dilemma in ihrem Kühlschrank nach. Drayton hatte Recht: Aus den Picknickkörben von gestern waren ganze Tabletts mit Häppchen übrig, die jetzt den Kühlschrank bis obenhin blockierten. Was sollte sie damit machen? Es war völlig einwandfreies Essen, viel zu schade zum Wegwerfen.

Ich weiß, was ich tue, dachte sie. Ich packe alles zusammen und bringe es ins Altersheim. Schließlich fahre ich mit Earl Grey heute Abend sowieso hin.

Bei dem Gedanken an ihren Hund Earl Grey, den sie ihren Dalbrador nannte, schmolz ihr Herz. Theodosia hatte die Mischung aus Dalmatiner und Labrador vor zwei Jahren in der kleinen Gasse hinter ihrem Geschäft aufgelesen. Hungrig und einsam hatte die arme Kreatur inmitten eines heftigen Regenschauers auf der Suche nach etwas zu fressen in den Mülltonnen gewühlt. Theodosia hatte den Welpen ins Haus geholt, sich um ihn gekümmert und ihm ihr Herz geschenkt.

Und Earl Grey hatte es ihr auf mannigfaltige Weise vergolten. Er entpuppte sich als außergewöhnlich kameradschaftliches Tier. Er hatte Charakter, war freundlich und der perfekte Mitbewohner für ihre kleine Wohnung über dem Teeladen. Earl Grey hatte sich bemerkenswert gut trainieren lassen und sich die Grundsätze, die einen wohlerzogenen Hund ausmachten, mit Begeisterung angeeignet. Außerdem besaß er eine ausgeprägte Begabung für die Arbeit als Therapiehund.

In speziellen Kursen für Therapiehunde hatte Earl Grey gelernt, neben einem Rollstuhl herzugehen, fremde Menschen freundlich zu begrüßen und großherzig alte Hände zu akzeptieren, die ihn mit überschwänglicher Zuneigung tätschelten. Als eine ältere Dame mit tränenüberströmtem Gesicht schluchzend die Geschichte eines lange verstorbenen Lieblingshundes erzählte und ihre gebrechlichen

Arme um Earl Greys Hals schlang, ließ er sie ruhig gewähren, bis sie sich an seiner starken, haarigen Schulter ausgeweint hatte.

Nach Absolvieren der Prüfungen war Earl Grey international zertifizierter Therapiehund und wurde mit einer todschicken blauen Nylonweste belohnt, auf der sein offizielles Abzeichen prangte und die ihm an zwei Abenden im Monat Zugang in das O'Doud-Seniorenheim gestattete.

»Hey!« Haley stand in der Tür. »Was geht denn zwischen dir und Drayton vor sich? Er sieht aus wie die Katze, die gerade den Kanarienvogel verschluckt hat.«

Theodosia winkte ab. »Dieses Krimi-Tee-Ding.«

»Ach so. Damit treibt er mich auch zum Wahnsinn. Ach, jetzt hätte ich fast vergessen, weswegen ich gekommen bin. Ein Anruf für dich. Jory Davis auf Leitung zwei.«

Theodosia hob ab. »Hallo?«

»Theodosia?«, ertönte die vertraute Stimme.

»Was ist passiert? Wo bist du gewesen? Dein Boot hat das Rennen nicht beendet.«

»Du wirst es nicht glauben«, antwortete Jory Davis. »Kaum waren wir aus dem Schutz des Hafens, kurz hinter Sullivan's Island, wurde der Wind so stark, dass es unser Genuasegel zerrissen hat. Wir mussten abbrechen und die Isle of Palms ansteuern. Bis wir endlich einen Platz gefunden hatten, wo wir festmachen konnten, und jemanden, der uns nach Charleston zurückfährt, war es nach zehn. Aber wir haben die Sache mit Oliver Dixon natürlich gehört. Armer Kerl, was für eine schreckliche Art zu sterben. Macht einen ziemlich fertig. Gestern trifft man ihn noch im Klubhaus, und heute ist er tot. Ist schon bekannt, wie der Unfall passieren konnte? Hat irgendwer die alte Pistole unter die Lupe genommen? Ich meine, es *war* doch ein Unfall, oder?«

Komisch, dachte Theodosia. Jory Davis war schon der Zweite, der im Gespräch ganz beiläufig die Frage aufwarf, ob es ein Unfall war oder nicht. Nein, falsch, der Dritte. Sie selbst hatte zu Tidwell gestern genau das Gleiche gesagt.

»Allem Anschein nach schon. Die Pistole ist einfach explodiert«, sagte Theodosia.

»Wow! Man könnte sagen, ein schwarzer Tag für die Dixons.«

»Was meinst du damit?«, fragte Theodosia. Ihre Radarantennen richteten sich auf.

»Oliver Dixons Söhne, Brock und Quaid, sollten die Regatta eigentlich mitsegeln, aber sie wurden disqualifiziert.«

»Wieso das denn?«, fragte Theodosia.

»Ihr Boot war mit einem illegalen Steuerruder ausgerüstet. Sie behaupten, Billy Manolo, der Typ, der die Wartung für einige Boote im Jachtklub macht, hätte daran rumgespielt. Offen gesagt, ich glaube, die Jungs haben das Ruder eigenhändig abgeschmirgelt, um es zu frisieren. Ist auch egal«, sagte Jory. »Ich will den Jungs nichts Übles nachsagen, wo ihr Vater gerade so tragisch ums Leben gekommen ist.«

»Nein, natürlich nicht.«

»Und ich habe gestern Abend nicht mehr angerufen, weil ich dich nicht wecken wollte. Vor allem angesichts des Tages, den du gestern wahrscheinlich hattest. Ich habe gehört, dass du als Erste bei Oliver Dixons Leiche gewesen bist.«

»Ja,« sagte sie.

»Das ist ziemlich heftig, Kindchen. Geht es dir gut?«

»Ich glaube schon«, antwortete Theodosia. »Aber ich

muss ständig an Doe denken. Ich meine, sie waren gerade mal neun Wochen verheiratet.«

»Eine Tragödie«, sagte Jory. »Ich habe Doe und Oliver vor etwa einer Woche noch zusammen bei Emilio's gesehen, und sie waren absolut verrückt nacheinander. Der einzige Trost bei dieser ganzen Sache ist, dass Doe noch so jung ist. Das macht sie viel widerstandsfähiger. Sie wird wieder auf die Füße kommen.«

»Auf die Füße kommen«, wiederholte Theodosia abwesend. »Ja.«

»Aber ich habe nicht angerufen, um dieses Unglück noch mal durchzukauen. Wahrscheinlich war der Teeladen den ganzen Morgen voller Menschen, die genau deswegen vorbeigeschaut haben. Eigentlich habe ich angerufen, um dir zu sagen, dass ich heute Nachmittag nach New York fliege.«

»New York!«, rief Theodosia. Sie hatte gehofft, sie könnte sich mit Jory treffen und ihm ein paar Informationen entlocken. Als langjähriges Mitglied des Jachtklubs kannte er ganz bestimmt einige Interna. Und mit seinen feinen Anwaltsantennen würde er vielleicht merken, wenn etwas ein wenig aus dem Ruder geraten war. Außerdem konnte er ihr bestimmt etwas über diese alte Pistole erzählen, die im Klubhaus angeblich so fest unter Verschluss gehalten wurde. Na ja, das musste jetzt eben alles warten.

»Unsere Kanzlei vertritt ein paar Fastfood-Läden, die vom Elternverband in die Mangel genommen wurden«, erklärte er. »Ich muss Zeugenaussagen einholen und die Akten für eine Sammelklage zusammenstellen. Hör mal, ich wohne im Waldorf. Wenn du mich brauchst, ganz egal weswegen, dann hinterlass mir einfach eine Nachricht an der Rezeption, okay?«

»Okay. Viel Glück.« Leicht benommen legte Theodosia

auf. Sie starrte auf die Wand gegenüber. Ihre Augen schweiften über gerahmte Bilder, Opernprogramme, Tee-Etiketten und andere Erinnerungsstücke, die dort hingen.

Ein Foto zeigte Earl Grey, kurz nachdem sie ihn gefunden hatte, knochendürr und struppig. Ein anderes zeigte ihren Vater in unbekümmerter Pose auf seinem Segelboot. Es war nur ein Jahr vor seinem Tod aufgenommen worden. Ein anderes Bild, eines ihrer Lieblingsfotos, zeigte ihre Eltern auf der Cane Ridge Plantage. Das Foto war in den frühen Sechzigern entstanden, kurz nachdem sie geheiratet hatten. Sie sahen so jung und hoffnungsvoll und so verliebt aus, wie sie sich eng umschlungen hielten. Sechs Jahre später war sie geboren worden. Und ihre Mutter hatte danach nur noch acht weitere Jahre gelebt.

Mit einem tiefen Seufzer ermahnte Theodosia sich, nicht traurig, sondern glücklich zu sein. Sie hatte von ihren Eltern bedingungslose Liebe und Unterstützung erfahren. Das Wertvollste, was ihre Eltern Theodosia mitgegeben hatten, war die feste Überzeugung, alles schaffen zu können, was sie sich in den Kopf gesetzt hatte.

Und so war es auch.

Hör auf, dich wie eine dumme Gans zu benehmen, schalt sie sich, nur, weil Jory Davis nach New York fliegen muss. Du kannst dich jederzeit bei ihm melden. Das hat er schließlich selbst gesagt, oder? Und du hast einen Haufen andere Freunde und Unmengen Arbeit, mit der du dich beschäftigen kannst.

Haley hatte ihr unterstellt, sie sei auf der Suche nach einem neuen Geheimnis. Stimmt das?, fragte sie sich. War sie deswegen so unausgeglichen und rastlos? Und glaubte sie tatsächlich, dass Oliver Dixons Tod etwas anderes gewesen war als ein schrecklicher, tragischer Unfall?

Theodosia wälzte den Gedanken in ihrem Kopf hin und her, während sie sich wieder einem Katalog zuwandte, ihn langsam durchblätterte und verschiedene Teekannen, Kessel und Stövchen in Erwägung zog.

5

Eine behaarte braune Schnauze lugte über die Metallstangen des Bettgestells.

»Hallo, Hundchen.« Eine winzige, vogelzarte Frau streckte die blau geäderte Hand aus und legte sie Earl Grey zart auf die Stirn. Er schmiegte sich an sie, und die alte Dame kiekste vor Freude.

»Du bist ein braves Hundchen. Kommst mich besuchen«, sagte sie zu ihm. »So ein braves Hundchen.«

Theodosia hielt sich im Hintergrund und ließ Earl Grey den Freiraum, den er für die Begegnung mit den Heimbewohnern brauchte. Sie strahlte. Genau darum ging es. Älteren Leuten die Freude zu machen, ein Tier zu berühren, das nichts von ihnen verlangte und trotzdem eine warme, weiche Präsenz bot, die auf unerklärliche Weise beruhigende Wirkung zu haben schien.

Heute Abend hatten Earl Grey und Theodosia den größten Teil ihrer Zeit mit dem Besuch bettlägriger Menschen verbracht. Earl Grey, der oft überschwänglich durch die langen Gänge einem Ball hinterherjagte, den einer der Bewohner für ihn geworfen hatte, schien zu spüren, dass diese Besuche erheblich mehr Zurückhaltung erforderten. Und Theodosia freute sich, dass Earl Grey sehr viel artigen Hundeanstand an den Tag legte.

»Theodosia? Könnten Sie mit Earl Grey ins Fernsehzimmer kommen?« Suzette Ellison, eine der Nachtschwestern, die seit über fünfzehn Jahren im O'Doud-Seniorenheim arbeitete, stand in der Tür.

»Was ist los, Suzette? Gibt es wieder Leberkuchen für Earl Grey?«

Suzette lächelte. »Was denn sonst? Aber dies ist ein ganz besonderer Anlass. Ihr Jubiläum. Sie und Ihr netter Hund kommen jetzt genau zwei Jahre zu uns, und ein paar unserer Damen und Herren wollen sich bei Ihnen bedanken.«

»Überraschung!«, schallte es Theodosia und Earl Grey einstimmig entgegen, als sie den Raum betraten.

Theodosia hob überrascht die Hände, und Earl Grey, der augenblicklich den Leberkuchen auf einem niedrigen Tisch in der Ecke entdeckt hatte, schüttelte freudig den Kopf und ließ ein aufgeregtes *Wuff* ertönen.

»Alles Gute, Earl!«, rief eine alte Dame überschwänglich aus. »Danke, dass du uns immer zum Lachen bringst.«

Suzette hatte Theodosias Sandwiches auf einen langen Tisch gestellt und eine Schale Punsch organisiert. Die Bewohner verloren keine Zeit und bedienten sich, und bald schon war der Raum erfüllt mit fröhlichen Partygeräuschen.

Theodosia nahm sich eine Tasse Punsch und wanderte langsam durch den Raum. Die Bewohner nickten ihr lächelnd zu, doch natürlich war Earl Grey der wahre Star des Abends. Mit ihm wollten sie sprechen, ihn wollten sie streicheln. Er war es, dessen Besuch sie stets sehnlich erwarteten.

»Da haben Sie uns aber ein wunderbares Picknick mitgebracht, Miss Browning.« Theodosia lächelte dem älteren Herrn im Rollstuhl zu. Seine Glatze war übersät mit Altersflecken, und tiefe Falten durchzogen sein Gesicht, doch seine Augen leuchteten hell und wach.

»Freut mich, dass es Ihnen schmeckt«, sagte sie.

»Kein Vergleich zu gestern Nachmittag, was?«, erwiderte der alte Mann.

Überrascht ging Theodosia in die Knie, um mit ihm auf Augenhöhe zu sein. Er lächelte sie wissend an, und auf einmal verschwanden die Jahre aus seinem müden, faltigen Gesicht.

»O ja«, sagte er und wackelte mit einem Finger. »Mein Sohn hat mir alles über den Unfall erzählt. Er ist dabei gewesen.«

»Ihr Sohn ist gestern in White Point Gardens gewesen?«, fragte Theodosia.

»Jawoll«, sagte der alte Mann. »Natürlich hat er mich nicht einfach so angerufen und es mir erzählt. Ich habe es heute Morgen in der Zeitung gelesen. Dann habe ich bei ihm nachgehört, was wirklich Sache war. Mein Sohn hat früher für den Jachtklub Laserrennen gesegelt.«

Der Redeschwall des Mannes brach jäh ab, als würde ihn das Sprechen zu sehr anstrengen.

»Möchten Sie etwas trinken?«, fragte Theodosia und hielt ihm ihre Punschtasse hin. »Hier, nehmen Sie.«

Der alte Mann griff dankbar nach ihrer Tasse und nahm einige tiefe Schlucke. »Gut«, krächzte er. Er stellte die leere Tasse auf das Tischchen neben sich und streckte Theodosia eine verwitterte Hand entgegen. »Ich bin Winston Lazerby.«

»Theodosia Browning«, erwiderte sie und schüttelte ihm die Hand. »Und Ihr Sohn ist …?«

»Thomas Lazerby. Er ist Kardiologe am Charleston Mercy Medical. Sie wissen schon, ein Herzdoktor.« Winston

Lazerby schlug sich auf die dürre Brust, wie um das Spezialgebiet seines Sohnes zu demonstrieren. »Als ich den Artikel über Oliver Dixon gelesen habe, musste ich sofort an die Fehde denken«, fuhr der alte Mann fort.

Theodosia stellten sich unwillkürlich die Nackenhärchen auf. »Was meinen Sie damit, Mr. Lazerby?«, fragte sie.

»Die Dixon-Cantrell-Fehde«, antwortete er und sah Theodosia fest in die Augen. »Die beiden Familien sind seit fast siebzig Jahren zerstritten.«

Theodosia blickte sich eilig um. Niemand schien sich auch nur im Geringsten für ihr Gespräch zu interessieren. Gut, dachte sie. »Erzählen Sie mir mehr darüber, Mr. Lazerby«, bat sie.

Der alte Mann beugte sich vor. »Sie bekriegen sich seit den Dreißigerjahren, als Letitia Dixon mit Sam Cantrell auf und davon ist.«

»Und wie war diese Letitia Dixon mit Oliver Dixon verwandt?«

Winston Lazerby dachte einen Augenblick nach. »Seine Tante«, sagte er. »Letitia war die Schwester von Olivers Mutter.«

»Und Sam Cantrell?«, fragte Theodosia.

Winston Lazerby nickte. »Mit allen Cantrells verwandt. Da kenne ich nicht die ganze Geschichte. Aber ich weiß, dass Sam ein galanter Draufgänger war und Letitia 'n junges Dingelchen, höchstens achtzehn, mit richtig Hummeln im Hintern.«

»Was ist mit ihnen passiert?«, fragte Theodosia fasziniert. »Wohin sind sie weggelaufen?«

»Das weiß keiner«, antwortete Winston Lazerby. »Es gab Gerüchte, Letitia sei in Portland, Oregon, gelandet und ein paar Jahre später an Gelenkrheumatismus gestorben. Aber ich persönlich glaube, das waren nur Gerüchte. Die Leute denken doch immer das Schlimmste, wenn so was passiert, oder?«

»Und deswegen gibt es heute noch böses Blut zwischen den Familien?«, fragte Theodosia.

Winston Lazerby nickte wissend. »Sehr böses Blut.«

»Das würde auch erklären, weshalb Ford Cantrell gegenüber Oliver Dixon und Giovanni Loard so aufgebracht war«, murmelte Theodosia mehr zu sich selbst.

»Giovanni Loard«, kicherte der alte Mann unvermittelt. »Wenn das mal nicht ein netter neuer Modename ist. Der Taufname dieses Bürschchens lautet immer noch George Lord. Wahrscheinlich dachte er, Giovanni käme bei den Touristen besser an. Genau wie das zusätzliche *a* in seinem Nachnamen. Damit die Leute glauben, er wäre ein echter Südstaaten-Gentleman.«

»Wissen Sie, weswegen die Dixons und die Cantrells sich augenblicklich bekämpfen?«, fragte Theodosia.

»Sie haben es erfasst. Sie kämpfen wahrscheinlich wirklich um etwas«, sagte Winston Lazerby. »Diese beiden Familien haben sich ums Geschäft gestritten, um Landbesitz, um *Frauen*.« Er schüttelte den Kopf. »Verrückt.«

Theodosia sah auf und stellte fest, dass viele Bewohner sich bereits wieder zurückgezogen hatten. Es war halb neun und schon ziemlich spät für die älteren Herrschaften.

»Mr. Lazerby, könnten wir uns vielleicht irgendwann noch einmal unterhalten?«, fragte sie.

»Klar. Sie können jederzeit vorbeischauen. Sie wissen ja, wo ich wohne.« Er zwinkerte ihr zu.

Eine laue Brise streichelte ihr Gesicht und trug köstliche Düfte für Earl Greys empfindsame Nase durch die geöffneten Fenster des Jeep Cherokee, während Theodosia durch die dunkle Nacht heimwärts fuhr. Sie hatte den Jeep vor zwei Jahren gegen den Rat von Drayton gekauft und augenblicklich ihr Herz daran verloren.

Wenn die feuchte Sommerhitze zuschlug und Charleston in den Würgegriff nahm, liebte Theodosia nichts so sehr, wie sich ins Low Country zu flüchten. Sie brach durch schmale schattige Landstraßen, die von wilden Ranken überwuchert waren, manövrierte über lang vergessene Wege, voll Vertrauen in die Gewandtheit ihres Wagens mit dem zuverlässigen Allradgetriebe. Sie holperte über ausgetrocknete Reisfelder und moosbedeckte Hügel, die Überbleibsel alter, verlassener Phosphatminen. In dem Wirrwarr von sonnengesprenkelten Wäldern und unzähligen dahinplätschernden Bächen, bestanden von Immergrünen Eichen, jenen gigantischen Wächtern des Südens, fand Theodosia die kühle Zuflucht und ersehnte Stille.

An diesem Abend aber gingen ihr Winston Lazerbys Worte unentwegt im Kopf herum. Während sie links in die Beaufain Street abbog, am Antiquitätenhändler R. Pratt und der Campbells Architekturbuchhandlung vorbei, fragte sich Theodosia, ob an Mr. Lazerbys Erinnerungen und seiner Geschichte über eine Dixon-Cantrell-Fehde tatsächlich etwas dran war.

Tja, dachte sie, während sie in die Gasse hinter ihrem Haus einbog und den Jeep in ihre Parklücke rangierte. Es gibt nur eine Möglichkeit, das herauszufinden: ein wenig Recherche.

Über dem Teeladen hatte Theodosia sich ein gemütliches Refugium geschaffen. Es war ein luftiges kleines Apartment, möbliert mit einer Mischung aus Antiquitäten und schönen Erbstücken. Die Fenster ließen nicht nur die willkommene Hafenbrise herein, sondern gestatteten zudem einen atemberaubenden Blick über die gesamte Church Street und die Meeting Street bis hinüber zu The Battery.

Während Earl Grey davontappte, um es sich auf seinem Bett bequem zu machen, einem riesigen Chintzkissen in einer Ecke ihres Schlafzimmers, machte Theodosia sich eine Tasse Orangenelixier-Tee. Orangenelixier, eine von Draytons Stammmischungen, war eigentlich kein richtiger Tee, weil er seinen Ursprung nicht in der *Camellia sinensis*, dem Teestrauch, hatte. Orangenelixier war ein köstlicher Aufguss aus Orangenschalen, Hibiskus, Ginkgoblättern und Lindenblüten. Bestens geeignet, um den Geist, nicht aber die Nerven anzuregen.

Theodosia setzte sich an ihren Damensekretär, schaltete den iMac ein und ging ins Netz. Als die Startseite geladen war, tippte sie *Charleston Post and Courier* in die Zeile der Suchmaschine.

Sie nahm einen Schluck des blumigen Kräutertees und wartete in der Hoffnung, das Zeitungsarchiv durchgehen zu können.

Nein, das Archiv der *Post and Courier* ging lediglich bis ins Jahr 1996 zurück. Theodosias Finger glitten über die Tastatur. Wo könnte sie es noch probieren? Bei der Heritage Society? Warum nicht? Die Gesellschaft gab es bereits seit einem guten Jahrhundert, und ihr Ziel war ebenso die Bewahrung schriftlicher Dokumente wie die historischer Gebäude und Objekte.

Theodosia tippte *www.charlestonheritagesociety.org* in den Browser. Sekunden später hatte sich die Homepage aufgebaut. Sie zeigte eine bunte Fotomontage historischer Gebäude und ein Menü mit einer verwirrenden Anzahl Unterpunkte. Theodosia studierte das Menü und klickte dann auf »Historische Aufzeichnungen«.

Ein neues Menü öffnete sich: »Urkunden«, »Eheschließungen«, »Karten und Pläne«, »Militär«, »Bürgerkrieg«, »Logbücher« und »Stadtplanung«.

Nein, dachte Theodosia, auf gar keinen Fall will ich mich aufs Geratewohl durch hunderte von einzelnen Dokumenten kämpfen.

Theodosia zog die Maus auf das Seitenende und klickte auf »Suche«. Jetzt konnte sie den Namen *Cantrell* eintippen, und sollte er irgendwo auf den Seiten der Heritage Society auftauchen, dann würde die Suchmaschine ihr den Treffer anzeigen.

Fünf Treffer wurden geladen, jeder mit einer einzeiligen Beschreibung. Die ersten drei waren Nieten, für Theodosias Belange zumindest, da sie sich alle auf eine Person namens Cora Cantrell bezogen, eine Lehrerin in der Stadt Eutaville im späten neunzehnten Jahrhundert.

Mit dem Klick auf den vierten Treffer öffnete sich ein Artikel über den ehemaligen Cantrell-Kanal, der zum Transport von Indigo, Baumwolle und Reis gedient hatte.

Der fünfte Treffer aber brachte mehr Licht ins Dunkel. Es handelte sich um einen Zeitungsartikel aus dem *Colton Telegraph*, der ehemaligen Tageszeitung einer inzwischen ebenfalls ehemaligen Stadt. Der Artikel beschrieb die Umstände einer heftigen Auseinandersetzung, die sich 1892 zwischen einem Jeb Cantrell und einem gewissen Stuart Dixon zugetragen hatte. Während eines Duells in den Wäldern nahe der Pamlico Hill Plantage hatte Jeb Cantrell Stuart Dixon erschossen.

Waren diese Duellisten lange verblichene Vorfahren von Ford Cantrell und Oliver Dixon?

Mit Sicherheit.

Dann war dieses Duell womöglich der Funke, der die schlimme Dixon-Cantrell-Fehde entfacht hatte. Nicht der Skandal um die beiden getürmten Liebenden, wie Winston Lazerby vermutet hatte. Das war erst weit später gewesen.

Duelle klingen immer irgendwie romantisch, sinnierte Theodosia. Dennoch: Die Oberhäupter dieser beiden Familien hatten sich wegen irgendeiner Frage der Ehre tragisch bekämpft. Und einer war tödlich getroffen worden.

Theodosia hob den Blick vom Bildschirm und betrachtete die stimmungsvolle Meeresszenerie auf dem Gemälde über dem Kamin.

Sie dachte über die vielen blutigen Lektionen nach, die die Geschichte lehrte, von denen eine besagte, dass Familien, Stämme, oft genug ganze Länder so selten in der Lage waren, eine blutige Fehde zu überwinden. Stattdessen bestand die Fehde fort, wucherte wie ein modriger Pilz in den dumpfigen Winkeln des Waldes und nährte sich von der Fäulnis. Selbst wenn sich die Nachkommen über die Ursprünge der Fehde gar nicht mehr im Klaren waren und die Vorfahren, die den ersten Tropfen Blut vergossen hatten, nie gekannt hatten, schienen diese fürchterlichen Blutsfehden fortzubestehen. Auge um Auge, Zahn um Zahn.

Theodosia reckte die Arme über den Kopf, bis sie spürte, dass die Spannung in den Schultern nachließ. Dann legte sie die Hände in den Nacken und massierte ihn sanft. Wenn die Dixon-Cantrell-Fehde noch immer bestand – und Ford Cantrell war gestern Nachmittag offensichtlich voll Feindseligkeit gewesen –, dann war die ganze Angelegenheit gewiss einen genaueren Blick wert.

Sollte die Polizei nicht Ford Cantrell befragen? Vielleicht nicht geradeheraus, ob er sich etwa an einer später explodierten Pistole zu schaffen gemacht hatte, aber vielleicht um ihn als Verdächtigen auszuschließen?

Theodosia sprang auf, trat an eine Kiefernvitrine, in der eine kleine, geschmackvolle Sammlung Wedgwood-Porzellan zur Schau gestellt war, und zog eine kleine Schublade auf. Sie ging ein braunes Lederetui für Visitenkarten durch und zog schließlich Burt Tidwells Karte heraus. Sie wendete sie zwischen Daumen und Zeigefinger hin und her, während sie im Geiste mit der Frage dasselbe tat.

Schließlich ging sie mit der Karte zurück an den Computer, setzte sich und schrieb Burt Tidwell eine kurze E-Mail. Sie war Einladung und Bitte zugleich, morgen im Indigo Tea Shop vorbeizukommen und mit ihr eine wichtige Frage zu erörtern.

Theodosia zögerte einen Augenblick und fragte sich, ob sie das Richtige tat. Dann ging sie auf »Senden.«

6

»Der Tee von Mariage Frères wird in Frankreich gemischt«, erklärte Theodosia ihren drei Gästen. »Dieser Tee hier, Mirabelle, ist ein chinesischer Schwarztee, parfümiert mit der ebenso kleinen wie köstlichen Mirabelle, einer Pflaumensorte, die im Norden Frankreichs gedeiht. Daher das lieblich milde Aroma.«

Meistens führte Drayton durch die Teeverkostungen. Diese Gruppe aber, alles Damen eines gewissen Alters und im historischen Viertel zu Hause, hatten ausdrücklich um

Theodosias Anwesenheit gebeten. Die drei hatten sie im Organisationskomitee des Charlestoner Gartenfestes kennen gelernt und waren begeistert von Theodosias Teekenntnissen, von ihrer Lebhaftigkeit und ihrem netten Wesen.

Das war Drayton an diesem Morgen gerade recht. Er unterstützte heute Haley und hielt die Stellung an dem kleinen Tisch neben der Theke, auf der die alte Registrierkasse und ein paar Vanillegraskörbe mit Teedosen und Teebonbons standen. Er war eifrig an der Arbeit und hatte seinen Ideen für die Kollektion Sommertees soeben den letzten Schliff verpasst.

»Brauchst du Hilfe?«, fragte er Haley, als sie mit dem zweiten Tablett Apfelküchlein an ihm vorbeirauschte, das für eine Gruppe von fünf kichernden Stammgästen bestimmt war, die ihren Morgentee immens zu genießen schienen.

»Aber bitte!«, sagte Haley, stützte die Hand auf die Hüfte und legte den Kopf schief. »Das ist doch ein Kinderspiel!«

Haley, strebsam und ehrgeizig wie sie war, hatte es sich in den Kopf gesetzt, den morgendlichen Ansturm allein zu meistern, und wehe dem, der versuchte, ihr dazwischenzufunken.

»Ich wollte nur sichergehen«, sagte Drayton beschwichtigend. »Mir würde nicht im Traum einfallen, mich einzumischen.«

»O Drayton!«, sagte Haley trocken. »Ich liebe deine Redegewandtheit, aber nicht so sehr wie du meine Heidelbeerküchlein.« Dies war eine spitze Anspielung auf die Tatsache, dass Drayton bereits zwei dieser riesengroßen Köstlichkeiten verspeist hatte.

»Wenn du erst mal in mein Alter kommst, dann musst du auch nicht mehr so sehr auf deine jugendliche Linie achten«, gab Drayton schnippisch zurück.

Als die Damen aus Theodosias Dreiergrüppchen sich erhoben und auf ihn zukamen, fuhr Drayton herum. Er sprang auf, trat um den Ladentisch herum und blickte sie an. »Meine Damen«, begrüßte er sie.

»Ich benötige einen Teebereiter«, sagte eine Dame mit gelbem Strohhut.

»Und ich habe einige sehr hübsche Exemplare hier, die ich Ihnen zeigen kann«, antwortete Drayton, nahm ein paar Beispiele aus dem Regal und stellte sie auf die Theke.

Die anderen beiden Damen stürzten sich auf die Vanillegraskörbe und fingen an, aufgeregt zu schnattern. »Die sind ja wundervoll«, sagte die eine. »Ich hatte jahrelang einen Vanillegraskorb als Sommerhandtasche. Als er ausgefranst war, hat meine Enkeltochter mich angebettelt, ihn ihr zu schenken. Sie sagte, einige dieser Körbe stehen sogar im Smithsonian-Museum in Washington.«

»Das stimmt tatsächlich«, sagte Drayton. »Eine Sammlung Vanillegraskörbe aus South Carolina hat ihren Platz in der ständigen Sammlung, ein Tribut an die Kunsthandwerker aus dem Low Country.«

Drayton nahm einen der eleganten geflochtenen Körbe vom Ladentisch. »Diese hier«, sagte er verführerisch, »sind aus einer Sorte, die nur auf Johns Island angebaut wird. Ob bei einer der Damen womöglich Interesse besteht, einen dieser hübschen Körbe mit nach Hause zu nehmen?«

Zwei Köpfe nickten, und Drayton strahlte.

»Du bist der geborene Verkäufer, Drayton«, sagte Theodosia mit unverhohlener Bewunderung, als sie sich zu ihm setzte. Obwohl sie bereits seit beinahe drei Jahren zusammen arbeiteten, beobachtete sie Draytons großartiges Verkaufstalent noch immer mit Ehrfurcht. Ja, damals in der Werbebranche hatte sie Lebensmittel und Computerzubehör landesweit in ganz großem Stil vermarktet. Aber das Verkaufsgeschäft von Angesicht zu Angesicht verunsicherte sie noch immer ein wenig. Sie neigte dazu, einen Artikel nicht direkt zu verkaufen, sondern den Artikel für sich selbst sprechen zu lassen.

Theodosia streckte die Hand aus und tätschelte das Buch mit dem schwarzen Ledereinband, das für Drayton so etwas wie seine Bibel geworden war. Es enthielt beinahe sämtliche Notizen zur Teeverkostung, seine Ideen für Teemischungen, Veranstaltungen und Teeseminare.

»Du hast an den Sommertees gearbeitet«, stellte sie mit dem angemessenen Ernst fest.

Drayton nickte.

»Dein White Point Green war auf dem Picknick eindeutig der Renner, den werden wir also auf alle Fälle für den Verkauf abpacken«, fuhr Theodosia fort.

Drayton nickte wieder. »Ganz deiner Meinung. Außerdem schwebt mir ein weiterer Eistee vor.« Er machte eine Pause. »Ich nenne ihn Audubon-Eistee, eine Huldigung an unseren Audubon Swamp Garden.«

Theodosia nickte. »Wo John Audubon die Wasservögel von South Carolina katalogisiert hat.«

»Richtig. Der Tee besteht aus ein wenig Schwarztee, gemischt mit Hibiskus, Zitronengras und Kamille. Mild, erfrischend, nicht zu anregend.«

Theodosias Augen funkelten. »Das gefällt mir. Der Tee und die Huldigung. Was noch?«

»Zwei Sorten, die ziemlich exotisch sind«, sagte Drayton. Dann fügte er schnell hinzu: »Wir stellen schließlich immer wieder fest, dass die Leute das Exotische mögen.«

»Da bin ich ganz deiner Meinung, Drayton.«

»Die erste nenne ich Ashley River Royal. Ein ceylonesischer Schwarztee, parfümiert mit Birnenessenz.«

»Das klingt wahrlich exotisch.«

»Nein, der wahre Coup kommt jetzt: Swan Lake Iris Gardens. Wieder eine Hommage an den eleganten Park, der die Heimat ... wie vieler? ... sieben verschiedener Arten Schwäne ist? Und du weißt ja, wie beliebt der Park im Frühling ist, wenn die Holländische Iris und die Japanische Sumpfiris blühen.«

»Natürlich«, sagte Theodosia. »Und woraus besteht die Mischung?«

»Vier verschiedene Tees mit einer Kopfnote von rauchigem Lapsang Souchong.«

»Drayton, damit wirst du nicht nur die Herzen der Teeliebhaber im Sturm erobern, sondern dich auch noch bei Vogelfreunden und Gärtnern beliebt machen. Und dazu gehört in Charleston so gut wie jeder.«

»Ich weiß«, sagte Drayton.

»Hey«, unterbrach Haley, »wir werden das Zeug aber nicht wieder selbst abpacken, oder? Erinnert ihr euch noch an die Weihnachtstees letzten Herbst? Mein Rücken tut weh, wenn ich nur daran denke!«

»Nein, diesmal beauftragen wir Gallagher's Food Service damit«, sagte Drayton. »Offen gestanden, ich habe es sehr genossen, dass wir alle zusammen gearbeitet haben, aber meinen Enthusiasmus hat leider keine von euch geteilt. Ich hatte die ganze Zeit den Eindruck, ihr stündet kurz vor der Meuterei.«

»Letzten Herbst hatten wir sogar noch ein zusätzliches

Paar Hände«, sagte Haley. »Aber wen könnten wir denn jetzt noch zwangsverpflichten, wo Bethany nach Columbia gezogen ist? Miss Dimple etwa?«

»Die wäre bestimmt keine Spielverderberin«, sagte Drayton. »Ich wette, sie würde sich nicht halb so sehr beklagen wie du damals.«

»Drayton, komm ja nicht auf die Idee, die arme Miss Dimple zum Teepacken zu zwingen«, sagte Theodosia und lachte.

»Eine Sache noch«, sagte Drayton, während er das Buch zuklappte und aufstand. »Neue Verpackungen.« Er griff mit einer Hand hinter die Ladentheke und zog eine glänzende, dunkelblaue Schachtel mit abgerundetem Deckel hervor. »Indigoblaue Schachteln«, sagte Drayton.

»Die haben ja genau dieselbe Farbe wie unser Geschenkpapier!«, jubelte Theodosia begeistert. »So ein schlaues Kerlchen! Wo hast du die bloß her?«

»Von einem Großhändler in San Francisco«, sagte Drayton. »Gallagher's kann uns den Tee in die üblichen Folienbeutel abfüllen und die Tüten dann in diese Schachteln packen. Danach müssen wir nur noch die Etiketten aufkleben. Ich habe mir erlaubt, bei unserem Drucker ein paar Muster goldener Etiketten zu besorgen. Du brauchst nur noch Form und Schrifttype zu bestimmen«, sagte Drayton, »und die Sache ist geritzt.«

»Kinderspiel«, sagte Theodosia.

»Schaut bitte nicht hin«, raunte Haley ihnen zu. »Aber dieser schreckliche Bulle ist gerade gekommen. Möchte nur wissen, was der hier will!«

»Ich habe ihn eingeladen«, sagte Theodosia.

»Du hast ihn *eingeladen*?« Haley war sprachlos.

»Haley, sei so lieb, lauf nach hinten, und stell uns ein

hübsches Arrangement deiner Köstlichkeiten zusammen, ja? Und du, Drayton, könntest du uns bitte eine frische Kanne Tee kochen? Vielleicht von dem Dunsandle Estate?«

»Natürlich, Theo«, sagte Drayton. Dann drehte er sich zu Haley um. »Na los, Mädchen! Bist du festgewachsen? Hol doch freundlicherweise das Gebäck, um das Theodosia gebeten hat.«

»Okay, okay.« Haley fügte sich widerwillig. »Aber du weißt, dass ich den Kerl nicht ausstehen kann. Er hätte Bethany beinahe zum Nervenzusammenbruch getrieben mit seinen ganzen Fragen und den schrecklichen Verdächtigungen. Er ist ein widerlicher Schnüffler, ganz einfach!«

»Er ist ein hochrangiger Polizist«, korrigierte Drayton sie raunend. »Und jetzt das Gebäck, bitte!«

»Jawoll!«, erwiderte Haley.

»Detective Tidwell«, begrüßte Theodosia ihn herzlich. »Nehmen Sie doch hier am Fenster Platz.«

»Schön, Sie wiederzusehen, Miss Browning«, sagte Tidwell, während er seine massige Gestalt auf einen hölzernen Stuhl mit gedrechselten Beinen und Armlehnen zwängte. »Nett von Ihnen, dass Sie mir eine Nachricht haben zukommen lassen, auch wenn's eine elektronische war.«

Er lächelte sie heiter an, und Theodosia wusste, dass in diesem Lächeln in Wirklichkeit nur wenig Heiterkeit steckte. Tidwells Geplauder und kleine Schmeicheleien waren Eröffnungszüge, die sich für Ahnungslose als eiserne Fußangeln entpuppen konnten.

»Ich möchte mit Ihnen über Oliver Dixon sprechen«, sagte Theodosia.

»Sie meinen, über Oliver Dixons Tod«, korrigierte Burt Tidwell sie.

»Wenn Sie es so ausdrücken möchten, ja.«

Theodosia wartete schweigend, während Haley Tassen, Teller, Messer und Löffel vor sie hinstellte und Drayton gleich darauf mit einer dampfenden Kanne Tee an den Tisch trat. Theodosia schenkte einen Schluck des süßen Elixiers in Tidwells Tasse und lächelte mit heimlicher Befriedigung, als seine Nase zu zucken begann. Dann brachte Haley das Tablett mit dem Gebäck, und Tidwells Gesicht hellte sich merklich auf.

»Oh, oh, das ist ja wunderbar!«, sagte er und schaufelte sich ein Himbeerbrötchen auf den Teller. »Ob es wohl, rein zufällig, ein wenig Marmelade zu dieser Süßigkeit gäbe?«

Doch Haley war schon wieder zurück, diesmal mit Butter, einem Fässchen dicker Sahne und verschiedenen Gläsern Fruchtgelee.

»Detective Tidwell«, fing Theodosia an. »Gibt es inzwischen Erkenntnisse über die Pistole, die Oliver Dixon getötet hat?«

Tidwell schnitt sich ein Scheibchen Butter ab und strich es auf sein Brötchen.

»Ein paar«, antwortete er. »Die Pistole wurde in Amerika hergestellt, Mitte des achtzehnten Jahrhunderts zu militärischen Zwecken, und diente Offizieren als Seitenwaffe. Gemaserter Ahornschaft, mit Eichelverzierung am Abzugbügel. Eine elegante, aber nicht besonders gute Waffe. Wirklich effektiv nur aus kurzer Distanz.«

Jedenfalls effektiv genug, um Oliver Dixon tödlich zu verletzen, dachte Theodosia.

»Übrigens«, fuhr Tidwell fort, »die Pistole wurde in Oliver Dixons Jachtklub aufbewahrt. Auf Freundesland. Es ist also zweifelhaft, ob jemand sich daran zu schaffen gemacht hat.«

»Wer hat die Pistole geladen?«, fragte Theodosia.

»Ein Typ namens Bob Brewster. Und der macht das schon seit Jahren. Man nimmt wohl eine Prise Schwarzpulver und wickelt es in ein Stückchen Papier. So ähnlich wie ein Teebeutel«, erklärte Tidwell. »Dann steckt man das Päckchen in den Lauf. Brewster ist übrigens ganz fertig wegen der Sache.«

»Aber Oliver Dixon könnte dort einen Feind gehabt haben.«

Tidwell strich sich über sein üppiges Kinn. »Die meisten Leute, mit denen ich geredet habe, sprachen in höchsten Tönen über Oliver Dixon. Er war ehemaliger Präsident des Klubs und hat erhebliche Mittel zur Verbesserung der Anlage zur Verfügung gestellt. Er hat die Erneuerung der Bootspiers bezahlt und vor dem Klubhaus einen Grillplatz anlegen lassen.« Tidwell zog einen Spiralblock aus der Brusttasche und warf einen Blick darauf. Es war ein Block, wie Kinder ihn sich im Ramschladen kauften. »Ach, und Oliver Dixon hat letzten Sommer die Patenschaft für ein Segelprogramm für benachteiligte Jugendliche übernommen. ›Kinder können segeln‹, oder so ähnlich.«

»Demnach war Dixon also für seine Menschenfreundlichkeit bekannt?«, hakte Theodosia nach.

»Und ganz allgemein dafür, ein guter Mensch zu sein«, antwortete Tidwell. Er lächelte sie an und nahm sich dann ein Mandelküchlein. »Köstlich«, murmelte er.

Er hat mir kein Fitzelchen brauchbare Information zukommen lassen, dachte Theodosia. Aber habe ich allen Ernstes damit gerechnet? Theodosia seufzte innerlich. Sich mit Tidwell zu unterhalten glich immer einem Katz-und-Maus-Spiel.

»Wissen Sie, es besteht seit langer Zeit eine Fehde zwischen den Dixons und den Cantrells.« Sie beobachtete, wie er ihre Worte aufnahm. Er ließ sich nicht das Geringste anmerken.

»Diese Fehde geht bis in die Achtzigerjahre des neunzehnten Jahrhunderts zurück«, sagte sie. »Die Oberhäupter der beiden Familien lieferten sich damals ein Duell mit tödlichem Ausgang.«

»M-hm.« Tidwell biss noch einmal herzhaft in sein süßes Teilchen, doch Theodosia wusste, dass er ihr aufmerksam zuhörte.

»Irgendwann in den Dreißigerjahren ist Oliver Dixons Tante mit einem Cantrell durchgebrannt. Offensichtlich sind die beiden Familien seit damals verfeindet.«

»Dann verdächtigen Sie also den jungen Ford Cantrell?« Tidwells helle Augen hefteten sich fest auf sie.

»Wenn ich jemanden verdächtigen würde«, sagte Theodosia bedächtig, »würde das voraussetzen, dass ich es für ein Verbrechen halte. Und dafür fehlen mir die Beweise.«

»Aha«, sagte Tidwell. »Dann ist dieses Gespräch also nichts weiter als Teil der nachbarschaftlichen Gerüchteküche.«

Theodosia sah ihn unglücklich an.

Beim Anblick ihres Unbehagens verlor sich der amüsierte Ausdruck in Tidwells Augen, und er wurde ernst. »Ja, ich habe etwas über diese so genannte Dixon-Cantrell-Fehde läuten hören. Obwohl Sie mir, was die Einzelheiten anbelangt, eindeutig voraus sind.«

So riesig sein Körperumfang auch war, Tidwells Worte konnten, wenn er wollte, recht mager und spärlich sein.

»Kennen Sie sich gut mit antiken Pistolen aus?«, fragte Theodosia.

Er machte ein nachdenkliches Gesicht. »Nein, eigentlich

nicht. Unsere Ballistikexperten nehmen das Ding im Augenblick unter die Lupe, doch ihre Stärke liegt, wie man sich denken kann, eher auf dem Gebiet der modernen Waffen.«

Aber ich kenne einen Experten, dachte Theodosia. Und es könnte sein, dass ich die Gelegenheit beim Schopfe packen und mich ein wenig mit ihm unterhalten werde.

Tidwell schien mit sich zu ringen, ob er ein drittes Stück Gebäck nehmen sollte, doch dann ließ er es sein. »Also gut.« Mühsam kam er auf die Beine und wischte mit der Hand eine feine Wolke Puderzucker vom Revers. »Zeit zu gehen. Danke für die freundliche Einladung und diesen wunderbaren Tee.«

Und schon war er mir nichts, dir nichts zur Tür hinaus.

Theodosia sammelte das schmutzige Geschirr ein und trug es nach hinten in die Küche. »Drayton?«, rief sie über ihre Schulter. »Ist Timothy Neville in der Stadt? Das Sinfonieorchester hatte ein Gastspiel in Savannah. Weißt du, ob er schon zurück ist?«

»Ja, das ist er.« Drayton steckte den Kopf durch die Vorhänge. »Ich habe gestern erst mit Timothy gesprochen.«

»Oh«, war alles, was Theodosia dazu einfiel. Mit dem Gedanken zu spielen, Timothy Neville einen Besuch abzustatten, war das eine, sich aber tatsächlich mit Timothy Neville zu unterhalten stand auf einem ganz anderen Blatt.

»Glaubst du, er hasst mich immer noch, weil ich ihn in Verdacht hatte, diesen Immobilienhai vergiftet zu haben?«, fragte sie.

»Unsinn«, sagte Drayton. »Timothy Neville hasst nicht dich; er hasst jeden. Timothy ist schon immer ein Griesgram gewesen. Nimm seine schlechte Laune nicht persönlich.«

7

Im nächsten Monat würde Timothy Neville seinen achtzigsten Geburtstag begehen. Aber er hatte nicht die Absicht, diese Tatsache im historischen Viertel an die große Glocke zu hängen. O nein! Sein Geburtsdatum war schon seit langem Objekt heftigster Spekulationen, und er hatte nicht vor, diesem Spaß jetzt ein Ende zu bereiten. Manche schätzten ihn auf fünfundachtzig, andere lagen freundlicherweise zehn Jahre darunter.

Aber was spielte das schon für eine Rolle?

Er war in exzellenter körperlicher Verfassung, abgesehen von einer leichten Arthritis in den Händen. Und die rührte von den vielen Jahren Geigenspiel her und machte ihm nur bei Temperaturen unter 10°C zu schaffen.

Tatsache war, dass er bereits zwei seiner Ärzte überlebt hatte. Inzwischen gab er sich kaum mehr mit Ärzten ab. Henry, sein Butler, maß ihm zweimal täglich den Puls, und er schluckte eine ganze Palette Nahrungsergänzungsmittel, darunter Ginkgo Biloba, das Koenzym 10, Cholin sowie die Vitamine B1, B6, C und E.

Gut, er hatte ein paar Zugeständnisse an seine Ernährung gemacht, von vorwiegend rotem Fleisch zu Fisch gewechselt und von Bourbon zu Wein. Er rauchte immer noch gelegentlich eine Arturo Fuente, auch wenn dies zu den immer seltener werdenden Genüssen gehörte.

Die Gene. In Timothy Nevilles Augen war das alles auf die Gene zurückzuführen. Seine Mutter war neunzig geworden und bis zum Vorabend ihres Todes nie bettlägrig gewesen. Ihre Vorfahren, die bis auf die Hugenotten zurückgingen, die Mitte des siebzehnten Jahrhunderts vor religiöser Verfolgung aus Frankreich geflohen waren, waren ein entschlossener und zäher Haufen gewesen. Sie hatten die Unbilden einer Reise übers Meer ertragen, mit unermüdlichem Einsatz dazu beigetragen, Charles Town zu besiedeln, sie hatten die habgierige englische Krone zurückgeschlagen und den amerikanischen Bürgerkrieg überstanden. Heute zählten seine Ahnen zu den Gründervätern von Charleston und zur gesellschaftlichen Aristokratie.

Lächelnd betrachtete Timothy Neville das Landschaftsgemälde in seinen Händen. Es war in den späten Dreißigerjahren entstanden und stammte von Alice Ravenel Huger Smith, einer Aquarellmalerin, die für ihre stimmungsvollen Darstellungen der Reisplantagen im Low Country bekannt war. Das Bild hatte einigen Schaden erlitten. Eine Ecke war von Insekten angenagt worden, und ein brauner Stockfleck verunstaltete den Himmel. Außerdem war das Gemälde nicht in säurefreiem Papier aufbewahrt worden und deswegen leicht verblichen. Es würde erheblicher restauratorischer Fähigkeiten bedürfen, um dieses kleine Aquarell wieder in Stand zu setzen, aber das war es sicher wert. Huger Smiths Bilder waren heutzutage rar, und die meisten Leute, die eines besaßen, ließen es lieber in New York versteigern, als es einem Museum zu stiften.

»Mr. Neville? Da ist jemand für Sie?« Claire, eine seiner Sekretärinnen, stand in der Tür.

Timothy sah nicht auf. »Und wer, bitte?«

»Theodosia Browning?«

Bei Claire klingt alles wie eine Frage. Woran liegt das eigentlich?, fragte er sich. Er hatte diese enervierende Art zu sprechen auch schon bei anderen jungen Frauen bemerkt. Waren sie zu unsicher, um eine einfache, klare Aussage zu machen?

Es spielte keine Rolle. Timothy wusste, dass er schlicht ein wenig Zeit schindete, um über die Tatsache nachzugrübeln, dass ausgerechnet Theodosia Browning ihn sehen wollte. Es war gewiss nicht verwerflich, sie im Foyer noch ein bisschen zappeln zu lassen. Schließlich hatte sie im letzten Herbst den Verdacht gehegt, er sei in den Tod dieses Immobilienhais verwickelt, und hatte während einer musikalischen Soiree ein wenig in seinem Haus herumgeschnüffelt. Seit jenem Vorfall war sie, fand er, ihm gegenüber kühler und reservierter als andersherum. Verlegenheit? Gewissensbisse? Wahrscheinlich.

»Führen Sie sie herein«, sagte Timothy schließlich.

In einem Hauch von Seide betrat Theodosia Browning sein Büro. Er vernahm das leise Rascheln des Stoffs und gewahrte einen angenehmen, leicht blumigen Duft. Er fragte sich, ob es Parfum oder Tee war.

Timothy legte das Gemälde vor sich auf den Tisch und sah sie an. Er machte keinerlei Anstalten, ihr einen Stuhl anzubieten.

Sie lächelte ihn an und sah, wie er fand, ziemlich hübsch aus in dem aquamarinblauen Seidenanzug und mit der kaum zu bändigenden kastanienbraunen Lockenpracht, die ihr Gesicht einrahmte wie das einer freundlichen Meduse.

»Mr. Neville …«, begann Theodosia.

»Nennen Sie mich Timothy«, sagte er in seiner kurz angebundenen Art, die keinen Unsinn duldete. »Schließlich sind wir bestens miteinander bekannt, nicht wahr?«

Theodosia zuckte zusammen, und verlegene Röte schoss ihr ins Gesicht.

»Dann also Timothy.« Sie bedauerte bereits ihren spontanen Entschluss, hierher zu kommen. Timothy Neville hatte ganz offenkundig nicht vergessen, was sie vor einigen Monaten getan hatte. Sie schluckte, entschlossen, dies jetzt durchzustehen. »Sie sind ein Experte auf dem Gebiet alter Waffen«, fing sie an. »Gewehre, Pistolen, in der Art. Wären Sie in der Lage, mir zu erklären, wie eine Pistole von allein explodieren kann?«

»Na, Miss Browning, schnüffeln wir mal wieder?« Timothy Neville gönnte ihr ein verhaltenes Lächeln.

»Man könnte auch ermitteln dazu sagen, Mr. Neville«, gab sie zurück. Zur Hölle mit Timothy, beschloss Theodosia. Es war ihr viel lieber, ihn mit Mr. Neville anzusprechen. Auf diese Weise konnte sie ihn auf Armeslänge von sich halten, und genau dort wollte sie diesen merkwürdigen kleinen Mann auch lassen.

»Könnte man«, antwortete er. »Vorausgesetzt, man wäre ein ordnungsgemäß vereidigter Ermittler. Was Sie, soweit ich mich erinnere, nicht sind.«

Theodosia überging Timothys Bemerkung. »Mein Interesse gilt dem Tod von Oliver Dixon ... diesem schrecklichen Unfall, dem er zum Opfer gefallen ist. Sie sind ...«

»Ja, natürlich. Ich bin über den Vorfall im Bilde«, sagte Timothy leise. »Schreckliche Tragödie. Er war ein feiner Kerl.« Timothys klarer Blick bohrte sich förmlich in sie. »Und nun glauben Sie, weil ich eine Sammlung alter Waffen besitze, kenne ich mich mit explodierenden Pistolen und derlei aus?«

»Ich dachte, vielleicht könnten Sie mir mit einer Erklärung helfen«, sagte Theodosia.

»Eine Erklärung für einen Unfall«, erwiderte Timothy gedehnt. »Ich bin mir nicht sicher, ob ich Ihrer Logik folgen kann. Wenn es eine Logik gibt, der man folgen könnte.«

»Aber falls es kein Unfall war, dann ...« Theodosia brach

abrupt ab. »Sie werden mir nicht helfen, stimmt's?« Dieses Gespräch verlief nicht, wie sie es sich erhofft hatte. Ihr war klar, dass ihr schlechtes Gewissen ihm gegenüber ein riesiges Hindernis darstellte. Das und die Tatsache, dass Timothy Nevilles Überlegenheit ihr das Gefühl gaben, ein dummes Schulmädchen zu sein.

Timothy Neville zuckte beinahe unmerklich mit den Achseln.

»Nun, es mag Sie interessieren«, sagte Theodosia enttäuscht, »dass ich auf der Webseite der Heritage Society auf einige Hinweise gestoßen bin.«

Timothy sah sie unbewegt an.

»O ja«, fuhr Theodosia fort. »Dank alter Zeitungsausschnitte auf *Ihrer* Webseite habe ich einiges über die Dixon-Cantrell-Fehde in Erfahrung gebracht.«

»Schön für Sie«, sagte Timothy. Er hatte weder schnodderig noch brüsk klingen wollen, doch so war es herausgekommen. Er wusste, dass er ein barscher alter Mann war, zu schroffen Kommentaren und Äußerungen neigend, und er bedauerte augenblicklich den sarkastischen Tonfall.

Doch seine Worte trafen Theodosia ins Mark, und sie machte auf dem Absatz kehrt.

Es ist höchste Zeit zu gehen, dachte sie. Timothy Neville kommt mir nicht einen Millimeter entgegen.

Sie war schon zur Tür hinaus, als Timothy das Wort ergriff. »Miss Browning, wenn ich eine Vermutung äußern sollte, würde ich sagen, Sie sind möglicherweise in der richtigen Kirche, aber Sie suchen in der falschen Bank.« Seine versöhnlich gemeinten Worte überschlugen sich. Außerdem hatte er so leise gesprochen, dass Theodosia kaum alles verstanden hatte. Es war wie eine zerkratzte Schallplatte zu hören und nur Bruchstücke zu verstehen.

»Was?«, fragte Theodosia, weil sie nicht wusste, was er ihr damit sagen wollte.

Doch Timothy Neville hatte sich bereits wieder seinem Gemälde zugewandt.

8

»Hast du erfahren, was du wolltest?«, fragte Drayton. Nachdem Theodosia in den Teeladen zurückgekommen war, hatte er beinahe eine Stunde gewartet, ehe er sie ansprach. Sie hatte sich sofort in ihr Büro zurückgezogen, und er hörte sie auf ihrem Laptop tippen. Wahrscheinlich saß sie an irgendwelchen Marketing-Strategien. Der Laden, die Webseite, die Tee-Events und die neue Idee für Badeprodukte aus Teepflanzen hielten Theodosia ganz schön auf Trab. Sie war in letzter Zeit etwas zerstreut. »Lange genug weg warst du ja«, fügte er hinzu.

Theodosia lehnte sich zurück und atmete langsam und hörbar aus. »Das Treffen mit Timothy hat nicht so lange gedauert. Aber ich war hinterher so unglaublich wütend, dass ich erst mal einen Beruhigungsspaziergang auf dem Saint Philip's machen musste.«

Der Friedhof hinter der Kirche von Saint Philip's war einer der versteckten Plätze in Charleston, ein Fleckchen, an das sich nicht allzu viele Touristen verirrten. Mit seinen Brunnen und Skulpturen und schönen alten Grabsteinen war der Friedhof ein ruhiger, friedvoller Ort, an dem man reichlich Trost finden konnte.

»Hat Timothy dich so wütend gemacht?«, erkundigte sich Drayton.

Er wusste, dass Timothy alt und bärbeißig war, aber er wusste auch, dass man mit dem Mann umgehen konnte. Vorausgesetzt natürlich, man fasste ihn mit Samthandschuhen an.

»Timothy Neville hasst mich«, verkündete Theodosia. »Da bin ich mir sicher. Er hat mich so kalt und berechnend angesehen, als wollte er mich mit seinem Blick durchbohren. Ich weiß, ihr im Vorstand der Heritage Society seid der Meinung, dass er seine Sache wunderbar macht, weil er Gelder auftreibt und erreicht, dass man alte Gebäude unter Denkmalschutz stellt, aber in meinen Augen ist er nichts weiter als ungehobelt und herablassend.« Sie stützte die Ellbogen auf den Tisch und das Kinn in die Hände. »Genau das«, sagte sie. »Schlicht und einfach. Er hasst mich.«

»Theodosia, ich glaube, du bist ein wenig paranoid«, erwiderte Drayton.

»Bin ich nicht. Er ist wirklich ein abscheulicher kleiner Mann.«

»Der auch sehr charmant sein kann«, widersprach Drayton. »Und außerdem, wenn Timothy dich hassen würde, hätte er dich wohl kaum auf seine Gartenparty eingeladen.«

Nächste Woche begann das alljährliche Charlestoner Gartenfest, eine einwöchige Veranstaltung, während der knapp vierzig private Innenhofgärten im alten Viertel der Öffentlichkeit zugänglich gemacht wurden. Viele Gartenfreunde hatten jahrelang an ihren Gärten gearbeitet, Brunnen gesetzt und preisgekrönte Blumen gezüchtet, um mit von der Partie zu sein. Aber es wurde jedes Jahr nur eine bestimmte Anzahl Gärten zugelassen. Und diese Zulassung bedeutete eine große Ehre. Natürlich führte Timothy

Nevilles Garten hinter seinem prächtigen Stadtpalais im Südstaatenstil auf der Archdale Street die Liste an.

»Er hat nicht mich eingeladen«, sagte Theodosia. »Er hat *dich* eingeladen.«

»Ja, aber dein Name stand auf der Zusage, weil du bereit warst, mich zu begleiten.«

Theodosia zog die Nase kraus. »Muss ich mitgehen?«

Drayton sah sie streng an. »Selbstverständlich. So kurzfristig kann ich unmöglich absagen. Das wäre ziemlich unhöflich. Abgesehen davon ist es eine wichtige Veranstaltung.«

»Okay.« Theodosia seufzte. Sie streckte die Beine aus und streifte die Schuhe von den Füßen. Sie waren aus wunderbar dünnem Leder und passten perfekt zu ihrem aquamarinblauen Anzug. Dafür hatte Delaine gesorgt, ihr unfehlbarer Schutzengel in Sachen Mode. »Ich hoffe nur, Timothy wirft mich nicht gleich in hohem Bogen hinaus.«

»Hat er dir wirklich überhaupt keine Informationen gegeben?«, bedrängte Drayton sie sanft. »Das sieht ihm nicht ähnlich. Er hat dich vielleicht ein bisschen geneckt, aber im Grunde genommen fühlt Timothy sich immer sehr geschmeichelt, wenn sein Sachverstand gefordert ist.«

Theodosia nahm einen schwarzen Filzstift und fing an, die Schreibunterlage mit Kringeln zu verzieren.

Drayton fand, dass es an der Zeit war, das Thema zu wechseln. »Du hast an deinen Badeprodukten gearbeitet.«

»Ja.«

»Und? Irgendwas dabei herausgekommen?«

Theodosias Gesicht hellte sich auf. »Eine ganze Menge sogar. Was hältst du von einer ganzen Linie mit Badeprodukten? Teebeutel für die Badewanne, sozusagen. Es gibt so viele grüne Tees, die wunderbar bei Muskelkater und

Verspannungen helfen, und Kräuter wie Lavendel, Jasmin, Kamilleblüten und Rosenblätter, die die Haut geschmeidig machen. Der Markt für Badeprodukte, vor allem die mit Naturzusätzen, boomt wie verrückt, und ich glaube, pflegende Teeprodukte würden da genau hineinpassen.«

»Glaube ich auch«, stimmte Drayton ihr zu.

Beinahe eine Stunde lang drehten und wendeten sie Theodosias Ideen vorwärts und rückwärts. Theodosia machte sich unzählige Notizen und schaltete schließlich ihren Laptop ein, weil sie behauptete, die Ideen damit noch schneller zu Papier bringen zu können.

Um fünf Uhr kam Haley herein.

»Ich sperre jetzt zu, okay?«

»Klar, in Ordnung.« Theodosia wedelte mit der Hand. Die schlechte Laune war verflogen. »Schönen Abend.«

»Dir auch«, sagte Haley. »Tschüss, Drayton.«

»Gute Nacht«, rief er.

Einen Moment lang saßen Theodosia und Drayton schweigend da und lauschten, wie Haley die Lichter löschte, dann zur Vordertür hinausging und hinter sich zuschloss. Das einzige Licht im Teeladen kam von der Tiffany-Lampe auf Theodosias Schreibtisch.

»Drayton«, sagte Theodosia schließlich gedehnt, »Timothy Neville hat *doch* etwas zu mir gesagt.«

Er sah sie abwartend an.

»Timothy murmelte etwas von ›richtige Kirche, falsche Bank‹. Ich glaube, er bezog sich damit auf die Dixon-Cantrell-Fehde. Hast du schon mal was davon gehört?«

Drayton nickte. »Immer mal wieder das eine oder andere.«

»Darüber habe ich heute auch mit Detective Tidwell gesprochen.«

»So was Ähnliches haben Haley und ich uns schon gedacht. Glaubst du, Ford Cantrell …?«

Theodosia zuckte mit den Achseln. »Vielleicht … Du hast ja gesehen, wie sehr er auf dem Picknick außer sich geriet.«

»Mordswütend«, stimmte Drayton ihr zu.

»Es könnte natürlich genauso gut sein, dass Timothy mich absichtlich in die falsche Richtung lotsen wollte.«

»Das sähe ihm aber gar nicht ähnlich. Er hält sich für sehr scharfsinnig und präzise.«

Sie sahen sich einen Augenblick schweigend an.

»Also«, sagte Drayton. »Dann wirst du der Sache also weiter nachgehen, oder?«

Theodosias blaue Augen waren genauso schön und unergründlich wie der nahe Atlantik. »Worauf du dich verlassen kannst«, sagte sie.

9

»Ist das nicht ein wunderbares Stück? Sehen Sie, wie das Licht den graugrünen Glanz einfängt? Ich hoffe sehr, dass es sich wirklich um Edgefield-Keramik handelt.«

Vorsichtig stellte Theodosia die heißen Blaubeermuffins auf ihr Tablett und lauschte. Sie kannte diese Stimme. Zumindest glaubte sie, dass sie sie kannte.

Sie teilte den Vorhang und trat in den Verkaufsraum. Ein wenig überrascht stand sie vor Giovanni Loard, der eine Teekanne in Händen hielt und sich angeregt mit Drayton unterhielt.

»Ja«, sagte der gerade, »sie ist tatsächlich ein Edgefield-

Stück, und ich würde sie definitiv auf das frühe neunzehnte Jahrhundert datieren.«

Draytons Brille war bis auf seine Nasenspitze hinuntergerutscht, und er dozierte mit seiner, wie Haley sie nannte, Heritage-Society-Stimme. Timothy Neville mochte es lieben, seinen Sachverstand zur Schau zu stellen, doch Drayton stand ihm darin nur wenig nach.

»Guten Morgen«, begrüßte Theodosia die beiden Männer, nachdem sie Brotkörbchen auf den Tischen verteilt hatte. Drayton lächelte abwesend, doch Giovanni Loard sprang auf und schüttelte ihr überschwänglich die Hand.

»Miss Browning, wie schön, Sie wiederzusehen!«, schwärmte er. »Und es ist wunderbar, endlich Ihrem Teeladen einen Besuch abzustatten.«

»Sehr schön, dass Sie gekommen sind«, erwiderte sie. »Noch einmal mein Beileid zum Tod Ihres Cousins.«

Giovannis Lächeln verschwand. »Danke. Es ist eine schwere Zeit für uns alle. Ganz besonders für Doe. Dem Himmel sei Dank für kleine Aufmerksamkeiten von Menschen wie Ihnen.«

»Sieh dir das an.« Drayton drückte Theodosia eine robuste kleine Keramikkanne in die Hand.

»Ihr absolut brillanter Kollege hier war so freundlich, einen Blick auf diese Teekanne zu werfen«, sagte Giovanni. »Er ist sich ziemlich sicher, dass es sich um eine Edgefield handelt.«

Die Edgefield-Keramik stammte aus einem großen Vorkommen schweren Lehmbodens in Edgefield County, nordwestlich von Charleston entlang des Savannah River gelegen. Im neunzehnten Jahrhundert waren in den Edgefield-Brennereien Krüge, Vorratsgefäße, Schalen, Teekannen und kleine, wie Gesichter geformte Krüge entstanden.

»Hübsch«, sagte Theodosia, während sie die kleine Kostbarkeit in ihren Händen wendete. »So etwas ist schwer zu finden. Haben Sie die Kanne über Ihr Geschäft bekommen?«

»O nein«, sagte Giovanni. »Sie gehörte zu Does und Olivers Hochzeitsgeschenken. Das arme Kind kann den Anblick dieser Dinge nicht ertragen. Schon die Tatsache, sie im Haus zu haben, bricht ihr das Herz. Daher hat sie mich gebeten, den Verkauf diverser Stücke für sie zu arrangieren.«

»Sicher ist sie am Boden zerstört«, sagte Theodosia, doch sie fand es mehr als merkwürdig und fast ein wenig geschmacklos, dass Doe so kurz nach Oliver Dixons Tod damit anfing, die Hochzeitsgeschenke zu verscherbeln. Verdammt noch mal, der Mann wurde morgen erst beerdigt!

»Es gibt noch keine Fortschritte in der Klärung der Todesumstände.« Giovanni machte ein langes Gesicht. »Jeder tönt, was für ein schrecklicher Unfall es war. Aber ich bin fest davon überzeugt, dass sich jemand an der Pistole zu schaffen gemacht hat. Genau wie Doe.«

»Die Polizei ermittelt doch, oder?«, fragte Drayton.

»Ja«, sagte Giovanni gedehnt. »Und ich habe ihnen geraten, Ford Cantrell genau unter die Lupe zu nehmen. Der Kerl ist durch und durch korrupt.« Giovanni sah Theodosia ernst an. »Vielen Dank noch mal für Ihr schnelles Handeln auf dem Picknick.«

Theodosia winkte ab. Das hätte sie für jeden anderen auch getan.

»Lassen Sie mir diese Kanne ein oder zwei Tage da«, bot Drayton ihm an. »Dann bespreche ich mich mit einem Bekannten. Er sammelt Edgefield-Objekte und könnte uns mit einem Preisvorschlag behilflich sein.«

»Das wäre wunderbar«, murmelte Giovanni Loard. Sein Gesicht hellte sich auf, als Haley mit einer Kanne Tee an den Tisch trat. »Hallo«, begrüßte er sie lächelnd.

»Ah, da kommt der Tee«, sagte Drayton. »Danke, Haley.« Er schenkte Giovanni, Theodosia und sich eine Tasse Munnar-Tee ein.

Doch Haley rührte sich nicht von der Stelle, und Giovanni lächelte sie weiter an.

»Giovanni Loard, das ist Haley Parker«, stellte Theodosia die beiden einander vor.

»Sehr erfreut«, sagte Haley. »Darf ich Ihnen etwas Süßes anbieten? Ich habe gerade ein paar Zitronentörtchen aus dem Ofen geholt.«

»Das wäre reizend«, erwiderte Giovanni noch immer lächelnd, und Haley eilte davon, um das Gebäck zu holen.

»Hübsches Mädchen«, bemerkte Giovanni und trank einen Schluck Tee. »Oh, der ist ja köstlich!«, rief er aus. »Dabei habe ich keine Ahnung von Tee. Ich könnte nicht sagen, ob er aus China oder aus Japan kommt.«

»Um genau zu sein«, sagte Theodosia, »stammt er aus Indien.«

»Sehen Sie? Was habe ich gesagt? Herrje!« rief er, als Haley wiederkam und einen Teller vor ihn hinstellte. »Ich werde hier von Ihnen mit Aufmerksamkeit und Gastfreundschaft geradezu überschüttet! Unglaublich, dass ich den Weg in den Indigo Tea Shop nicht früher gefunden habe!«

»Sie haben doch vor kurzem ein Haus hier in der Nähe gekauft, oder?«, fragte Theodosia. Sie erinnerte sich, dass Delaine ihr etwas Derartiges erzählt hatte.

»Ja«, antwortete Giovanni. »Drüben auf der Legare Street. Es ist eins dieser alten viktorianischen, schmalbrüstigen Häuser, die nur ein Zimmer breit sind. Sie wissen ja, wie das ist … charmant, mit geschnitzten Balustraden und absolut alles *dringend* renovierungsbedürftig. Bis jetzt ist es ein Fass ohne Boden, aber ich hege die Hoffnung, dass es mir irgendwann gelingt, den ursprünglichen Zustand wiederherzustellen.«

»Ich kenne diese Häuserzeile ziemlich gut«, sagte Drayton. »Die meisten haben bezaubernde Gärten.«

Giovanni nickte eifrig. »Der Garten hat mich mit allem versöhnt. Der Ziegelpatio, der kleine Brunnen und die Statuen sind in beinahe perfektem Zustand. Ich musste lediglich ein paar Pflanzen ergänzen. Lachen Sie nicht«, fügte Giovanni mit verschwörerischem Tonfall hinzu, »aber mein Garten ist tatsächlich beim Gartenfest nächste Woche mit von der Partie!«

»Das ist ja wunderbar!«, rief Drayton aus. Gartengestaltung gehörte zu Draytons ausgemachten Steckenpferden. Er hatte in seinem kleinen Hinterhof einen eleganten Garten angelegt und sich jüngst sogar auf das Gebiet der Bonsaizucht vorgewagt. »Aber mir war nicht bewusst, dass Sie Mitglied im Gartenverein sind, und auch nicht, dass Ihr Garten Teil der diesjährigen Tour ist.«

»Mein *Tag des offenen Gartens* ist am Freitag«, sagte Giovanni. »Der Abend nach Timothy Nevilles großer Eröffnungsparty. Ich wäre sehr geschmeichelt, wenn Sie alle vorbeischauen würden.«

»Ich glaube, Giovanni Loard möchte Haley wieder sehen«, sagte Drayton hinterher.

Haley errötete vom Kopf bis zu den Zehenspitzen. »Niemals! Er ist einfach nur ein netter Mensch. Ein Gentleman.«

»Bist du dir da sicher?«, bemerkte Theodosia. Sie hatte

sich während Giovanni Loards Besuch ziemlich ruhig verhalten. Alles, was bei ihrer ersten Begegnung letzten Sonntag an ihm so charmant gewirkt hatte, erschien ihr jetzt ein wenig aufgesetzt. Vielleicht war er, als er sich mit Drayton, Haley und ihr konfrontiert sah, auch nur ein bisschen nervös gewesen. Die Schwatzhaftigkeit des Trios konnte manchmal etwas einschüchternd wirken.

»Kommt es dir nicht auch seltsam vor, dass Doe ihre Hochzeitsgeschenke verkauft?«, fragte Theodosia Haley, als sie Gläser mit DuBose Bienenhonig und Dundee's Devonshire Cream in die Regale räumte.

»Es ist geschmacklos«, stimmte Haley ihr zu. »Und ich habe langsam den Verdacht, dass Doe doch zu denen gehört, die versuchen, die gesellschaftliche Leiter raufzuklettern. Warum hätte sie sonst jemanden heiraten sollen, der so viel älter ist als sie? Ich glaube, Delaine hatte bei der Sache mit dem Geld doch Recht.«

Ist Doe tatsächlich nur hinter dem Geld her?, fragte Theodosia sich insgeheim. Läuft es darauf hinaus?

Doe wirkte überaus harmlos, beinahe kindlich. Eine gut aussehende junge Frau, die sich in einen älteren Mann verliebt hatte. Andererseits war ihr Mann gerade umgekommen, und wenn Olivers Söhne keinen Widerstand leisteten, würde Doe einen guten Teil seines Geldes erben. Was bedeutete, dass auch sie als Verdächtige in Frage käme.

Theodosia hatte hin und her überlegt, ob sie zu Oliver Dixons Beerdigung gehen sollte. Jetzt stand ihr Entschluss so gut wie fest.

Warum auch nicht?, fragte sie sich. Oliver Dixon hatte in der Altstadt gelebt, und das machte ihn zum Nachbarn. Seiner Beerdigung beizuwohnen wäre also eine nachbarschaftliche Geste.

Außerdem war sie dabei gewesen, als Oliver Dixon gestorben war. Gut, sie hatte lediglich eine Nebenrolle gespielt, aber das war immer noch mehr, als die meisten anderen an diesem schrecklichen Nachmittag in White Point Gardens getan hatten.

»Störe ich?« Miss Dimple stand in der Tür zu Theodosias Büro. »Ich kann auch ein bisschen später wiederkommen, wenn es Ihnen lieber ist. Kein Problem.«

»Oh, Miss Dimple!«, sagte Theodosia und riss sich von ihren Überlegungen los. »Ich war einen Augenblick ganz in Gedanken. Kommen Sie herein.«

»Ich habe die Kalkulation für den vergangenen Monat dabei«, sagte Miss Dimple und lächelte Theodosia an. »Es sieht ziemlich gut aus, sogar wenn man die Anlaufkosten für die Internetseite berücksichtigt.«

»Miss Dimple?« In Theodosia keimte eine Idee. »Sie sind doch Buchhalterin. Gibt es eine Möglichkeit, die Finanzen einer Firma zu überprüfen, ohne dass die es merken?«

»Wir könnten D&B-Daten abrufen. Sie wissen schon, Wirtschaftsinformationen bei Dun & Bradstreet einholen.«

»Ist das sehr aufwändig?«

»Das habe ich für Mr. Dauphine ständig getan. Soweit ich weiß, geht es über das Internet inzwischen sogar noch schneller.«

»Das Internet? Wirklich?« Theodosia strahlte. Vertrautes Terrain! »Tolle Idee! An die Arbeit.«

10

»Habt ihr schon das Neueste gehört?« Delaine Dish rauschte zur Tür herein und pflanzte sich selbstbewusst wie die Großherzogin Romanow an den nächsten Tisch.

»Welche Neuigkeiten meinst du denn, Delaine?«, fragte Theodosia leicht resigniert. Sie waren die ganze Mittagszeit über furchtbar beschäftigt gewesen, und die Sandwiches waren ihnen ausgegangen. Haley war mutig in die Bresche gesprungen, indem sie ein Dutzend Obst-Käse-Teller zusammengestellt und mit kleinen Stapeln Kräckern vervollständigt hatte. Diese Teller hatten ihren Zweck bei den späten Gästen erfüllt, aber Theodosia war noch immer nicht wieder ganz bei Atem, und sie war sich nicht sicher, ob sie Delaine und ihre Geschichten heute ertragen konnte.

»Erinnert ihr euch noch an diesen grässlichen Mann auf dem Picknick?«, fragte Delaine. Sie zog einen goldenen Taschenspiegel und einen Lippenstift hervor. »Ford Cantrell?« Jetzt drehte sie den Lippenstift heraus und zielte damit auf ihren Mund, darauf vertrauend, dass ihr die Aufmerksamkeit aller sicher war. »Mir ist zu Ohren gekommen, dass er zum Verhör musste«, murmelte sie wie nebenbei, während sie die Lippen spannte und ihr rosarotes Markenzeichen auffrischte.

Sie ließ den Stift zurück in die Handtasche plumpsen und schenkte Theodosia und Drayton ein strahlendes Lächeln. »Und? Ist das nichts?«, fragte sie, als sei sie persönlich in die Sache involviert.

»Na ja, eigentlich überrascht es mich nicht«, sagte Drayton. Er nahm eine frisch aufgebrühte Kanne Tee, Tassen und den Rest seines Mittagessens und stellte alles auf Delaines Tisch. Dann machte er es sich auf dem Stuhl ihr gegenüber bequem. »Puh! Nach dem anstrengenden Mittagsgeschäft bin ich wirklich erledigt«, verkündete er. »Ich werde zu alt dafür.«

»Unsinn!«, sagte Delaine. »Sie sind ein Mann in den besten Jahren. Kaum mittleren Alters!«

»Das stimmt, Drayton will nämlich hundertzwanzig werden«, sagte Haley im Vorbeikommen.

»Pst!«, machte Delaine. »Sie dürfen Drayton nicht verärgern. Ich weiß zufällig, dass bei ihm wieder einmal ein Geburtstag vor der Tür steht.«

»Steht bei *Ihnen* nicht auch ein Geburtstag vor der Tür, Delaine?«

»Der Himmel bewahre, nein!«, sagte sie. »Das liegt noch in weiter Ferne.« Sie beäugte den Obst-Käse-Teller, in dem Drayton herumstocherte. »Habt ihr zufällig noch eins von diesen niedlichen kleinen Häppchen?«, fragte sie Haley.

»Klar.« Haley grinste. »Augenblick.« Und sie verschwand in der Küche, um Delaine einen Teller fertig zu machen.

»Woher weißt du das mit Ford Cantrell?«, fragte Theodosia.

»Ach Liebes, das macht doch auf der ganzen Church Street die Runde. Monica Fisher hat es mir heute Morgen erzählt, als sie kurz bei mir reingeschaut hat. Danach bin ich auf der Straße Dundy Baldwin in die Arme gelaufen. Jedenfalls war es für alle ganz schön peinlich, als dieser Cantrell auf dem Picknick einen Streit mit Oliver Dixon und seinem gut aussehenden Cousin angefangen hat.«

»Weißt du, worüber sie gestritten haben?«, fragte Theodosia.

»Keine Ahnung«, sagte Delaine und winkte ungeduldig ab. »Irgendein Blödsinn. Übers Fischen, glaube ich. Wusstest du, dass Ford Cantrells Großonkel vor ewigen Zeiten mit Oliver Dixons Tante durchgebrannt ist?« Delaine zog missbilligend die Augenbrauen in die Höhe. »Die Leute reden immer noch darüber!«

»Ach, wirklich?«, sagte Drayton. »Es ist doch schon schrecklich lange her, und in Charleston gab es seitdem genügend andere pikante Skandale.«

Delaine beugte sich gespannt nach vorn. »Ist noch etwas passiert, von dem ich wissen sollte?«

»Einen Obst-Käse-Teller, Madam.« Haley servierte Delaine einen rosa-weißen Porzellanteller, auf dem appetitliche Scheiben Camembert und Cheddar lagen, arrangiert mit Weintrauben und Apfelscheiben. »Ach, und ich habe vorhin die E-Mails abgerufen und dir das hier ausgedruckt«, sagte Haley. Sie gab Theodosia ein paar Blätter. »Ich glaube, das ist für dich. Eine Finanzanalyse von Grapevine?« Sie sah Theodosia fragend an.

»Grapevine?« Delaine war ganz Ohr. »Ist das nicht die Firma, die Oliver Dixon gegründet hat? Was um alles in der Welt willst du denn mit Finanzdaten? Planst du etwa eine kleine Fusion oder Übernahme, von der wir nichts wissen, Theodosia?«

»Koste diesen Tee, Delaine«, sagte Drayton. »Ein wunderbarer Darjeeling.«

»Ach, danke sehr, Drayton.« Delaine strahlte ihn an, als er ihr vorsichtig einschenkte, dann nahm sie ein kleines Stückchen Käse von ihrem Teller und nagte genussvoll daran. »Oh, dieser Camembert ist *himmlisch,* der *zergeht* förmlich auf der Zunge. Ich will gar nicht daran *denken,* wie hoch der Fettgehalt ist!«

»Theodosia, es tut mir so Leid!«, sagte Haley. Sie trat nervös von einem Fuß auf den anderen, und ihre Seelenqualen standen ihr förmlich ins Gesicht geschrieben. »Diese E-Mail einfach so vor Delaine zu erwähnen … ich habe mein Hirn ausgeschaltet!«

»Es ist nicht deine Schuld. Du wolltest nur hilfsbereit sein«, sagte Theodosia, während sie einen Stapel Unterlagen in ihren Aktenkoffer legte. Sie war über den Vorfall auch nicht erfreut, aber was sollte sie tun? Haley war normalerweise sehr umsichtig und diskret. Es war ein Ausrutscher gewesen. Nur zu dumm, dass ihr dieser Ausrutscher ausgerechnet vor Delaine Dish unterlaufen war.

Aber Drayton war sofort zu Hilfe gekommen und hatte Delaine mit einer Tasse Darjeeling abgelenkt. Vielleicht sogar mit Erfolg. Sie musste abwarten.

»Ich komme mir so dämlich vor!«, sagte Haley.

»Nein«, erwiderte Theodosia. »Das hätte jedem von uns passieren können.«

»Glaubst du wirklich? Nein, das sagst du jetzt nur so.«

»Haley, genug damit. Jetzt mach dich nicht verrückt deswegen.«

»Ich wollte dir nur etwas Zeit ersparen, indem ich die E-Mails ausdrucke, und ich hatte gerade diesen Artikel überflogen«, gab Haley zurück. Sie streckte Theodosia eine Seite des *Charleston Post and Courier* hin.

»Was ist das für ein Artikel?«

»Also, es ist eigentlich kein richtiger Artikel«, korrigierte sich Haley. »Es sind hauptsächlich Fotos von dem Picknick letzten Sonntag. Bis jetzt stand die Geschichte mit Oliver Dixon immer im Vordergrund, deswegen ist der *Post and Courier* erst jetzt dazu gekommen, die Segelregatta reinzunehmen. Es ist mehr Gesellschaftstratsch als echte

Information. Wer da war, wer von außerhalb in die Stadt gekommen ist, so was eben.«

Theodosia nahm die Zeitung und überflog den Bericht. Haley hatte Recht; es handelte sich um gesellschaftlichen Klatsch. »Stimmt!«, sagte sie. »Sie haben doch einen Fotografen geschickt, der sich um das Picknick kümmern sollte, oder?«

»Ja. Er hat haufenweise Bilder gemacht. Natürlich haben sie nur drei davon abgedruckt.«

Theodosia sah Haley durchdringend an. »Ich wünschte nur, ich könnte einen Blick auf den Rest der Fotos werfen!«

»Ja?«

Theodosia strich sich gedankenverloren mit der Hand über die Wange. »Weißt du, die Bilder könnten so eine Art Chronik der Ereignisse liefern«, sagte sie langsam. »Nach dem, was Tidwell sagt, hat niemand etwas Ungewöhnliches bemerkt. Und niemand kann sicher sagen, wie viele Menschen die Pistole in Händen hatten, nachdem man sie aus der Rosenholzschatulle genommen hatte.«

Haley grinste plötzlich wie ein kleiner Kobold. »Mal sehen, ob ich meinen kleinen Fauxpas wieder gutmachen kann«, sagte sie aufgeregt. »Mal sehen, ob ich meinen Freund Jimmy Cardavan dazu bewegen kann, uns einen Blick auf die Fotos zu gestatten. Er macht dort ein Redaktionspraktikum.«

»Wirklich?«, fragte Theodosia. »Und wie wollen wir das anstellen? Hinfahren? Ich muss jetzt gleich in ein Marketingmeeting für das Spoleto Festival, aber vielleicht könnten wir danach vorbeischauen.«

Haleys Grinsen wurde noch breiter. »Ich habe eine bessere Idee. Ich schreibe Jimmy eine Mail und frage, ob er Zugang zum *Post-and-Courier*-Intranet hat. Wenn ja, kann er die Bilder runterladen und sie uns als pdf-Datei schicken. Dann könntest du dir die Fotos auf deinem PC ansehen und diejenigen ausdrucken, die dich interessieren. Nur für den Fall, dass dich das eine oder andere interessiert!«

»Haley, du bist ein Genie!«, sagte Theodosia.

11

Das Spoleto Festival USA war Charlestons großes jährliches Kulturfestival, bei dem Tanz, Oper, Theater, Musik, Malerei und auch literarische Darbietungen im Mittelpunkt standen. Ab dem Festivalbeginn am Heldengedenktag, dem 30. Mai, gab es vierzehn Tage lang ein volles Programm, zu dem eine wahre Invasion von Regisseuren, Tanzensembles und Theaterkompanien in die Stadt kam und sich mit der ohnehin schon lebendigen Kunstszene Charlestons vermischte.

Theodosia war seit sechs Jahren im Marketing-Ausschuss des Festivals. Ursprünglich hatte ihr Chef sie »freiwillig« verpflichtet, doch sie hatte ihr Engagement als so lohnend und angenehm empfunden, dass sie auch nach ihrem Ausscheiden aus der Werbeagentur dabei geblieben war.

Dieses Jahr hatte sie einen Dreißig-Sekunden-Fernsehspot produziert, bei dem Filmschnipsel von vergangenen Veranstaltungen zu einem Jazzstück geschnitten worden waren. Dann hatte sie mit den fünf kommerziellen Fernsehsendern in Charleston und zusätzlich mit einigen der Sender in Columbia und Greenville sowie in Savannah und Augusta, Georgia, bezahlbare Preise ausgehandelt.

Die Grundidee dabei war, dass Spoleto nicht nur die Kunstinteressierten in Charleston, sondern auch diejenigen aus den benachbarten Städten und Staaten anziehen würde.

Als Theodosia jetzt durch die breiten Gänge des Gibbes-Kunstmuseums schlenderte, beschloss sie, sich einen Abstecher in ein paar kleinere Ausstellungsräume zu gönnen. Sie war etwa zehn Minuten zu früh gekommen und arbeitete sich langsam in Richtung des Konferenzraums vor, wo der Marketing-Ausschuss tagen sollte.

In der Asien-Abteilung studierte Theodosia die erlesene Sammlung japanischer Holzschnitte. Viele stammten von angesehenen Meistern wie Hiroshige und Hokusai, aber es gab auch zeitgenössische Drucke neuer Meister wie Mitsuaki oder Eiichi. Diese Künstler spielten mit Farbe, Technik und Stil mit dem Ziel, der japanischen Druckkunst neue Grenzen zu stecken. Faszinierend, dachte sie, was für eine herrliche Nebelhaftigkeit die Bilder besaßen, beinahe wie das Dämmerlicht im Low Country.

Ein Blick auf die Uhr sagte ihr, dass es beinahe drei war. Sie eilte aus der Asien-Abteilung, wandte sich nach rechts und ging den Hauptgang entlang. Am Eingang zum Verwaltungstrakt blieb sie stehen, um ihr Mobiltelefon auszuschalten, eine Höflichkeit, von der sie wünschte, mehr Menschen würden sie an den Tag legen. Als sie aufsah, begegnete sie dem Blick einer Frau mit verwaschen blauen Augen und gekräuselten roten Haaren, die von grauen Strähnen durchzogen waren.

»Hätten Sie einen Augenblick Zeit?«, fragte die Frau mit tiefer Stimme.

»Pardon?« Theodosia sah die Frau verwirrt an.

Die Frau legte den Kopf zur Seite. »Ich bin Lizbeth

Cantrell«, sagte sie schroff. »Und Sie sind Theodosia Browning.«

»Ja, hallo«, erwiderte Theodosia völlig überrumpelt.

»Ich habe Ihren Namen auf der Liste des Marketing-Ausschusses gelesen«, erklärte Lizbeth Cantrell und streckte die Hand aus. »Ich war auch gerade zu einer Besprechung hier. Ich bin im Vorverkaufs-Ausschuss.«

Theodosia gab der Frau die Hand und musterte sie. Worum geht es hier?, fragte sie sich. Hatte Lizbeth Cantrell irgendwie Wind davon bekommen, dass sie ein paar kleine Nachforschungen über die Dixon-Cantrell-Fehde angestellt hatte? Nein, unmöglich. Das würde auf Tidwell zurückfallen, und Tidwell würde niemals eine Informationsquelle preisgeben. Dazu müsste man den Mann schon fesseln und es aus ihm herausprügeln. Aber was konnte Lizbeth Cantrell dann von ihr wollen?

Die Frau trat von einem Bein aufs andere und zog den Kopf ein, und Theodosia fiel auf, dass sie mindestens eins achtzig groß sein musste. Sie war hoch aufgeschossen und knochig, und ihr Gesicht schien nur aus Wangenknochen und Kinn zu bestehen.

»Können wir uns unter vier Augen unterhalten?«, bat Lizbeth Cantrell.

»Natürlich.« Theodosia wurde immer neugieriger, was diese zweifellos beabsichtigte Begegnung anbelangte.

Als sie sich in eines der Besprechungszimmer zurückgezogen und die Doppeltüren hinter sich geschlossen hatten, musterte Theodosia Lizbeth Cantrell eingehender. Alle Eigenschaften, die ihren Bruder Ford Cantrell groß und gut aussehend wirken ließen, hatten sich bei Lizbeth Cantrell zum Nachteil ausgewirkt. Sie war offensichtlich älter als er und wirkte entschieden gedämpfter und blasser, so, als hätten ihr die roten Haare sämtliche Farbe und Energie entzogen.

Um der Wahrheit Genüge zu tun, Lizbeth Cantrell war am glücklichsten, wenn sie einen Wurf Welpen bemuttern oder auf dem Rücken eines Pferdes durchs Unterholz preschen durfte.

»Sie sind eine kluge Frau«, fing Lizbeth Cantrell an. »Eine Geschäftsfrau. Das unterscheidet Sie von einem ganzen Haufen anderer Frauen.«

»Ach, vielen Dank«, sagte Theodosia. »Aber was …«

Lizbeth Cantrell hob eine Hand. »Es fällt mir nicht leicht«, sagte sie. »Ich bin es nicht gewohnt, um Hilfe zu bitten.«

»Sie wollen mich um Hilfe bitten?«, fragte Theodosia. Diese Unterhaltung wurde von Minute zu Minute seltsamer.

»Ich weiß, dass Sie letzten Sonntag in White Point Gardens waren, als Oliver Dixon erschossen wurde«, erklärte Lizbeth Cantrell. »Und ich habe auch gehört, dass Sie wissen, wie man einen Mörder zur Strecke bringt.«

»Ich glaube, da verwechseln Sie mich mit jemand anderem«, erwiderte Theodosia.

»Nein, tue ich nicht«, entgegnete Lizbeth Cantrell bestimmt. »Ihre Tante Libby hat mir alles über Sie erzählt. Letztes Jahr im Herbst hat die Polizei das Mädchen, das in Ihrem Teeladen gearbeitet hat, verdächtigt, für den Tod dieses Mannes bei der Lamplighter Tour verantwortlich zu sein. Aber Sie standen hinter ihr. Sie haben alles ins Reine gebracht.«

Langsam dämmerte es Theodosia. »Meine Tante Libby hat Ihnen erzählt …? Bitte entschuldigen Sie, aber was genau wollen Sie eigentlich von mir?«

»Ich bitte Sie, dabei zu helfen, den Namen meines Bruders reinzuwaschen«, sagte Lizbeth Cantrell. »Er hat diese alte Pistole nicht manipuliert. Aber die Leute könnten es glauben, weil er sich meistens so verrückt benimmt. Und weil er Waffen sammelt und gern auf die Jagd geht. Aber ich weiß, dass Ford ein guter Kerl ist, ein aufrichtiger Mensch. Er ist kein Mörder.«

Immer mit der Ruhe, dachte Theodosia. Schließlich war es der Ururgroßvater von Ford und Lizbeth Cantrell gewesen, Jeb Cantrell, der damals im Jahr 1892 Stuart Dixon erschossen und damit den Startschuss für die Dixon-Cantrell-Fehde gegeben hat.

Andererseits war Theodosia sich nicht sicher, ob Ford Cantrell, so schrecklich verdächtig er zuerst auch erschienen war, wirklich alle Schuld zur Last gelegt werden konnte. Doe erklomm mit Riesenschritten die Liste der Verdächtigen. Und die beiden Söhne von Oliver Dixon, Brock und Quaid, verdienten es ebenfalls, näher unter die Lupe genommen zu werden.

»Können Sie mir helfen?«, fragte Lizbeth Cantrell. Ihre blassen Augen bohrten sich förmlich in Theodosia. »Ich weiß, dass Sie ein guter Mensch sind, eine kluge Frau.«

»Sie leben auf der Pamlico Hill Plantage«, sagte Theodosia plötzlich. »Ein paar Kilometer von Tante Libby entfernt die Straße hinunter.«

»Stimmt.« Plötzlich huschte der Hauch eines Lächelns über Lizbeth Cantrells schlichtes Gesicht und verlieh ihm eine Weichheit und ruhige Gelassenheit, die vorher nicht sichtbar gewesen waren.

»Wir kennen uns doch, oder nicht?«, fragte Theodosia. Irgendwo in den tiefen Windungen ihres Gedächtnisses regte sich eine vage Erinnerung.

»Ja, Madam, das stimmt«, erwiderte Lizbeth.

Theodosia starrte die Frau an, als sei sie ein ferner Schatten, und versuchte, der Erinnerung habhaft zu werden. »Sie waren da, als … meine Mutter starb«, sagte sie endlich.

»Ja«, antwortete Lizbeth sanft. »Sie waren damals noch ein ganz kleines Ding, höchstens sieben oder acht Jahre alt.«

Die Erinnerung an jenen lang vergangenen Sommer überflutete Theodosia in leuchtenden Farben und explodierte förmlich in ihrem Hirn. Gleichzeitig damit kam ein wahrer Sturzbach Bilder und Gefühle. Die drückende Hitze, das hoffnungsvolle Flüstern ihres Vaters, ihre herzzerreißende Traurigkeit.

»Meine Mutter hat damals geholfen, Ihre Mutter zu pflegen«, erzählte Lizbeth. »Und manchmal bin ich mitgekommen.«

»Sie sind mitgekommen«, sagte Theodosia wie in Trance. »Sie waren älter als ich, und an heißen Tagen sind Sie mit mir zum Baden gegangen.«

»Genau«, sagte Lizbeth. »Wir sind an den Carpenter's Teich gegangen.« Ihr Lächeln war freundlich, und sie wartete geduldig, während Theodosias Gehirn all die Dinge wieder abrief.

»Ja, ich erinnere mich an Sie«, sagte Theodosia langsam. Nachdem der anfängliche Schock verebbt war, war sie imstande, zurückzuschauen und die Erinnerungen Stück für Stück zu betrachten. Der letzte Sommer ihrer Mutter, den sie auf der Cane-Ridge-Plantage verbrachte. Mehr als alles andere hatte ihre Mutter sich gewünscht, dem Spiel der Sonne im Marschland zuzusehen, rosarote Sonnenuntergänge über schattigen, friedvollen Kiefernwäldern zu betrachten. Und, am Ende, dort auf dem alten Familienfriedhof zur letzten Ruhe gebettet zu werden. Theodosia streckte unwillkürlich die Hand aus und berührte Lizbeth sanft am Ärmel. »Sie sind so nett gewesen.«

»Sie sind so traurig gewesen.«

Laute Geräusche ertönten von den Türen des Besprechungsraumes.

»Ich muss gehen.« Lizbeth nahm ihre Tasche und den Laptop vom Tisch. »Ich glaube, Ihre Besprechung fängt gleich an.« Sie hielt inne und sah Theodosia flehentlich an. »Werden Sie mir helfen?«, fragte sie.

Die Tür schwang auf, und etwa sechs Menschen betraten beinahe gleichzeitig den Raum. Sie schwärmten um den Tisch, ohne Lizbeth und Theodosia groß Beachtung zu schenken, völlig unempfindlich für die gespannte Atmosphäre, die im Raum zu hängen schien.

Theodosia ließ die Arme sinken und nickte. »Ich werde es versuchen«, sagte sie. Sie wusste nicht genau, was sie da versprach. Oder weshalb. Aber wie hätte sie ablehnen können?

Lizbeth drängte die Tränen zurück. »Danke«, sagte sie schlicht.

12

Auf der hinteren Herdplatte köchelte ein Topf Linsensuppe; im Ofen backte luftig goldenes Biskuitgebäck. Obwohl Theodosias Wohnung nicht übermäßig groß war, besaß sie doch jenen Wesenszug, an dem es vielen modernen Wohnungen so oft mangelte: Stil. Auf den Böden lagen blassblaue und zimtfarbene Aubusson-Teppiche. Glastüren vermittelten den Eindruck des nahtlosen Übergangs zwischen Wohn- und Esszimmer, und gewölbte Decken verliehen den Räumen ein gemütliches architektonisches Ambiente. Die Vorhänge und das Sofa waren in gedämpften englischen bedruckten Chintzstoffen gehalten.

Drayton war vorhin zu Robillard Booksellers, dem Buchladen nebenan, gegangen und hatte unter dem Vorwand, alte chinesische Tee-Etiketten entziffern zu wollen, eine große Lupe ausgeliehen. Jetzt saß Theodosia, die Lupe in der Hand, an ihrem Esstisch und studierte die Schwarzweißausdrucke. Wie von Haley versprochen, waren sie elektronisch übermittelt worden und wie von Zauberhand aus dem Laserdrucker geglitten.

Die Bilder waren insofern interessant, als sie wirklich eine Chronik der Geschehnisse des vergangenen Sonntags darstellten. Hier waren die Fotos der Segelboote im Hafen zu Beginn der Regatta. Dann die Fotos der etwa zwei Dutzend Boote, die Segel gebläht, auf dem Weg in den offenen Atlantik. Danach hatte der Fotograf sich auf die Zuschauer konzentriert. Es gab Bilder von sich unterhaltenden Menschen, von Hände schüttelnden Menschen, von sich umarmenden Menschen, von sich mit Küsschen begrüßenden Menschen. Delaine war auf mehreren Aufnahmen zu sehen; Drayton tauchte ebenfalls ab und zu auf.

Hier war Billy Manolo neben dem Tisch, auf dem die Rosenholzschatulle mit der Pistole stand. Und der Präsident in dem schlecht sitzenden Jackett mit den vielen Goldborten.

Theodosia blätterte durch die Ausdrucke. Sie waren interessant, aber gleichzeitig ein bisschen enttäuschend. Sie hatte nicht erwartet, dass ihr irgendwas sofort ins Auge sprang; das wäre zu einfach gewesen. Aber eine leise Ahnung sagte ihr, dass es etwas zu entdecken geben musste.

Diese Hoffnung schlug wahre Kapriolen, als Theodosia beschloss, sich dem Dun-&-Bradstreet-Bericht zuzuwenden, der heute Nachmittag so prompt gekommen war. Der Bericht umfasste vier Seiten, aber er enthielt offensichtlich eine gute Einschätzung von Grapevine: eine Produktübersicht und einen Überblick über das Wachstumspotenzial des Unternehmens. Genau wie Haley vor einigen Tagen erwähnt hatte, hatte Grapevine mit der Produktion einer Reihe von Erweiterungsmodulen für PDAs begonnen. Obwohl der Markt auf diesem Gebiet ziemlich eng war, schien der Report doch darauf hinzudeuten, dass Grapevine die Hausaufgaben gemacht hatte und auf bestem Wege war, ein durchsetzungsfähiges Produkt herauszubringen.

Als die Küchenuhr ertönte, machte Theodosia eine Pause. Gemächlich ging sie in die Küche, zog gefütterte Handschuhe über und holte die Biskuits aus dem Ofen. Sie waren gelungen. Goldbraun und wunderbar aufgegangen. Haleys Rezepte waren wirklich die besten. Sie funktionierten immer.

Nachdem sie die Linsensuppe in eine Schale geschöpft hatte, trug Theodosia alles auf einem Tablett an den Esszimmertisch, wobei sie die Ausdrucke zur Seite schob, ehe sie es abstellte. Earl Grey war augenblicklich zur Stelle, stupste sie sanft an und bettelte um ein Stück Biskuit.

»Den Rest, wenn ich fertig bin«, sagte sie, und er quittierte es mit dem für Hunde so typischen sorgenvollen Blick.

Theodosia hatte die Suppe gegessen und ging ein zweites Mal die Fotos durch, als sie innehielt und einen genaueren Blick auf ein Bild von Oliver Dixon warf. Er lag mit dem Gesicht nach unten halb im Wasser.

Der Fotograf musste das Bild nur wenige Augenblicke bevor sie Oliver den Puls gefühlt hatte gemacht haben, denn ganz am Rand war ein kleines Stückchen ihrer Hand zu sehen. Sie hatten das Foto nicht gedruckt, weil es offensichtlich zu brutal war, doch sie hatten es in der Sammlung der Bilder dieses Tages belassen.

Theodosia schloss die Augen und versuchte, sich an ihre Eindrücke dieses einen Moments zu erinnern. Sie hatte eine starke, beinahe spürbare Erinnerung an den beißend scharfen Geruch von explodiertem Schwarzpulver, an eisiges Wasser um ihre Füße und ein Gefühl der Unwirklichkeit, von Taubheit, als sie auf Oliver Dixons Leichnam niedersah.

Was hatte Tidwell ihr über die alte Pistole erzählt? Theodosia durchforstete ihr Gedächtnis. Ach ja, Tidwell hatte gesagt, um sie zu laden, gab man ein wenig Schwarzpulver auf ein Stückchen Papier und drehte es zusammen. Als würde man einen winzigen Teebeutel machen.

Theodosia hielt die Lupe über das Bild. Die Qualität war sehr grobkörnig, und es war kaum möglich, ein Detail zu erkennen. Sie konnte lediglich den Rücken des armen Oliver Dixon auf dem helleren Hintergrund ausmachen.

Theodosia seufzte. Es schien wirklich keinen Anhaltspunkt zu geben.

13

Der April bringt den Frühling nach Charleston. Amseln und Drosseln flattern singend und pfeifend in den riesigen Immergrünen Eichen ein und aus, auf der Suche nach

Zweigen und Moos für ihre Nester. Die Tage werden wärmer und träger, und ganz allmählich verlangsamt sich der Puls dieser Stadt, die sich auch sonst nie in übermäßiger Geschwindigkeit bewegt.

An diesem ganz besonders schönen Morgen war die frische Charlestoner Luft förmlich geschwängert mit dem Duft von Magnolien, Azaleen und Hartriegel.

Doch niemand nahm Notiz davon.

Zu zweit oder zu dritt schritten die Trauergäste durch das riesige Doppelportal und betraten die Kirche von Saint Philip's. Aus dem Turm über ihnen dröhnte Glockengeläut.

In diesen Glocken tönt keine Freude, dachte Theodosia an Draytons Seite. Diese Glocken hatten zu so vielen Gelegenheiten freudige Anlässe verkündet: zu Ostern, an Heiligabend, zu Hochzeiten und Taufen. Es gab Zeiten, zu denen sie respektvoll läuteten. Heute aber waren sie voll Trauer, verkündeten allen, dass eine von Gottes armen Seelen zur ewigen Ruhe gebettet wurde. Theodosia und Drayton suchten sich Plätze im hinteren Bereich der Kirche und setzten sich leise. Dabei beobachteten sie die anderen Trauergäste. Die meisten schienen tief in Gedanken zu sein, wie es bei Beerdigungen oft der Fall war.

Wieder einmal begeisterte Theodosia das von dem bekannten Architekten Joseph Nyde gestaltete erhabene Innenleben von Saint Philip's. Nyde war ein großer Bewunderer der neoklassizistischen Gewölbe von Saint-Martin-in-the-Fields in London gewesen und hatte deren Anmut auf Saint Philip's übertragen.

Aus der Orgel ertönten, majestätisch und voller Pathos, die ersten Noten von Mozarts Requiem, und alle erhoben sich. Dann begann die Prozession.

Sechs Männer in schwarzen Anzügen mit weißen Hemden und schwarzen Krawatten rollten in perfektem Gleichschritt Oliver Dixons Bronzesarg durch den breiten Mittelgang. Gut zehn Schritte hinter dem Katafalk folgte, das Haupt gebeugt und die Hände gefaltet, Doe Belvedere Dixon, Olivers frisch angetraute Ehefrau, feierlich dem Leichnam ihres Gatten.

In dem schwarzen, maßgeschneiderten Kostüm mit passendem Hut, die blonden Haare zu einem strengen Knoten hoch gesteckt, wirkte Doe herzzerreißend jung.

»Das Mädchen sieht hinreißend aus, absolut hinreißend«, murmelte Drayton, als sie an ihnen vorüberging. »Wie kann eine Frau auf einer Beerdigung nur so gut aussehen?«

»Sie ist jung«, antwortete Theodosia, als plötzlich der Chor einsetzte und sich die Stimmen mit lateinischem Klagegesang erhoben, »und mit makelloser Haut gesegnet.«

Reverend Jonathan, der langjährige Pfarrer der Kirche, trat vor und begann mit seiner Trauerpredigt. Dann traten mehrere Männer zu ihm an den Altar. Sie schilderten Oliver Dixons Vorzüge in glühenden Worten, seine Verdienste um das Allgemeinwohl, seine tadellose Reputation.

Der Gottesdienst zog sich in die Länge, und Theodosias Gedanken schweiften ab.

Ihr Blick blieb an Brock und Quaid, Oliver Dixons beiden Söhnen, hängen, und sie fragte sich, ob die Disqualifikation von der Regatta in irgendeiner Weise hiermit zusammenhing.

Sie rief sich die merkwürdige Szene ins Gedächtnis, die Ford Cantrell auf dem Picknick inszeniert hatte. Und sie fragte sich, wie er sich heute fühlen mochte. Ob er auch da war? Theodosia sah sich unauffällig um. Nein, wohl kaum.

Theodosia dachte an die Ausdrucke, die sie am Vorabend angesehen und von denen sie sich Hinweise erhofft hatte. Das letzte Bild von Oliver Dixons Oberkörper vor einem recht grellen Hintergrund war ihr besonders im Gedächtnis haften geblieben.

Theodosia rutschte auf der harten Bank hin und her und schlug die Beine übereinander.

Der grelle Hintergrund.

Plötzlich setzte sich Theodosia kerzengerade auf und stellte die Füße nebeneinander. Was war das für ein Hintergrund gewesen? Felsen etwa? Oder nasser Sand? Sie durchforstete ihr Gedächtnis.

Ihr Tischtuch! Das musste es gewesen sein.

Ihr Tischtuch! Der Gedanke zündete wie eine Wunderkerze. Und gleichzeitig wurde ihr klar, dass, egal welche Spuren auf dem Tischtuch auch sein mochten – Schwarzpulver, winzige explodierte Metallteilchen, Blut sogar –, das Tuch möglicherweise einen Anhaltspunkt liefern konnte.

Ein Anhaltspunkt. Ein echter Anhaltspunkt. Na, wenn das nicht interessant war!

Als die Schlussakkorde tosend verklangen, riss Theodosia sich mit Mühe zusammen. Beinahe wäre ihr ein Lächeln entschlüpft, wenn auch ein Lächeln grimmiger Befriedigung.

Du meine Güte!, dachte sie, bemüht, die Fassung zu wahren. Reiß dich zusammen. Sonst halten die Leute dich noch für eine Leichenschänderin. Auf einer Beerdigung zu lächeln!

»Lass uns gehen«, flüsterte Theodosia Drayton zu und sprang auf die Füße.

»Ja. Gehen wir unser Beileid bekunden«, sagte Drayton.

Sie warteten gute zwanzig Minuten in der Schlange und beobachteten währenddessen Doe Belvedere Dixon, wie sie die Trauergäste umarmte, küsste und ihre Hände ergriff. Sie schien sich ungezwungen und anmutig mit ihnen zu unterhalten und alle Trostbekundungen dankbar anzunehmen.

»Kommt sie dir nicht ein wenig zu lebhaft vor?«, fragte Drayton, der sie genau beobachtete. »Findest du nicht, sie ist ein bisschen wie Scarlett O'Hara, die auf der Beerdigung ihres eigenen Mannes Rouge aufgetragen hat?«

»Ich glaube, das arme Ding ist einfach von Natur aus mit Schönheit gesegnet«, entgegnete Theodosia. »Sie sieht untröstlich aus.«

»Du hast Recht«, lenkte Drayton ein. »Ich sollte mich schämen.«

»Solltest du«, flüsterte Theodosia und stieß ihm leicht den Ellbogen in die Rippen. Sie hatte Doe selbst mit Argusaugen beobachtet und dabei mehr und mehr das Gefühl bekommen, dass Doe ihre Trauer auf dieselbe Weise zur Schau trug wie ihre diversen Schönheitsköniginnentitel.

Endlich waren Theodosia und Drayton am Kopf der Schlange angelangt und gaben Brock und Quaid die Hand. »Es tut uns so Leid«, murmelten sie mit gedämpften Stimmen. »Unser herzliches Beileid.«

Dann stand Theodosia Doe direkt gegenüber.

Drayton hat Recht, überkam es sie plötzlich. Das Mädchen wirkte angemessen traurig und betrübt, aber gleichzeitig schien Doe eine Rolle zu spielen. Die Rolle der trauernden Witwe. »Mein tiefstes Mitgefühl«, sagte Theodosia und ergriff Does Hand.

»Danke sehr.« Doe hielt die Augen gesenkt, und die langen Wimpern lagen dramatisch auf den rosigen Wangen.

Theodosia fragte sich neidisch, ob es Verlängerungen waren. Wimpernverlängerungen waren augenblicklich der letzte Schrei. Erst waren es die Haare gewesen, und jetzt die Wimpern. Heutzutage konnte ein Mädchen sich beinahe alles veredeln lassen. Das nötige Kleingeld vorausgesetzt.

»Vielleicht wissen Sie ja«, sprach Theodosia weiter, »dass ich als Erste bei ihm gewesen bin.«

Does Blick schoss nach oben, und sie sah Theodosia direkt und ohne zu zagen an. »Danke«, flüsterte sie. »Wie überaus nett von Ihnen.«

Theodosia spürte, dass Drayton sie sanft anstieß. Er schien stumm seine Missbilligung kundtun zu wollen. Sie wusste selbst, dass es eine Sache war, über Does Aufrichtigkeit zu spekulieren, aber etwas ganz anderes, ihr auf den Zahn zu fühlen. Theodosia blieb trotzdem hartnäckig.

»Das hätte jeder andere auch getan«, sagte sie. »Was für ein schreckliches Ding … diese Pistole …«

Does Blick war inzwischen ein wenig verstört. »Äh, ja …«, stammelte sie.

»Wo Ihr Mann doch so ein erfahrener Jäger war, oder? Er war im Umgang mit Waffen doch sehr vertraut, nicht wahr?«

»Ja, ich nehme es an … als Mitglied im Chessen Jagdklub war er … es tut mir Leid, aber ich verstehe nicht, was …«

»Schsch …«, machte Theodosia und tätschelte die Hand des Mädchens. »Wenn Drayton oder ich irgendetwas für Sie tun können, dann rufen Sie an. Jederzeit.«

»Verstehst du das etwa unter Beileidsbekundung?«, zischte Drayton, sobald sie außer Hörweite waren. »Schüchterst das arme Ding völlig ein! Sie wusste gar nicht mehr, wo ihr der Kopf steht.« Sie gingen ein paar Schritte weiter. »Ich nehme an, du hast ihr ein bisschen auf den Zahn gefühlt? Wolltest herausfinden, ob Oliver Dixon sich mit Waffen auskannte?«

»Drayton …« Theodosia packte ihn am Ärmel und zog ihn auf die Seite. »Ich glaube, Oliver Dixon wurde reingelegt.«

Er schürzte die Lippen und sah sie neugierig an. »Reingelegt. Du meinst …«

»Jemand hat dafür gesorgt, dass die Pistole explodiert«, sagte Theodosia aufgeregt.

»Also, ich weiß wirklich nicht im Geringsten, worauf du hinauswillst!«, sagte Drayton gereizt.

»Hör mir zu. Wenn jemand sich an dieser Pistole zu schaffen gemacht hat, und ich bin zu dem Schluss gekommen, dass genau das passiert ist, dann gibt es dafür vielleicht handfeste Beweise. Wie Sprengstoffspuren oder …«

»Handfeste Beweise«, wiederholte Drayton mit einem Stirnrunzeln. »Handfeste Beweise *wo*?«

»Auf dem Tischtuch«, sagte Theodosia.

Drayton starrte sie wortlos an.

»Eines von meinen Tüchern lag auf dem Tisch, auf den Oliver Dixon gestürzt ist. Er ist auf den Tisch gefallen und dann zu Boden gerutscht. Weißt du noch?«

Drayton zögerte einen Augenblick, versuchte, sich die Szene ins Gedächtnis zu rufen. »Ja. Ja, du hast Recht«, sagte er schließlich.

»Also könnten an dem Tischtuch immer noch Spuren von Schwarzpulver oder Sprengstoff oder wer weiß was kleben«, schoss Theodosia zurück.

»Oh«, sagte Drayton, und dann: »Oh! *Jetzt* verstehe ich, was du meinst!«

»Wenn ich nur wüsste, was mit dem blöden Tischtuch

passiert ist«, sagte Theodosia. »In dem ganzen Kuddelmuddel und Durcheinander habe ich nicht mitgekriegt, wo es geblieben ist.« Sie starrte durch das offene Kirchenportal hinaus auf die Straße.

»Ich habe es«, sagte Drayton.

Sie fuhr fassungslos zu ihm herum. »*Du* hast es?«

»Ich bin mir fast sicher. Zumindest kann ich mich dunkel erinnern, es aufgehoben und mit den anderen Sachen eingepackt zu haben.«

»Und wo ist das Tischtuch jetzt?«

»Wahrscheinlich noch in meinem Kofferraum. Ich wollte eigentlich gestern die schmutzige Tischwäsche in die Wäscherei bringen, aber dann hatte ich auf einmal so viel in der Heritage Society zu tun. Sie haben angerufen, um mich zu informieren, dass jemand eine original alte hölzerne Wippstege vorbeigebracht hat. Du weißt schon, mit denen man auf den Reisplantagen früher die Gräben überquert hat? Sie sind heutzutage schrecklich selten zu kriegen, und ich ...«

»Drayton?«

»Ja?«

»Ich bin so froh, dass deine Prioritäten so klar verteilt sind«, sagte Theodosia, als sie hinaus in den Sonnenschein traten. »Denn so hast du auf wunderbare Weise bewahrt, was sich womöglich als echtes Beweisstück herausstellen wird.«

Theodosias Lächeln gefror auf ihren Lippen, und sie blieb abrupt stehen. »O nein! Da drüben steht Burt Tidwell.«

Drayton runzelte die Stirn. »Was hat er deiner Meinung nach hier zu suchen?«

»Was glaubst du?« Theodosia sah unauffällig zu Tidwell hinüber.

»Ermitteln?«, sagte Drayton mit schriller Stimme. »Nach Verdächtigen Ausschau halten?«

»Genau wie wir«, sagte Theodosia. Sie biss sich auf die Lippe und fragte sich, ob sie zu ihm hinübergehen und mit ihm reden sollte oder nicht.

»Also, wirst du mit ihm reden?«, fragte Drayton schließlich.

Sie zögerte einen Moment und machte dann ein entschlossenes Gesicht. »Wieso nicht? Lass uns mal zu ihm rüberschlendern und versuchen, ihn auszuhorchen, bevor er dasselbe mit uns macht.«

»Also gut.« Drayton war einverstanden. »Aber kein Wort über das ...«

Theodosia legte den Zeigefinger auf die Lippen. »Keinen Piep!«, mahnte sie.

Sie gingen zu den niedergelegten Kränzen hinüber. Theodosia kam zu dem Schluss, dass Oliver Dixon ein sehr beliebter und geachteter Mensch gewesen sein musste, gemessen an den Blumenarrangements und der riesigen Zahl an Trauerkränzen, die sich vor dem Portal ergossen.

Burt Tidwell betrachtete einen der Kränze. »Sehen Sie sich das an«, sagte er zu ihnen. »Wilder Wein mit weißen Lilien, die Blume, die die Auferstehung symbolisiert. Wie überaus bewegend!« Tidwell legte leicht den Kopf zur Seite. Er hatte Theodosia aus dem Augenwinkel beobachtet. Jetzt bohrte sich sein Blick in sie. »Miss Browning, wie steht's? Und da haben wir ja auch Mr. Conneley.«

»Hallo«, erwiderte Drayton freundlich.

»Sie haben Ford Cantrell verhört«, sagte Theodosia ohne Einleitung.

Tidwell schenkte ihr die Andeutung eines Lächelns. »Meine liebe Miss Browning, es scheint Sie zu überraschen. Ich hätte gedacht, Sie wären absolut begeistert, weil ich Ihrem so genannten *Tipp* gefolgt bin.« Tidwell betonte das Wort Tipp, als spräche er über übel riechende Gartenabfälle.

Theodosia wandte ihre Aufmerksamkeit den Kränzen zu, während Tidwell auf den Absätzen wippte, überaus mit sich zufrieden. Hier sah sie einen wunderhübschen Kranz von der Heritage Society. Und hier ... Na, wenn das keine Überraschung war!

»Es dürfte Sie auch unsere Entdeckung interessieren«, plapperte Tidwell weiter, »dass Ford Cantrell im Besitz einer außerordentlich umfangreichen Waffensammlung ist. Und dass unser guter Mr. Cantrell seine alte Plantage vor kurzem in ein Jagdrevier umgewandelt hat.«

Plötzlich war Theodosia wieder ganz Ohr. »Was für eine Art von Jagd?«, fragte sie.

»Er behauptet, damit jede Menge wohlhabender Sportsfreunde anzusprechen, und lockt mit Rotwild, Truthähnen, Wachteln und Wildschweinen«, antwortete Tidwell.

»Meine Tante Libby lebt bereits seit mehr als einem halben Jahrhundert da draußen«, sagte Theodosia. »Und die wildesten Kreaturen, die ihr je begegnet sind, waren Opossums und Stachelschweine.« Sie hielt inne. »Und einmal, als ich noch ein Kind war, sind wir über einen toten Alligator gestolpert. Aber ich glaube, der zählt streng genommen nicht.«

»Es hat nie jemand behauptet, dass Ford Cantrell ein ehrlicher Mensch ist«, sagte Tidwell.

»Oder dass Jäger besonders helle wären«, erwiderte Theodosia und grinste trocken.

In diesem Moment wurde ihre Unterhaltung von lauten Stimmen unterbrochen.

»Was hast du hier verloren?«, brüllte jemand wütend.

Theodosia, Drayton, Burt Tidwell und etwa vierzig weitere Leute drehten sich um, um dem Anfang eines Wortgefechts auf dem Rasen vor Saint Philip's zu lauschen.

»Wer um alles in der Welt ist das?«, fragte Theodosia. Sie wusste nicht, wie er hieß, aber sie erkannte in dem zornigen Mann mit dem wilden weißen Haarschopf, der blühenden Gesichtsfarbe und dem handgeschneiderten Nadelstreifenanzug den Mann aus dem Jachtklub wieder. Den Präsidenten in dem zu engen Jackett mit den vielen goldenen Bordüren.

»Das ist Booth Crowley«, erklärte Tidwell.

»Das ist Booth Crowley?« Theodosia war fassungslos. Booth Crowley war also derjenige, der Oliver Dixon an diesem verhängnisvollen Sonntag zu sich gewunken hatte. Booth Crowley hatte ihm die Pistole gereicht.

Und jetzt sieh dir an, wen er da anbrüllt, dachte sie. Billy Manolo, den Arbeiter aus dem Jachtklub, der sich das Tischtuch ausgeliehen hatte. Wenn das kein seltsames Zusammentreffen ist!

»Hey, Kumpel, komm wieder runter«, warnte ihn Billy Manolo. Schlank, mit dunkler Haut und einen Kopf größer als Booth Crowley, wippte Billy auf den Fußballen und starrte wütend zurück, gefährlich wie eine Raubkatze.

Aber Booth Crowley ließ sich in seiner Tirade nicht beirren. »Gibt es *irgendeinen bestimmten Grund*, weshalb du hier bist?«, donnerte er. »Findest du nicht, dass du schon genug Ärger gemacht hast?«

»Hey, Mann, du tickst ja nicht ganz richtig.« Billy Manolo kräuselte verächtlich die Lippen und winkte mit einer Hand ab. »Immer mit der Ruhe, sonst kriegst du noch 'nen Herzinfarkt.«

Stimmt, dachte Theodosia. Gemessen an Booth Crowleys hochrotem Kopf und seinem wilden Gebaren sah es tatsächlich so aus, als stünde er kurz vor dem Herzinfarkt. Sie konnte sich nicht erinnern, jemals zuvor jemanden derart außer sich gesehen zu haben. Booth Crowley gab eine beeindruckende Vorstellung. Und das direkt vor dem Kirchenportal.

»Kennst du den Typen, den Crowley so anbrüllt?«, fragte Drayton, ein wenig amüsiert von dem Spektakel.

»Das ist Billy Manolo«, sagte Theodosia.

Draytons Augenbrauen schossen zum Himmel. »Du kennst ihn?«

»Ich hab ihn kennen gelernt«, sagte Theodosia. »Er arbeitet anscheinend im Jachtklub, kümmert sich um die Boote und erledigt alle möglichen Gelegenheitsaufgaben, nehme ich an.«

Die drei beobachteten, wie Billy Manolo davonstolzierte, während Booth Crowley weiter vor sich hin wütete.

»Das ist also der berühmte Booth Crowley, einer der Hauptsponsoren des Symphonieorchesters, des Kunstmuseums *und* des Krankenhauses«, bemerkte Drayton. »Er sieht nicht eben aus wie jemand, der etwas bewegen will. Eher, als müsste man ihn zur Vernunft bewegen.

»Pst, Drayton, er kommt auf uns zu«, warnte Theodosia.

Booth Crowley sah aus wie ein zu heiß angefeuerter Schmelzofen. Wutentbrannt stapfte er über den grünen Rasen, die Arme schwangen wie wild hin und her, die Nüstern waren gebläht, und sein Mund rang nach Luft.

»Sie … Tidwell!«, brüllte er. »Auf ein Wort!«

Tidwell stand ruhig da, ein Ausdruck amüsierter Gutmütigkeit auf dem Gesicht.

Außer Atem erreichte Booth Crowley Tidwell. »Den da!

Behalten Sie den im Auge!« Wild gestikulierend deutete er auf die leere Straße hinter sich. »Billy Manolo. Handlanger im Jachtklub. Sachen sind weg. Manager hat ihn letzte Woche runtergeputzt. Ihm mit Rausschmiss gedroht, wenn er sich nicht ändert. Echter Halunke. Übler Kerl.«

Theodosia verkniff sich ein Grinsen und fragte sich, ob Booth Crowleys Satzstrukturen immer so stakkatohaft und frei von jeglichen Artikeln waren. Ein merkwürdiger Mann. Mit einer merkwürdigen Art zu sprechen.

Drayton legte Theodosia die Hand auf den Arm und steuerte sie von Burt Tidwell und Booth Crowley fort. Crowley hatte zwar ein bisschen Dampf abgelassen, aber er sprudelte immer noch. Tidwell nickte gelegentlich, hörte ihm zu, jedoch ohne ihm seine ungeteilte Aufmerksamkeit zu schenken.

»Ab durch die Mitte«, raunte Drayton.

»Ganz meiner Meinung«, sagte Theodosia. »Aber vorher …« Sie wandte sich noch einmal den ausgelegten Trauerkränzen zu. Wo ist dieser eine Kranz?, fragte sie sich. Einer war ihr vorhin ganz besonders aufgefallen, ganz aus grünen und purpurfarbenen Blättern gebunden. Ah, da ist er ja. Sie beugte sich hinunter und riss im Vorbeigehen noch schnell eine Hand voll Blätter ab, während Drayton sie von einer der seltsamsten Trauerfeiern fortzog, der sie je beigewohnt hatte.

»Was hast du denn damit vor?«, fragte er.

Theodosia befühlte die Blätter in ihrer Hand. »Die sind von dem Kranz, den Lizbeth Cantrell geschickt hat.«

»Großer Gott, du machst Witze. Sie hat einen Kranz geschickt, obwohl ihr Bruder der Hauptverdächtige ist?«

»Ich habe versprochen, ihr zu helfen«, gestand Theodosia.

Drayton sah sie von der Seite an. »Wirklich?« Er schüttelte den Kopf. »Du versetzt mich immer wieder in Erstaunen.«

»Weißt du, was das ist? Das Grünzeug, meine ich.«

Drayton zog seine Lesebrille aus der Tasche und setzte sie auf die Nase. »Huflattich«, verkündete er. »Ich bin mir absolut sicher, dass es sich um Huflattich handelt.«

»Was für eine merkwürdige Pflanze für einen Trauerkranz. Nicht sehr hübsch. Vielleicht hat Lizbeth sie deshalb ausgewählt. Um eine Art Aussage zu treffen. Oder vielmehr eine Gegenaussage.«

»Ich habe eher das Gefühl, sie hat den Huflattich seiner Symbolik wegen ausgesucht«, sagte Drayton.

Jetzt war es an Theodosia, Drayton mit einem scheelen Blick zu bedenken. »Und welche Symbolik könnte das sein?«

»Huflattich steht für Gerechtigkeit«, sagte Drayton.

»Gerechtigkeit«, wiederholte Theodosia, fasziniert von Lizbeth Cantrells symbolischer Geste.

»Es kommt mir vor, als würden immer mehr Menschen Wert auf Symbole oder Glücksbringer legen«, sagte Drayton. »Vermutlich ist es ein typisches Symptom unsicherer Zeiten.«

»Da hast du wohl Recht«, erwiderte Theodosia.

14

»Was könnte das sein?«, fragte Theodosia.

Sie hatten bis spätnachmittags gewartet, als der Teeladen endlich leer war, ehe sie das Tischtuch ausgebreitet hatten. Drayton hatte es aus dem Kofferraum seines Volvos geangelt, und jetzt starrten sie zu dritt auf die Flecken und Spritzer, die auf das einst makellose Leinen ein unregelmäßiges Muster gemalt hatten.

»Igitt!«, sagte Haley. »Das ist Blut. Was denn sonst?«

»Nein, das hier.« Theodosia kratzte mit ihrem Fingernagel an einem bräunlich-grauen Fleck. »Es könnten Pulverspuren sein«, sagte sie. »Schwarzpulver.«

»Möglich«, sagte Drayton stirnrunzelnd. Eingehend betrachtete er durch die geliehene Lupe das Tischtuch. »Oder Algen«, schlug er vor. »Ein Ende hing schließlich im Hafenwasser. Könnte es nicht sein, dass irgendwelche Mikroorganismen über das Tischtuch geschwappt sind und es deshalb so gesprenkelt wirkt?«

»So was wie Plankton?«, fragte Haley. Sie hatte die beiden ausführlich über die Trauerfeier ausgequetscht und gespannt die Geschichte vom wütenden Booth Crowley und dem verächtlichen Billy Manolo vernommen.

»Na ja, es *könnte* sein«, gab Drayton zurück, selbst nicht ganz von seiner Theorie überzeugt.

»Und ganz einfach Schmierakel?«, entgegnete Haley.

Die beiden anderen starrten sie an.

»Ihr wisst schon«, sagte Haley. »Dreck, Schmutz, Öl ... Schmierakel eben.«

»Sollte die Umweltbehörde dir je einen Job anbieten«, stichelte Drayton, »so empfehle ich dir, ihn auszuschlagen.«

»Schon gut, Schlaukopf, wofür hältst du es denn?«, fragte sie. »Das verdammte Ding ist auf den Boden gerutscht, irgendein armer Teufel hat sein Blut darauf vergossen, und dann ist es ein paar Tage lang in deinem Kofferraum rumgeflogen. Da könnte alles Mögliche drauf sein.«

»Was immer auf diesem Tischtuch ist, stammt von dem

Picknick und nicht aus meinem Kofferraum«, setzte Drayton sich zur Wehr. »Trotzdem, genau wie Theodosia, fesselt mich das Ganze immer mehr.« Er warf Theodosia einen ernsten Blick zu. »Ich glaube wirklich, dass du da einer Sache auf der Spur bist.« Er zog ein Taschentuch aus dem Jackett und putzte seine Brille. »Und du bist immer noch strikt dagegen, mit Tidwell darüber zu sprechen?«

»Absolut«, sagte Theodosia. »Sicher betreibt er seine eigenen Ermittlungen. Soweit wir wissen, könnte er ein ganzes Team von Forensikexperten auf Oliver Dixons Kleidung angesetzt haben.« Sie nickte bestimmt, wie um ihren Worten noch mehr Gewicht zu verleihen, und wandte dann ihre Aufmerksamkeit den Picknickfotos zu, die sie auf dem Tisch ausgebreitet hatte. Sie sah sie zum wiederholten Male durch, immer in der Hoffnung, irgendwelche Antworten zu bekommen.

Haley nahm einen der Ausdrucke zur Hand. »Wer ist dieser Typ?«, fragte sie.

Drayton sah sich das Foto an. »Das ist Billy Manolo, der Kerl, den Booth Crowley heute Vormittag in die Mangel genommen hat.«

»Hm.« Haley überlegte. »Er sieht ziemlich abgebrüht aus. Wie einer, der nicht lange fackelt.«

»Er hat den Tisch aufgestellt und sich das Tischtuch geliehen«, sagte Theodosia.

»Dann hatte er auch die Schatulle mit der Pistole in Händen«, sagte Haley.

Theodosia dachte nach. »Wahrscheinlich. Aber das hatten andere auch. Booth Crowley, dieser Bob Brewster, von dem Tidwell sagte, er sei für das Laden der Pistole verantwortlich gewesen, und wahrscheinlich noch ein paar andere im Klubhaus.«

»Und was ist mit Oliver Dixons beiden Söhnen, mit Brock und Quaid?«, fragte Drayton.

»Du glaubst doch nicht im Ernst, dass sie ihren eigenen Vater aus dem Weg räumen wollten, oder?«, fragte Haley.

»Ich weiß nicht«, sagte Theodosia gedehnt. Brock und Quaid kamen ihr nicht wie ernsthafte Verdächtige vor, zumindest nicht so wie Doe. Andererseits könnte auch Billy Manolo mit im Rennen sein. Schließlich war er dabei beobachtet worden, wie er die Schatulle mit der mysteriösen explodierenden Pistole in Händen gehalten hatte.

Könnte er sich an der Pistole zu schaffen gemacht haben?, fragte sie sich. Billy dürfte zumindest leicht an die Pistole rangekommen sein. Er arbeitete im Klub und wartete die Boote. Dass er eine Aversion gegen Oliver Dixon hatte, erschien ihr aus verschiedenen Gründen vorstellbar. Womöglich hatten sie einen Streit oder eine Meinungsverschiedenheit. Die große Frage war, weshalb Billy Manolo überhaupt auf Oliver Dixons Beerdigung gewesen war? Aus Schadenfreude? Oder tatsächlich nur aus Trauer?

Theodosia streckte die Hände aus, zog sämtliche Ausdrucke zu sich heran und klopfte sie zu einem ordentlichen Stapel zusammen wie einen Satz Spielkarten.

Eines stand fest. Sie musste dieses Tischtuch analysieren lassen.

»Theodosia«, sagte Drayton mit warnendem Unterton. »Sollte diese Sache irgendwohin führen, dann will ich nicht, dass du dich in Gefahr begibst. Ein Mann ist getötet worden. Was wir alle für einen Unfall gehalten haben, was die *Polizei* für einen Unfall gehalten hat, könnte in Wirklichkeit eine geschickte Tarnung sein.«

»Vielleicht muss ich doch noch mal mit Timothy Neville reden«, sagte Theodosia.

»Er kennt sich mit alten Waffen besser aus als irgendjemand sonst, den ich kenne«, stimmte Drayton zu.

Und Ford Cantrell, interessanterweise, dachte Theodosia.

»Hey, her damit!«, Haley schnappte sich plötzlich das zusammengeknüllte Tischtuch. »Dreht die Fotos um!«, befahl sie, da sie vor dem Fenster ein vertrautes Gesicht entdeckt hatte. »Delaine steht vor der Tür!« Haley stürzte auf den Vorhang zu.

Theodosia drehte hastig die Bilder um, als Delaine die Tür des Indigo Tea Shop aufdrückte und den Laden betrat.

»Theodosia, Drayton, was bin ich froh, dass ihr noch da seid. Ich habe ganz wunderbare Neuigkeiten«, flötete sie.

»Was gibt's denn, Delaine?« Theodosia legte sich die Hand auf die Brust, um ihr rasendes Herz zu beruhigen.

»Alicia Abbots Siamkatze hat vor ein paar Wochen Junge bekommen, und ich krieg eines von ihr!«

»Das ist ja wunderbar, Delaine.« Theodosia wusste, dass Delaine am Boden zerstört gewesen war, als vor beinahe einem Jahr Calvin, ihr alter gescheckter Kater, gestorben war. Sie hatte lange gebraucht, um über Calvins Tod hinwegzukommen.

»Wie willst du ihn nennen? Oder ist es eine Sie?«, fragte Haley, als sie wieder durch den Vorhang trat, jetzt mit leeren Händen.

»Es ist ein kleiner Kater.« Delanie strahlte. »Ich habe mich noch nicht für einen Namen entschieden. Vielleicht Calvin der Zweite?«

»Klingt nicht schlecht«, sagte Haley.

»Oder Calvin Deux«, mischte Drayton sich mit einem warnenden Blick auf Haley ein, während er die Bilder nahm und auf Theodosias Büro zusteuerte.

»Vielleicht nenne ich ihn einfach nur Deux«, sagte Delaine. »Ich weiß nicht. Was meinst du, Theodosia? Du warst doch in der Werbung. Du hast dir doch immer die Namen für all die Produkte ausgedacht. Und dir fallen immer diese traumhaften Namen ein für deine ganzen wunderbaren Tees.« Delaine streifte durch den Laden und musterte eine Reihe silberner Teedosen. Sie las die Etiketten vor: »Copper River Cranberry, Tea Thymes, Lemon Zest, Black Frost ...«

Darum geht's hier also, dachte Theodosia. Ihre Katze zu taufen.

»Lass mich nachdenken«, sagte Theodosia. »Ich werde mir mit Drayton ein bisschen den Kopf zerbrechen. Er ist wirklich gut in solchen Dingen«, fügte sie hinzu. Es entging ihr nicht, dass Haley sich die Hand vor den Mund schlagen musste, um ein Kichern zu unterdrücken.

Aber Delaine war noch nicht bereit zu gehen. Sie lungerte so lange im Teeladen herum, bis Haley sich gezwungen sah, ihr eine Tasse Tee und einen Keks anzubieten.

»Schön, dass du so lange aus deinem Laden wegkannst«, bemerkte Haley.

»Oh, Janine kümmert sich. Außerdem geht das Geschäft heute ziemlich schlecht. Ich glaube, es braut sich ein Gewitter zusammen. Heute Morgen war der Himmel noch so blau, und jetzt ziehen überall Wolken auf.« Sie rümpfte die Nase. »Ich hoffe, es regnet nicht. Dann kräuseln sich meine Haare wieder.«

»Meine auch«, sagte Haley und fasste sich in ihre bleistiftgeraden braunen Strähnen.

»Theo, du warst doch heute Vormittag in der Kirche, oder?«

»Ja, Delaine.«

»Hast du noch irgendetwas über diesen abscheulichen Cantrell gehört?«

»Nur, dass er aus seiner Plantage ein Jagdrevier gemacht hat.«

»Ein Jagdrevier? Das klingt grauenhaft«, sagte Delaine. »Arme, wehrlose Tiere töten.« Sie schauderte. »Wie furchtbar. Ich werde wütend, wenn ich nur davon höre.«

Theodosia lächelte mitfühlend, aber ihr war auch bewusst, dass viele Südstaatler mit einer Schrotflinte in ihren kleinen Händen groß wurden. Das Jagen gehörte im Süden zum Initiationsritus. Sie hatte es selbst getan, und obwohl sie inzwischen nicht mehr zur Jagd ging, verurteilte sie jene nicht, die es taten.

»Ach, Mädels, ich könnte noch stundenlang hier sitzen und mit euch schwatzen, aber ich muss zurück in mein Geschäft.«

»Tschüss, Delaine«, sagte Theodosia.

»Puh!«, machte Haley, als sie gegangen war. »Die kann einem wirklich den letzten Nerv rauben!«

15

Der Regen trommelte auf die Dächer und verwandelte die Straßen und Bürgersteige der Stadt in kleine Flüsse. Die farbenfrohen Pferdekutschen, die zwischen den Märkten, im Antiquitätenviertel und zwischen den Sehenswürdigkeiten verkehrten, waren verlassen, und die Touristen suchten in Scharen Schutz in Geschäften und Cafés.

Im dampfigen Innenraum ihres Wagens sitzend, tippte Theodosia die Nummer des Teeladens in ihr Mobiltelefon.

Drayton nahm beim zweiten Klingeln ab. »Indigo Tea Shop, Drayton am Apparat.«

»Drayton? Hier ist Theodosia. Wie läuft es?«

Theodosia hatte beschlossen, auf Nummer sicher zu gehen und sich zu vergewissern, dass im Teeladen alles in Ordnung war. Das Telefon am Ohr, manövrierte sie einhändig durch den strömenden Regen. Was kein Kinderspiel war. Das Gebläse funktionierte nicht so, wie es sollte, die Windschutzscheibe war hoffnungslos beschlagen und der Verkehr ein heilloses Chaos.

»Es ist einiges los«, sagte Drayton. »Haufenweise Touristen, die den Sturm abwarten, aber nichts, das wir nicht in den Griff bekommen würden. Wo bist du? Oder besser gesagt: Kommst du her?«

Aber Theodosia hatte noch aus einem anderen Grund angerufen. »Drayton, erinnerst du dich an Haleys Schmierakel?«, fragte sie aufgeregt.

»Das Tischtuch«, sagte Drayton mit etwas schriller Stimme. »O je, ich hatte schon befürchtet, dass dein kleiner Ausflug damit zu tun hat.« Er seufzte missbilligend. »Was genau hast du mit dem grässlichen Ding getan?«

»Erinnerst du dich noch an Professor Morrow?«

»Morrow ... Morrow ... der Botanikprofessor an der Universität?«

»Genau der.«

»Soweit ich mich erinnere, hast du in höchsten Tönen von ihm gesprochen, als du seine Vorlesungen besucht hast. Damals, als du noch eine blutige Anfängerin in Sachen Tee warst.«

»Er hat sich bereit erklärt, das Tischtuch zu analysieren«, sagte Theodosia. In ihrer Stimme schwang Triumph.

»Worauf hat der arme Morrow sich da nur eingelassen?«, fragte Drayton. »Hast du ihn überredet, sein Botaniklabor in ein Kriminallabor zu verwandeln?«

»Nein, aber er hat die gleichen Elektronenmikroskope und Apparaturen wie ein Kriminallabor, um Metallstückchen oder Erdpartikel zu analysieren. Sagen wir es so: Ich bin einfach neugierig, ob die Spuren auf dem Tischtuch tierisch, pflanzlich oder mineralisch sind.«

»Und der arme ahnungslose Professor Morrow ist bereit, das für dich zu tun?«

»Ja, natürlich.«

»Dann wollen wir hoffen, dass er darüber nicht seinen Lehrstuhl verliert.«

»Das ist ja wohl ein wenig übertrieben, findest du nicht?«

»Übertrieben, liebste Theodosia, ist es, an allen Ecken und Enden nach Mördern Ausschau zu halten.«

»Drayton! Ich habe gewusst, dass dieser Anruf mich aufmuntern würde. Oh, Hilfe! Sieh dir das an!«

»Theodosia, bitte sag mir nicht, dass du jemanden angefahren hast!«, stöhnte Drayton.

»Warte kurz.« Ein paar Augenblicke herrschte Schweigen, dann war Theodosia wieder dran. »Kennst du die Kreuzung George Street und King Street?«

»Ja«, sagte Drayton. »Natürlich!«

»Ich bin soeben an Loard Antiquitäten vorbeigefahren. Ich werde reinschauen. Giovanni Loard einen Überraschungsbesuch abstatten. Ein bisschen schnüffeln.«

»Kommst du danach zurück?«

»Ja ... nein ... weiß ich noch nicht.«

»Also, sollte Giovanni da sein, dann sag ihm bitte, dass mein Freund die Teekanne bestimmt hat. Es ist definitiv eine Edgefield, er schätzt sie auf acht- bis zwölfhundert.«

»Okay, Drayton. Tschüss.«

Theodosia fuhr ein zweites Mal um den Block, überquerte eine stark befahrene Spur und fuhr vorwärts in eine freie Parklücke. Es war ein spontaner Impuls, der sie anhalten und Giovanni Loard einen Besuch abstatten ließ. Und sie hatte Glück, denn der Regen hatte etwas nachgelassen und erlaubte ihr, in einem schnellen Sprint halbwegs trocken vom Jeep bis zum Antiquitätenladen zu kommen.

Loard Antiquitäten gehörte zu knapp vierzig Antiquitätengeschäften, die sich über zwei Häuserblocks verteilten. Der Laden befand sich zu ebener Erde in einem zweistöckigen roten Ziegelhaus im italienischen Stil. Das große Schaufenster beherbergte neben englischen Stilmöbeln aus dem siebzehnten und achtzehnten Jahrhundert eine geschmackvolle Auswahl an Majolika-Keramik, Zinngeschirr und antiken Uhren. Der Schriftzug *Loard Antiquitäten* prangte in goldenen Lettern auf der Schaufensterscheibe.

Giovanni Loard hob hoffnungsvoll den Blick, als die Türglocke fröhlich bimmelte.

Er hatte bereits beinahe eine halbe Stunde damit zugebracht, einer Dame aus West Ashley die Vorzüge eines antiken Messingfernglases schmackhaft zu machen, und sie machte noch immer keinerlei Anstalten, es zu kaufen. Die Frau war auf der Suche nach einem »witzigen« Geburtstagsgeschenk für ihren Börsenmakler-Gatten hereingekommen und hatte sich zwischenzeitlich für eine alte Uhr, eine geschnitzte Holzschatulle und schließlich für das Fernglas begeistert.

Die Geschäfte waren in letzter Zeit schlecht gelaufen,

und das Messingfernglas, auf einer Nachlassversteigerung in Summerville für fünfundachtzig Dollar erstanden, würde mit seinem neuen Preisschild über vierhundertfünfzig Dollar einen hübschen Profit einbringen.

Als Giovanni Theodosia erkannte, erhellte ein Lächeln sein ansehnliches Gesicht.

»Miss Browning!«, rief er. »Bin in einer Sekunde bei Ihnen.«

Giovanni wandte sich wieder der Dame aus West Ashley zu. »Vielleicht möchten Sie ja noch einmal darüber nachdenken.« Er wollte das Fernglas wieder an sich nehmen, doch die Frau, die andere Kundschaft hinter sich spürte, Kundschaft, die womöglich ausgerechnet an demselben Stück interessiert war, entschied sich mit einem Mal ganz plötzlich.

»Ich nehme es«, erklärte sie. »Es ist das perfekte Geschenk.«

Giovanni nickte. »Eine ausgezeichnete Wahl, Ma'am. Ich bin mir sicher, Ihr Gatte wird begeistert sein.«

Er nahm ihre MasterCard und zog sie durch den Kartenleser. Was für ein Glück, dachte er, dass Theodosia Browning ausgerechnet jetzt hereingekommen ist. Es geschah oft, dass Kunden sich zum Kauf genötigt fühlten, sobald sie merkten, dass ihnen die ungeteilte Aufmerksamkeit des Besitzers nicht länger sicher war.

Während Giovanni seine Kundin zu Ende bediente, schlenderte Theodosia durch das Geschäft. Sie blieb stehen, um eine kleine Sammlung Coalport-Porzellan und ein Tablett mit altmodischen Uhren zu bewundern. Der Laden war ganz nett, fand sie, doch das Inventar erschien ihr ein wenig dürftig. Schlechte Zeiten?, fragte sie sich. Oder nur ein Besitzer, der wenige geschmackvolle Stücke dem sonst üblichen übertriebenen Durcheinander von Möbeln, Silber, Teppichen, Kerzenleuchtern und Porzellan vorzog? Andererseits musste es in einer Stadt, in der die Antiquitätenhändler beinahe Tür an Tür lagen, ungeheuer schwer sein, sich im Wettbewerb zu behaupten.

»Also, noch einmal hallo.« Sobald er seine Kundin zur Tür geleitet hatte, ließ Giovanni Loard sein Hundert-Watt-Lächeln erstrahlen.

»Ich bin zufällig vorbeigefahren und habe Ihr Schild entdeckt«, sagte Theodosia. »Also dachte ich, ich ergreife die Gelegenheit beim Schopf und werfe einen Blick auf die Bilder, von denen ich schon so viel gehört habe.«

»Für die berühmte Wand«, sagte er.

»Genau.« Theodosia erwiderte sein Lächeln und fragte sich, weshalb sie sich auf einmal vorkam, als spielte sie eine Rolle in einer Boulevardkomödie.

Giovanni Loard winkte ihr mit dem Zeigefinger. »Hier hinten, bitte. In meinem Büro.«

Theodosia folgte ihm gehorsam in den hinteren Bereich des Ladens, wartete, während er eine Tür entriegelte, und betrat dann ein kleines, holzgetäfeltes Büro.

»Wow!« war alles, was sie sagen konnte.

Das Büro war relativ klein, etwa drei auf fünf Meter, doch sämtliche Wände waren über und über mit Ölgemälden behängt: Porträts, Landschaften, Meeresszenen und Stillleben. Darunter waren verträumte und vergeistigte ebenso wie ganz und gar realistische Gemälde, und alles waren wahre Meisterwerke.

»Was für eine wundervolle Sammlung! Weshalb hängen Sie nicht wenigstens ein paar dieser Gemälde vorne in den Laden?«

Er zuckte mit, wie es schien, gespielter Gleichgültigkeit

die Achseln. »Von Zeit zu Zeit hänge ich eines nach vorne«, sagte er und beugte sich vor, um ein kleines Landschaftsbild gerade zu rücken, das ein wenig schief gehangen hatte. »Aber meistens lasse ich sie hier, um mich ganz allein daran zu erfreuen. Und um die besten Stücke für meine ganz besondere Kundschaft zu bewahren. Dieses hier …« Giovanni deutete mit ausgestrecktem Arm auf ein kleines Juwel von einem Porträt, »… dieses hier erinnert mich an Sie.«

Theodosia nahm das Bild in Augenschein, wobei sie sich Giovannis Blick nur zu bewusst war. Es war das Porträt einer Frau in einem bodenlangen geschnürten Kleid, die sich auf einer Chaiselongue ausstreckte. Dem Stil nach gehörte es in die Zeit vor dem Bürgerkrieg. Bis auf die Alabasterhaut der Frau wurde das Bild von rosaroten und purpurnen Farbtönen beherrscht.

»Ein schönes Bild«, sagte Theodosia. Das Gemälde war schön, doch ihm haftete eine eigenartig beunruhigende Entrücktheit an.

»Vielen Dank, dass Sie gestern der Beerdigung beigewohnt haben«, wechselte Giovanni abrupt das Thema. »Ich habe Sie beim Gottesdienst gesehen, aber in dem Durcheinander hinterher hatten wir keine Gelegenheit, hallo zu sagen.«

»Wie verkraftet Doe es?«, fragte Theodosia.

»Besser als befürchtet«, gab Giovanni zurück. »Freunde und die Familie geben ihr großen Rückhalt, und sie ist ein tapferes Mädchen, obwohl ich sagen muss, dass sie unglaublich frustriert ist über die Unzulänglichkeit und Untätigkeit der Polizei. Die Ermittlungen führen absolut zu nichts.«

»Sollten sie denn irgendwohin führen?«, fragte Theodosia.

Giovanni hob eine Augenbraue. »Man hat Ford Cantrell verhört.«

»Sie gehen also davon aus, dass Ford Cantrell sich an der Pistole zu schaffen gemacht hat?«, fragte Theodosia.

»Allerdings«, antwortete Giovanni. »Ich kann einfach nicht glauben, dass es ein Unfall war.«

»Könnte es nicht sein, dass jemand anders die Pistole manipuliert hat?«

Giovanni runzelte die Stirn, als sei ihm diese Idee gänzlich neu. »Mir fällt beim besten Willen niemand sonst ein, der Oliver Dixon ein Haar hätte krümmen wollen.«

»Oliver Dixon war maßgeblich an einer neu gegründeten Firma beteiligt«, sagte Theodosia. »Vielleicht gibt es jemanden, der nicht wollte, dass er Erfolg hat.«

»Ich verstehe, was Sie damit sagen wollen. Oliver war ein wirklich brillanter, begnadeter Mensch. Die Ideen, die er in Grapevine einbringen wollte, hätten den PDA-Markt revolutioniert.« Giovanni hielt inne. »Habe ich zumindest gehört. Unglücklicherweise operiere ich selbst auf einem relativ niedrigen technologischen Level. Ich stoße bereits bei der Bedienung des Faxgerätes an meine Grenzen«, gestand er zerknirscht.

»Das klingt ja, als stünde eine unglaublich hohe Summe auf dem Spiel«, sagte Theodosia. »Wettbewerb verleitet bekanntlich oft zu unbedachtem Handeln. Ein bedrängter Mitbewerber, ein wütender Lieferant, ein nervöser Investor ... jeder von ihnen hätte Oliver Dixon gegrollt haben können.«

»Ziemlich unwahrscheinlich«, sagte Giovanni. »Wie Sie vielleicht wissen, war Booth Crowley Hauptanteilseigner an Grapevine, und er genießt einen tadellosen Ruf.«

»Dessen bin ich mir sicher«, sagte Theodosia, wobei sie

sich fragte, ob Giovanni gestern ebenfalls Zeuge von Booth Crowleys ungeheuerlichem Zornausbruch geworden war. »Das heißt aber nicht, dass nicht trotzdem jemand ein persönliches Problem mit Oliver Dixon gehabt haben könnte.«

Giovannis Gesicht verfinsterte sich. »Da könnten Sie Recht haben«, sagte er.

»Was für ein unschöner Zwischenfall gestern«, sagte Theodosia.

»Pardon?« Er hatte den Blick wieder dem Gemälde zugewandt, von dem er behauptet hatte, es erinnere ihn so sehr an Theodosia.

»Auf der Beerdigung. Diese ein wenig hässliche Szene zwischen Booth Crowley und einem Typen namens Billy Manolo. Kennen Sie ihn? Billy, meine ich.«

»Nein, nicht richtig. Im Grunde nur vom Hörensagen. Ich glaube, der Typ verrichtet im Jachtklub hie und da Gelegenheitsjobs.«

»Glauben Sie, er könnte schlecht auf Oliver Dixon zu sprechen gewesen sein?«

»Wie hätte er das können?«, sagte Giovanni herablassend. »Ich meine, der Mann war ein Angestellter. Sie haben sich nicht gerade auf dem gleichen gesellschaftlichen Niveau bewegt!«

Das ist genau der Grund, weswegen Billy Manolo schlecht auf ihn zu sprechen gewesen sein könnte, dachte Theodosia.

Giovanni holte tief Luft, ließ sie hörbar entweichen und konzentrierte sich darauf, seine Energie und sein Lächeln zu regenerieren. »Soll ich das Bild für Sie reservieren?«, fragte er munter.

»Nein, ich glaube nicht«, erwiderte Theodosia.

16

»Im Wetterbericht sieht es so aus, als würde sich ein Sturm zusammenbrauen«, sagte Jory Davis.

»Stimmt«, sagte Theodosia. Nach fünf Tagen in New York hatte er sie endlich angerufen. »Es regnet schon den ganzen Tag, und irgendwie wird alles immer dichter. Auf dem Atlantik braut sich ganz sicher etwas zusammen. Ich habe vorhin mit Drayton gesprochen, und er ist schrecklich besorgt, dass alle Blumen vom Wind zerfleddert werden. Und dann wäre das Gartenfest nächste Woche im Eimer.«

Theodosia hatte es sich in ihrer Wohnung gemütlich gemacht. Obwohl es Freitagabend war, war es viel zu nass und ungemütlich, um auch nur in Erwägung zu ziehen auszugehen.

»Ich mache mir Sorgen um mein Boot«, sagte Jory. »Eldon Cook, einer meiner Segelfreunde, hat es vor ein paar Tagen von der Isle of Palms zurückgeholt. Es liegt jetzt wieder im Jachtklub. Aber wenn der Sturm noch schlimmer wird …«

»Kann ich dir irgendwie helfen?«, fragte Theodosia.

»Könntest du bei mir im Büro vorbeifahren und die Zweitschlüssel holen? Ich weiß, dass Eldon das Boot abgesperrt hat, wenn du also die Schlüssel zum Jachtklub bringen und sie Billy Manolo …«

»Billy Manolo?«

»Ja«, sagte Jory. »Er arbeitet dort. Er ist so 'ne Art Mädchen für alles.«

»Ich weiß, wer er ist«, antwortete Theodosia. »Ich habe ihn gestern Vormittag getroffen. Na ja, eigentlich nicht richtig getroffen, eher gesehen. Auf Oliver Dixons Beerdigung.«

»Stimmt!«, sagte Jory. »Ich habe vollkommen vergessen, dass gestern die Beerdigung war. Wie war es?«

»Traurig«, erzähte Theodosia. »Aber schön gemacht. Viele seiner Freunde sind nach vorne gegangen und haben jede Menge wunderbarer Dinge über ihn gesagt.«

»Das ist gut«, sagte Jory. »Oliver hat es verdient.«

»Also, ich soll Billy die Schlüssel bringen und ihn was tun lassen?«, griff Theodosia den Faden wieder auf.

»Er soll das Boot sichern, die Lenzpumpe einschalten. Vielleicht noch überprüfen, ob die Segel richtig verstaut sind. Die üblichen Vorkehrungen eben.«

»Und du traust dem Kerl diese Aufgaben zu?«

»Klar. Sicher tu ich das. Es ist doch sein Job, solche Dinge zu tun.« Jory hielt inne. »Theo, stimmt was nicht? Etwas, das ich nicht weiß?«

»Nein, natürlich nicht. Mach dir keine Sorgen«, sagte Theodosia. »Ich kümmere mich darum. Und wie laufen die Dinge bei dir? Wie geht es mit den eidesstattlichen Erklärungen voran?«

Jory seufzte. »Zäh.«

Theodosia legte auf und sah zum Küchenfenster hinaus. Der Regen trommelte aufs Dach und rauschte durch die Regenrinnen. Sie konnte kaum die kleine Gartenwohnung auf der anderen Seite der gepflasterten Gasse erkennen, wo Haley wohnte, so stark war der Niederschlag.

Fröstelnd schloss sie den obersten Knopf ihres Chenillepullovers. Normalerweise wurde Charleston zu dieser Jahreszeit mit warmem Wetter verwöhnt, und man erfreute sich eines wunderbar lauen Frühlings, ehe die drückend feuchte Sommerhitze sich auf die Stadt niedersenkte. Aber das hier war etwas ganz anderes: widerwärtiges Wetter und eine kühle Atlantikbrise, die einem durch Mark und Bein ging.

Der Teekessel auf dem Ofen ließ sein schrilles Pfeifen ertönen, und Theodosia zog ihn schnell von der hinteren Herdplatte. Sie übergoss einen Teelöffel Darjeeling in der winzigen Portionskanne mit kochendem Wasser und ließ ihn drei Minuten ziehen. Irgendwie komisch, dachte sie, die größten Feinde des Tees waren Luft, Licht, Hitze und Feuchtigkeit. Und meistens vereinte das Charlestoner Klima eine wahre Fülle all dieser Eigenschaften!

Theodosia ging zurück ins Wohnzimmer und streckte sich auf der Couch aus. Earl Grey, der sich bereits zur Nacht gebettet hatte, hob kurz den Kopf, sah sie schläfrig an und ließ sich wieder nieder.

Während Theodosia langsam ihren Tee trank, dachte sie über Lizbeth Cantrell nach, jene Frau, die sie erst vor ein paar Tagen um Hilfe gebeten hatte.

Sie wusste immer noch nicht, weshalb sie Lizbeth versprochen hatte, ihr zu helfen, den Namen ihres Bruders reinzuwaschen. Schließlich war sie selbst die Erste gewesen, die Ford Cantrell verdächtigt hatte.

Vermutlich war es die Verbindung zwischen Lizbeth Cantrell und ihrer Mutter, die sie zu dieser Zusage verleitet hatte. Der bitter-süße Strom von Erinnerungen war eine seltsame, leicht bewusstseinsverändernde Erfahrung gewesen.

Und tief in ihrem Innern fühlte sich Theodosia Lizbeth verpflichtet. Im Süden, wo dieser seltsame Ehrenkodex herrschte, half man jenen, denen man verpflichtet war, wenn sie einen brauchten. Ohne Wenn und Aber.

Doch was sollte sie tun, wenn sie ihr Versprechen nicht halten konnte?

Was, wenn weitere Ermittlungen ergaben, dass Ford Cantrell sich tatsächlich an der alten Pistole zu schaffen gemacht hatte? Immerhin hatte Ford eine umfangreiche Waffensammlung. Er besaß also, was alte Waffen anbelangte, durchaus den nötigen Sachverstand. Und der Mann hatte seine Plantage jüngst in ein Jagdrevier umgewandelt. Theodosia wusste zwar nicht recht, was das beweisen sollte, aber es gehörte mit Sicherheit zu den Dingen, die vor Gericht zu unschönen Schlussfolgerungen verleiteten.

Andererseits war Lizbeth aufrichtig von seiner Unschuld überzeugt gewesen. Aber Lizbeth glaubte auch an die Bedeutung von Zeichen und Symbolen. Der Huflattichkranz zum Beispiel. Was hatte der gleich wieder symbolisiert? Ach ja, Gerechtigkeit.

Und auf welche Gerechtigkeit hat Lizbeth dabei angespielt?, überlegte Theodosia. Gerechtigkeit für ihren Bruder Ford Cantrell? Oder die Art Gerechtigkeit, die Oliver Dixon womöglich bereits ereilt hatte?

Theodosia starrte gedankenverloren auf die Porzellantasse in ihren Händen. Sie hatte schon lange, ehe sie den Teeladen eröffnet hatte, damit begonnen, besondere Kaffee-, Tee- und Mokkatassen zu sammeln. Irgendwann hatte sie gemerkt, dass sie es schön fand, den Tisch für eine Einladung mit nicht zusammengehörenden Einzelteilen zu decken, und so landete beispielsweise ein Limoges-Teller neben einer Lalique-Tasse samt Untertasse.

Bis jetzt schienen die Informationen, die sie über die Menschen im Umfeld von Oliver Dixon zusammengetragen hatte, auch wie Einzelteile, die nicht zusammengehörten. Doch anders als bei den erlesenen Tischdekorationen, die ihre Gäste so oft entzückten, passte keines dieser Teile zum anderen.

Theodosia stand auf, räkelte sich und versuchte, das Frösteln abzuschütteln. Sie hatte sich geweigert, die Heizung aufzudrehen – es kam ihr albern vor, mitten im April zu heizen – doch sie hatte das Gefühl, als würde es in ihrer Wohnung von Minute zu Minute kälter.

Theodosia ergab sich. Sie ging zum Thermostat und drehte ihn leicht nach oben. Ein elektrisches Summen belohnte sie augenblicklich, gefolgt von einem Hauch warmer Luft.

Also gut, dachte sie, was übersehe ich? Sie blieb vor dem Fenster stehen und starrte auf die Regentropfen, die unaufhörlich an der Scheibe herunterrannen. Sie erinnerten sie an Tränen. Wie Does Tränen für ihren toten Ehemann?

Theodosia war überzeugt davon, dass Oliver Dixon mehr war als einfach ein Opfer; er war der Dreh- und Angelpunkt in dieser ganzen Sache. Wenn sie herausfinden konnte, weshalb jemand Oliver Dixon aus dem Weg räumen wollte, dann hatte sie ein Motiv.

Und wer das Motiv gefunden hatte, hatte normalerweise auch den Mörder gefunden.

Theodosia setzte sich an ihren Computer. Sie hatte sich die Übersicht über die Finanzen von Grapevine angesehen, und nichts schien daran ungewöhnlich. Viel Geld war in die Bereiche Forschung und Entwicklung geflossen, aber das war eigentlich typisch. Und weil Grapevine ein neues Hightech-Unternehmen war, war die Burn Rate, also der Anteil aller Ausgaben in den ersten beiden Monaten, extrem hoch, aber sicher nicht unerwartet.

Sie fragte sich, wie die Medien über Grapevine berichtet hatten. Haley hatte neulich aus einem Artikel im Wirtschaftsteil der *Post and Courier* zitiert. Doch dem Bla-Bla-Tonfall nach zu urteilen, war der Artikel vermutlich direkt aus einer Pressemitteilung hervorgegangen, die das Unternehmen selbst veröffentlicht hatte. Das war in solchen Fällen üblich. Sie hatte über die Jahre weiß Gott genügend Pressemitteilungen geschrieben, die sich eins zu eins in Zeitungsartikel oder Randbemerkungen in Fachpublikationen verwandelt hatten.

Aber wie hatten sich die hartgesottenen Wirtschaftsanalysten über Grapevine geäußert? Die Technikjungs bei Forrester oder die Wirtschaftscracks bei Arthur Andersen? Oder auch die Kommentatoren in den einschlägigen Magazinen?

Das lässt sich leicht herausfinden, dachte Theodosia. Sie ging zu Netscape und gab als Suchbegriff »Grapevine« ein.

Der Versuch brachte siebenundvierzigtausend Treffer, angefangen bei einer Rockband bis hin zu einem Restaurant in Napa Valley. Huch. Da muss ich meine Suche auf jeden Fall einschränken, entschied Theodosia.

Jetzt fügte sie das Kürzel PDA in die Suchzeile ein. Das brachte nur noch sechsundsechzig Treffer. Schon eher zu schaffen.

Theodosia überflog die neue Trefferliste. Sie suchte nach einem Unternehmensprofil, einem Analystenreport, irgendetwas, das ihr den Blick eines Außenstehenden auf Grapevine gewähren würde.

Sie klickte auf den Link zu einem Artikel aus *Technology Voyage*, einer renommierten Fachzeitschrift, die über neue Produkte und Trends auf dem Sektor E-Commerce berichtete und hoch geachtete Analysen diverser neuer Hightech-Unternehmen lieferte. Theodosia hatte tatsächlich selbst einmal in *Technolgy Voyage* inseriert und sich sogar mit dem Chefredakteur getroffen, als sie damals das Budget von Avanti betreute, einem Hersteller von Halbleitern.

Der Beitrag trug den Titel »PDAs auf der Überholspur«. Eingeleitet wurde er mit einer umfassenden Übersicht über den PDA-Markt. Die Verkaufszahlen schossen nach oben, überstiegen bereits jetzt die Drei-Milliarden-Dollar-Marke mit Erwartungen von über sechs Millarden bis Ende nächsten Jahres. Und genau wie Haley gesagt hatte, wurden PDAs als tragbare Geräte im Jackentaschenformat gepriesen, die einem auf wundersame Weise erlaubten, Termine, Adressen, Telefonnummern, Listen und Notizen stets auf dem neuesten Stand parat zu haben. PDAs mit Sonderausstattung konnten sogar E-Mails verschicken und empfangen, im Internet surfen und Digitalkameras unterstützen.

Der Artikel widmete sich den diversen PDA-Herstellern, Herstellern von PDA-Anwendungen, Chips und Innenleben sowie den Anbietern von kabellosen PDA-Diensten und Inhalten.

Dem Bericht nach war Grapevine Hersteller von Speicherkarten, so genannten Flash-Memory-Cards, SD-Karten mit zweiunddreißig und vierundsechzig Megabyte, auf denen man die Daten von PDAs speichern konnte, die auf dem Palm-Betriebssystem basierten.

Wow, dachte Theodosia. Ob durch meine Arbeit am Computer, den Aufbau meiner Website oder den Online-Verkauf, ich dachte, ich wäre ziemlich bewandert auf diesem Gebiet, aber langsam wird's ein bisschen kompliziert.

Dann führte der Artikel die lange Liste von PDA-Herstellern auf. Sie enthielt Unternehmen wie Casio, IBM,

Hewlett-Packard, Royal, Compaq und Handspring und ging außerdem kurz auf das konkurrierende Betriebssystem von Microsoft ein, das sich Pocket PC nannte.

Theodosia legte sich zwei Finger an die Schläfen und versuchte mit sanfter Massage die Anfänge des drohenden Technikkopfwehs zu vertreiben. Sollte sie aufhören, ehe es schlimmer wurde? Sie überflog den Rest des Artikels, dann blieb sie wieder hängen. Sie las die Empfehlungen der Redaktion und fragte sich, wie sie je ohne einen Blackberry ausgekommen war, um ihre E-Mails drahtlos zu empfangen. Dann änderte sie ihre Meinung zu Gunsten eines Ericsson, der handschriftliche Notizen und Stimmerkennung unterstützte. Und schließlich war für Theodosia klar, dass der da Vinci mit der winzigen ausklappbaren Tastatur endgültig durch nichts mehr zu toppen war.

Ob einer dieser Minicomputer für ihre Zwecke sinnvoll war? Vielleicht. Mit einem Superduper-PDA hätte sie vielleicht alle möglichen Dinge besser im Griff. Die Termine ihrer Teepartys, Einkaufslisten und – sie verzog das Gesicht zu einem sarkastischen Grinsen – eine Liste von Verdächtigen in Sachen Mord? Theodosia schüttelte den Kopf. Zeit, Pause zu machen. Sie wurde langsam wie besessen, und das war nicht gut. Das war überhaupt nicht gut.

17

»Haley, wo sind die Teelichter?«, rief Drayton genervt.

»Oberes Regal«, antwortete sie aus der Küche.

»Nicht die bunten, ich will die Bienenwachskerzen in den kleinen chinesischen blauweißen Töpfen.« Drayton stand stirnrunzelnd hinter der Ladentheke und musterte die raumhohen Regale.

»Unteres Regal«, war Haley wieder zu hören. »Links.«

Murrend beugte Drayton sich hinunter und zerrte auf der hektischen Suche nach seinen Kerzen blaue Geschenkpapierrollen, kleine blaue Einkaufstüten und Geschenkschachteln aus Wellpappe aus dem Schrank.

»Hör auf!« Haley, stets wachsam und furchtbar pingelig, tauchte hinter ihm auf und ermahnte ihn streng: »Du veranstaltest ja das reinste Tohuwabohu!«

Sie kniete nieder. »Lass mich das machen«, sagte sie etwas freundlicher. Sie öffnete die äußerste linke Schranktür und holte die Kerzen heraus, die Drayton gesucht hatte. »Hier«, sagte sie und drückte ihm zwei Schachteln in die ausgestreckten Hände. »Kerzen. Ganz *links*.«

»Danke«, sagte Drayton verzagt. »Ich glaube, ich bin heute wirklich durch den Wind.«

»Kann man so sagen«, brummte Haley, während sie alles zurück in den Schrank stopfte. »Gott sei Dank ist dieser Krimi-Tee keine wöchentliche Veranstaltung. Ich wäre am Ende. Wir wären alle am Ende.«

»Wer ist am Ende?«, fragte Theodosia, die gerade zur Tür hereinkam.

»Drayton«, scherzte Haley. »Dank seines zwanghaften Drangs, alles geheim zu halten, macht er jetzt die ganzen Vorbereitungen allein. Obwohl er mir gnädig gestattet hat, einen Teil des Menüs zu backen«, fügte sie sarkastisch grinsend hinzu.

»Als da wären?«, fragte Theodosia. »Ich tappe genauso im Dunkeln wie du.« Sie zog den Mantel aus und schüttelte die Regentropfen ab.

»Oh, mal sehen«, sagte Haley. »*Cannelles de Bordeaux*,

Croquets aux Pignons und *Fougasse.* Was in Wirklichkeit nichts weiter ist als Gebäck, Kekse und Brot. Aber sobald man es auf Französisch sagt, klingt es wie eine Delikatesse. Aber auf Französisch klingt ja alles wie eine Delikatesse. Typisches Beispiel: *boudin noir.*«

»Und was ist das?«, fragte Theodosia.

»Blutwurst«, erwiderte Haley.

Drayton verdrehte die Augen. »Etwas zu bizarr für meine Veranstaltungen«, verkündete er und warf einen Blick auf seine Uhr, eine klassische Piaget, die grundsätzlich ein paar Minuten nachging. »Haley, es ist fast neun. Du solltest aufschließen.«

»Das hat Theodosia schon getan«, gab Haley zurück und warf Theodosia einen fragenden Blick zu. »Hast du doch, oder?«, flüsterte sie.

Theodosia nickte kurz.

»Haley, das habe ich gehört«, sagte Drayton.

»Ich habe keine Ahnung, wie viele Kunden heute kommen werden«, sagte Theodosia. »Es regnet immer noch wie verrückt.«

»Ach, die Altstadt suchen doch immer ein paar Unerschrockene auf«, sagte Drayton. »Und wenn sie den Weg zu uns erst mal gefunden haben, dann stehen die Chancen ziemlich gut, dass sie auch hungrig sind.«

»Und frieren«, ergänzte Haley und schüttelte sich.

»Stimmt«, sagte Drayton. »Weshalb du lieber wieder nach hinten gehen und fertig backen solltest.«

»Brauchst du keine Hilfe hier? Die Tische decken und so weiter?«

»Ich decke die Tische und brühe die Tees auf, und du kümmerst dich einfach nur ums Backen.«

»Okay«, stimmte Haley fröhlich zu.

Theodosia stand an der Kasse und sortierte Teedosen, während ihr wieder einmal bewusst wurde, wie sehr sie diese bunte Mischung von Persönlichkeiten liebte und den lockeren, neckischen Tonfall, der zwischen ihnen dreien herrschte. Jeder, der zufällig hereinkäme, musste glauben, sie stritten sich, aber sie wusste, dass es in Wirklichkeit die ungehemmte Vertrautheit war, die normalerweise nur zwischen Familienangehörigen herrschte. Ja, sie scherzten und machten sich ab und zu übereinander lustig, aber beim ersten Anzeichen, dass jemand sich bedrängt oder auf den Schlips getreten fühlte, nahmen sie denjenigen liebevoll in Schutz.

Die Tür flog auf, und nasskalte Luft strömte herein. Ein stämmiger Mann in einem undefinierbar grauen Regenmantel nahm seinen Regenschirm herunter und sah sie an.

»Detective Tidwell«, begrüßte Theodosia ihn, machte schnell die Tür wieder zu und bat ihn an einen Tisch. »Sie sind aber früh auf den Beinen. Noch dazu an einem Samstag.«

»Tee?«, fragte Drayton und trat mit einer frisch aufgebrühten Kanne Kandoli Garden Assam an Tidwells Tisch.

Tidwell ließ sich auf einen Stuhl sinken und nickte. »Danke, ja.«

Drayton schenkte eine Tasse Tee ein und strich sich nachdenklich über das Kinn. »Mag sein, dass ich vermessen bin, Detective Tidwell, aber Sie sehen aus wie ein Mann, der ein Devonshire Split vertragen könnte.«

Tidwells Augen strahlten erwartungsvoll. »Was um alles in der Welt ist ein Devonshire Split?«

»Ein klassisches englisches Milchbrötchen, das wir mit

Erdbeermarmelade servieren. Würden wir uns allerdings in Englands Südwesten befinden, dann würden wir außerdem Devonshire Cream, dicke Sahne, dazu servieren.«

»Dann tun wir doch so, als ob«, sagte Tidwell. »Besonders angesichts dieses grässlich nassen Wetters.«

Theodosia ließ sich auf den Stuhl Tidwell gegenüber sinken und beobachtete ihn aufmerksam. Tidwell war offensichtlich mit einer bestimmten Absicht hierher gekommen. Würde er ihr geradeheraus sagen, was in seinem Kopf vorging? Bestimmt nicht. Das war nicht seine Art. Er spielte lieber seine eigenen kleinen nervenaufreibenden Spielchen.

Doch heute überraschte Tidwell Theodosia. Denn sobald sein Brötchen samt Beiwerk gebracht worden war, wurde er recht redselig.

»Wir haben die ballistischen Tests fast abgeschlossen«, erzählte er. »Bedauerlicherweise ist uns dabei nichts Besonderes aufgefallen.« Tidwell schnitt sein Devonshire Split mit erwartungsvollem Blick in zwei Hälften. »Zuerst dachten wir, die Kugeln in der Pistole seien vielleicht Dumdums gewesen.«

»Was genau sind Dumdums?«, fragte Theodosia. Sie hatte den Ausdruck schon einmal gehört, aber sie hatte keine Ahnung, was Dumdum genau bedeutete.

»Ein fieser kleiner Trick, der aus Indien stammt«, erklärte Tidwell, während er sein Brötchen mit eingedickter Sahne bestrich. »Kurz gesagt, Dumdumgeschosse sind sich ausdehnende Kugeln. Sobald sie irgendwo einschlagen, dehnen sie sich aus.«

»Und Sie dachten, diese raffinierten kleinen Kugeln wären in Oliver Dixons Kopf eingeschlagen?«

»Nein, nicht direkt«, erklärte Tidwell. »Dazu hätte die

Pistole unmittelbar auf ihn gerichtet sein müssen. Und nach allem, was wir wissen, aus Aussagen von ziemlich verlässlichen Menschen, hielt Oliver Dixon die Pistole auf Schulterhöhe und zielte in den Himmel. Wenn die Pistole mit Dumdumgeschossen geladen gewesen wäre, hätten sie explodieren und ihm eine schwere Wunde zufügen können, aber dazu wäre ein Auslöser nötig gewesen, um sie explodieren zu lassen.«

»Also haben Ihre Tests nichts ergeben«, sagte Theodosia.

Tidwell trank einen Schluck Tee und stellte die Tasse mit sanftem Klirren zurück auf den Unterteller. »Sagen wir, unsere Tests waren ergebnislos.«

»Was ist mit Oliver Dixons Jackett?«, fragte Theodosia. »Ich nehme an, Sie haben es ebenfalls forensisch untersuchen lassen.«

Tidwell seufzte. »Blutspuren, Blutgruppe B-positiv, was ziemlich selten ist, die haben nur etwa zehn Prozent der Bevölkerung. Eindeutig von Oliver Dixon. Wir haben es mit seinen medizinischen Unterlagen verglichen. An Ärmeln und Vorderseite Rückstände von Hafenwasser mit einer hohen Konzentration an Nährstoffen und niedrigem Stickstoff-Phosphor-Verhältnis. Und ein wenig Schmutz. Wahrscheinlich vom Ufer.«

Theodosia dachte an das blutbespritzte, schmutzige Tischtuch, das inzwischen in Professor Morrows Botaniklabor weilte. »Wahrscheinlich«, stimmte sie zu, bemüht, sich ihre Nervosität nicht anmerken zu lassen. Wenn Tidwell wüsste, was sie tat, wäre sie in ziemlichen Schwierigkeiten, und das Tischtuch würde mit Sicherheit konfisziert werden.

Als die Tür aufschwang, verstummten beide. Zwei Pärchen, offensichtlich Touristen, schoben sich herein.

»Bekommen wir hier Kaffee und Muffins?«, fragte einer der Männer. Er trug einen gelben Regenmantel und sprach mit dem breiten Akzent des Mittleren Westens.

Theodosia war augenblicklich auf den Beinen. »Wie wäre es mit Tee und Blaubeerküchlein?«, fragte sie einladend. »Oder einem Teller Zitronentörtchen?«

»Tee?«, überlegte der Mann. Er drehte sich zu seinen Begleitern um, die zustimmend nickten, sich bereits ihrer nassen Sachen entledigten und es sich bequem machten. »Warum nicht?«, sagte er. »Wenn er heiß und stark ist.«

Tidwell blieb an seinem Tisch sitzen, trank zufrieden seinen Tee und aß sein Brötchen, während Theodosia und Drayton sich geschwind der Neuankömmlinge annahmen.

Wie viele Touristen, die zufällig auf den Indigo Tea Shop stießen, schienen auch diese gerne bereit, sich auf diese neue Erfahrung einzulassen.

Andererseits, musste Theodosia sich ständig wieder ins Gedächtnis rufen, war Tee das beliebteste Getränk der Welt, heiß geliebt, bewährt und seit beinahe fünftausend Jahren bekannt. Ob genussvoll und in kleinen Schlucken oder hastig hinuntergestürzt, alljährlich konsumierten die Völker der Erde über siebenhundert Milliarden Tassen Tee.

»Detective Tidwell.« Theodosia legte die Hände auf die Rückenlehne eines alten, wackeligen Holzstuhls und beugte sich zu ihm hinunter. »Erinnern Sie sich an den Kerl, der vorgestern an dieser hässlichen Szene auf Oliver Dixons Beerdigung beteiligt war?«

»Meinen Sie Booth Crowley?«, fragte er.

»Nein, ich meine Billy Manolo«, antwortete sie ihm. Lass dich von ihm nicht durcheinander bringen, ermahnte sie sich. Der Mann ist nur deswegen so hartnäckig, weil er es als großartigen Sport betrachtet.

»Wissen Sie, dass Billy Manolo im Jachtklub arbeitet? Er hatte Zugang zu der Pistole.«

»Natürlich hatte er das«, sagte Tidwell. »Seine Fingerabdrücke wurden auf der Rosenholzkiste gefunden, in der die Pistole aufbewahrt wurde.«

»Und was schließen Sie daraus?«, wollte Theodosia wissen.

Tidwell zuckte mit den Achseln. »Auf der Kiste wurden noch ein halbes Dutzend weitere Fingerabdrücke gefunden.«

»Waren die von Ford Cantrell auch dabei?«

»Glauben Sie im Ernst, Ford Cantrell wäre so dumm, seine Fingerabdrücke auf der Kiste zu hinterlassen, wenn er sich tatsächlich an der Pistole zu schaffen gemacht hätte?«, fragte Tidwell zurück. Er nahm den Silberlöffel zur Hand, lud noch einen Berg Zucker darauf und ließ ihn in seine Teetasse gleiten.

Theodosia starrte Tidwell an. Er hat ein ungeheures Talent, Fragen auszuweichen, dachte sie. Wenn Fragen ständig mit Gegenfragen beantwortet werden, fällt es wirklich schwer, nicht aus dem Konzept zu geraten.

»Ich schließe daraus, dass Sie Billy Manolo in den Status eines Verdächtigen erhoben haben«, sagte Tidwell.

»Der Gedanke, dass Billy verdächtig ist, ist nicht völlig von der Hand zu weisen«, erwiderte Theodosia.

Tidwell schüttelte langsam sein großes Haupt. »Zweifelhaft. Sehr zweifelhaft. Billy Manolo ist ein Unruhestifter, das ist wahr. Und er hat eine hübsche Vergangenheit, was kleinere Diebstähle und Hehlerei anbelangt. Aber ist unser Billy wirklich kaltblütig genug, berechnend genug, um einen Mord zu planen und durchzuführen? Vor zweihundert Leuten? Ich vermag nicht mal einen Funken der dafür benötigten Intelligenz zu erkennen. Ich fürchte, Billy Manolo verfügt lediglich über sehr beschränkte Kapazitäten!«

Theodosia wusste, was jetzt kam, und sie wappnete sich dagegen. Sie hatte Tidwell selbst auf diese Spur gelenkt, und sie bereute es bereits. Um die Sache noch schlimmer zu machen, kam ihr das Versprechen gegenüber Lizbeth Cantrell schrecklich schal vor, als könne kein Heilwasser der Welt den Namen ihres Bruders reinwaschen.

»Ford Cantrell dagegen hegt großen Groll«, fuhr Tidwell fort. »Er stellt seine eigene Munition her. O ja!«, unterstrich Tidwell die letzte Bemerkung, als er Theodosias erstaunten Blick bemerkte. »Ford Cantrell hat es sich zum Hobby gemacht, seine Patronen selbst mit Schwarzpulver zu füllen. Wenn irgendwer wusste, wie man diese alte Pistole manipuliert, damit sie explodiert, dann jemand mit dem spezifischen Wissen, das Ford Cantrell besitzt. Ich sehe einer baldigen Verhaftung mit Zuversicht entgegen.«

18

Eine einsame Möwe ließ sich von der wilden Thermik treiben, kreiste hoch über dem Jachtklub, wo die J-24s, Columbias und San-Jose-25s knarrend an silbern verwitterten Pfählen lagen und an ihrer Vertäuung zerrend auf der wogenden See auf und nieder schwankten. Ansonsten war neben dem heulenden Wind nur eine stotternde Lenzpumpe zu hören, irgendwo am Ende des langen Hauptstegs.

Keiner zu Hause, dachte Theodosia, während sie den Trenchcoat fester um sich wickelte und auf den Steg trat. Zwischen den verwitterten Holzplanken klafften hier und da bis zu fünf Zentimeter breite Lücken, und sie musste aufpassen, wohin sie trat. Anscheinend war heute keine Menschenseele auf diesem nassen, langen Pier unterwegs, und das Wasser sah kalt und gnadenlos aus. Ein Fehltritt war nicht auszumalen.

Theodosia versuchte es erst an der Tür des Klubhauses, doch die war verschlossen. Auch Klopfen und Klingeln hatte niemanden aufgescheucht. Es war durchaus möglich, dass heute überhaupt keiner da war, dass Billy Manolo samstags frei hatte, wegen des schlechten Wetters nicht gekommen war oder erst später kommen würde.

Theodosia hegte die leise Hoffnung, dass am Ende des Piers vielleicht doch jemand in dem Segelboot war, dessen Pumpe so vernehmlich dröhnte. Billy Manolo vielleicht, der ein leckes Boot auspumpte und unter Deck arbeitete, um der beißenden Kälte des Windes zu entkommen.

Auf halbem Weg sah Theodosia hinaus in die Bucht von Charleston. Durch den grauen Nebel waren nur zwei Schiffe zu sehen. Das eine schien ein Fischkutter zu sein; das andere sah aus wie ein Fahrzeug der Küstenwache, vermutlich von der nahe gelegenen Station, die gleich hinter The Battery an der Mündung des Ashley lag. Der heutige Tag war wirklich himmelweit entfernt von jenem vor fast einer Woche, als die Bucht mit Booten gesprenkelt war und die Verheißung auf Frühling in der Luft gehangen hatte.

»Ist da jemand?« Sie hatte das Ende des Stegs erreicht und sah, dass die Pumpe auf voller Kraft lief und einen steten Strahl schaumig grünen Wassers aus einer acht Meter langen Santana ins Hafenbecken beförderte. Sie stieg hinunter auf den kleineren Steg, an dem parallel das Boot vertäut war. Diese Seitenstege waren nicht wie der Hauptsteg mit tiefen Pfählen verankert. Stattdessen trieben sie auf Fässern. Da der Wind mit gut zehn Knoten vom Atlantik hereinblies, schwankte der kleine Steg gefährlich hin und her.

»Billy?«, rief Theodosia und kämpfte gegen die wachsende Panik an, als der kleine Steg wie ein verlorener Korken auf und nieder hüpfte.

Reiß dich zusammen, ermahnte sie sich und streckte die Arme nach beiden Seiten aus, um nicht das Gleichgewicht zu verlieren. Vorsichtig trat sie Schritt für Schritt den Rückzug auf den sicheren Hauptsteg an. Du bist dein ganzes Leben lang auf Stegen hin und her gerannt. Das ist jetzt nicht der richtige Zeitpunkt, um sich zu fürchten.

Jory Davis' Boot ankerte an Liegeplatz 112, mehr als die Hälfte des Weges zurück in Richtung Klubhaus, und die Seitenstege dort waren ihrer geschützten Lage wegen entschieden ruhiger. Theodosia ging zur Rubicon hinaus, der J-24, mit der Jory so gerne in der Bucht von Charleston und kreuz und quer auf dem Intracoastal Waterway unterwegs war, hielt sich seitlich am Boot fest, machte einen großen Schritt und kletterte an Bord. Als sie im Cockpit stand, spürte sie den Rhythmus des Schiffes und hörte über sich das laute Scheppern der Fallleinen, die gegen den Mast schlugen. Sie beugte sich nach vorn, steckte den Schlüssel in das Schloss der Luke und sperrte auf. Sie packte den Handgriff, holte tief Luft und zog die Luke auf.

Theodosia spähte hinunter in das Boot. Jory hatte Recht. Die Rubicon lief langsam, aber sicher voll. Mindestens acht Zentimeter grünes Meerwasser hatte den Weg ins Innere gefunden und schwappte dort hin und her.

Sie suchte nach der Lenzpumpe, fand auch eine, war sich aber nicht mehr sicher, wie das verdammte Ding angeschlossen und eingeschaltet wurde.

Nein, sagte sie sich schließlich, lass es sein! Das Beste war wirklich, Jorys Bitte nachzukommen. Sie musste Billy Manolo auftreiben und ihn mit dieser Sache beauftragen.

Noch immer auf Deck kauernd, suchte Theodosia nach einem Hinweis, der ihr verriet, wie sie mit dem schwer greifbaren Billy Manolo in Kontakt kommen sollte.

Sie öffnete eines der kleinen Staufächer und fand eine durchsichtige Plastikhülle mit der Betriebsanleitung für das Boot und einigen Seekarten. Theodosia folgte ihrer Eingebung, öffnete die Hülle und blätterte die Papiere durch.

Auf der inneren Umschlagseite des Handbuches befand sich eine handgeschriebene Liste mit Namen. An vierter Stelle stand der Eintrag Billy M. Daneben war eine Telefonnummer und eine Adresse: 115 Concannon.

Konnte das Billy Manolo sein? Der Billy Manolo vom Jachtklub? Er musste es sein.

19

Flussaufwärts, am Westufer des Cooper River, liegt der inzwischen stillgelegte Flottenstützpunkt von Charleston. Der vor gut zehn Jahren aufgelöste Stützpunkt liegt genau genommen in Nordcharleston, ist aber eine eigenständige Kommune und gleichzeitig die drittgrößte Stadt in South Carolina.

Nachdem die Matrosen und Offiziere weg waren und sich die Wirtschaft damit völlig verändert hatte, waren die Grundstücke erschwinglicher und die Baubestimmungen lockerer geworden.

Theodosia fuhr langsam die Ardmore Street hinunter

und suchte bei jeder Querstraße nach dem Namen Concannon. Dies war ebenfalls ein älterer Teil Charlestons, allerdings keiner, der in den vierfarbigen Hochglanzbroschüren des Fremdenverkehrsamtes auftauchte. Diese kleinen, mit Holz verkleideten Häuser sahen verwohnt und verwittert aus, und einige von ihnen hätten dringend einen neuen Anstrich benötigt. Die Gärten waren klein und bestanden oft mehr aus nackten Flecken als Rasenflächen. Die gepflegteren unter ihnen waren von Metallzäunen umgeben.

Gleich hinter einer Reifenwerkstatt stieß Theodosia auf die Concannon Street. Sie verließ sich auf ihr Gefühl, bog nach rechts ab und hielt nach den Hausnummern Ausschau.

Sie hatte richtig vermutet. Hier war die 215, da die 211. Billys Nummer, die 115, musste also nach der nächsten Querstraße zu finden sein.

Ein ödes, von Unkraut überwuchertes Grundstück umgab Billy Manolos Haus, ein kleines, einstöckiges Gebäude. Wind, Regen und hohe Luftfeuchtigkeit hatten den einst weißen Anstrich abgeschliffen, und jetzt trug das verwitterte Holz eine interessant glänzende Patina. Als Theodosia auf die Haustür zuging, fiel ihr auf, dass alles andere – bis auf den Anstrich – ordentlich und gut in Schuss war.

Sie fasste nach einem schwarzen schmiedeeisernen Handlauf, stieg die einzelne Stufe hinauf und klingelte.

Nichts.

Sie drückte den Klingelknopf noch einmal, länger diesmal, und wartete. Es kam immer noch niemand an die Tür. Ratlos blieb Theodosia noch einen Augenblick stehen, ließ den Blick zu einer wuchernden Hartriegelhecke schweifen und entdeckte einen schmalen gepflasterten Weg, der um die Hausecke führte.

Warum eigentlich nicht?, fragte sie sich, ging über das nasse Gras und machte sich auf den Weg um das Haus herum.

Es war, als stolperte sie in eine andere Welt.

Vor ihren Augen tanzten Teile wunderschön verzierter schmiedeeiserner Zäune und Fensterverkleidungen. Elegante Schnörkel, wunderliche Getreidemotive und Efeuranken verzierten jedes Stück. Die fertig gestellten Arbeiten standen an den Holzzaun hinter Billy Manolos Haus gelehnt. Andere Stücke, die noch die Spuren des Schweißbrenners zeigten und darauf warteten, genutet und nachgeschliffen zu werden, lagen auf Stapeln, die so gut wie jeden Quadratmeter des kleinen Hinterhofs besetzten.

In der dunklen Tiefe einer windschiefen, baufälligen Werkstatt, die etwas größer als das Haus selbst zu sein schien, sprühten die blauen Funken eines Schweißbrenners.

Billy Manolo hob den Schutzschirm seines Schweißerhelms hoch und starrte Theodosia an. Aus dem Brenner schoss eine blaue Flamme heraus. »Was wollen Sie?«, fragte er. In seiner Stimme schwang dieselbe nervöse Feindseligkeit wie neulich auf Oliver Dixons Beerdigung.

Noch immer vollkommen perplex spähte Theodosia an Billy vorbei auf noch mehr dieser schönen Arbeiten. Überall waren sie gestapelt, und einige kleinere Stücke hingen von der Decke.

»Die sind ja wunderbar!«, sagte sie.

Billy Manolo zuckte die Achseln und schaltete den Schweißbrenner aus. »Ja«, sagte er nur.

»Stammen die alle von Ihnen?«, fragte Theodosia.

Billy grunzte bejahend. Das Visier seines Helms zitterte über seinem Kopf wie ein riesiger Vogelschnabel.

»Sie sind wunderschön. Machen Sie viele Restaurationen?« Theodosia wusste, dass die Charlestoner Häuser, und vor allem die im historischen Viertel, ständig irgendwelcher Ergänzungen oder Restaurationen bedurften.

»Und wer will das wissen?«, raunzte Billy sie an.

»Tut mir Leid.« Sie errötete leicht. »Ich bin Theodosia Browning. Wir haben uns letzten Sonntag auf dem Picknick gesehen, erinnern Sie sich? Sie haben sich von mir ein Tischtuch geliehen.« Sie ging auf ihn zu, um ihm die Hand zu geben, und wäre beinahe auf einen Stapel kleiner Eisenstangen getreten.

»Passen Sie doch auf!«, raunzte Billy. »Das Letzte, was ich hier gebrauchen kann, ist eine dumme Pute, die auf die Schnauze fällt!« Er starrte sie an. »Was wollen Sie hier?«, fragte er kurz angebunden. »Ich habe hier keine Bilder. Da müssen Sie schon zu Popple Hill gehen.«

»Popple Hill?«, fragte Theodosia. Sie hatte keine Ahnung, was Popple Hill war oder wovon Billy eigentlich redete.

»Die Design-Fuzzis«, erklärte Billy ungeduldig, als wäre sie ein begriffsstutziges Kind. »Reden Sie mit denen. Die kümmern sich um Größe und Muster und Preis. Ich mache das Zeug nur.«

Billy Manolo schüttelte den Kopf, als wäre sie eine lästige Fliege. Er beugte sich vor und steckte seine rußige Hand in einen Lederhandschuh, der auf der Esse lag. Dann zischte es, und sofort schoss aus dem Schweißbrenner wieder die blaue Flamme hervor.

»Verstehe«, sagte Theodosia, beschattete die Augen und machte im Geiste eine Notiz, bei Gelegenheit herumzufragen, wer diese Popple-Hill-Designer waren. »Eigentlich komme ich gerade vom Jachtklub«, erklärte sie. »Jory Davis von Liegeplatz eins zwölf hat mich gebeten, Ihnen diese Schlüssel zu bringen.« Sie fasste in die Tasche, wühlte nach den Schlüsseln und winkte Billy damit zu. »Die Schlüssel der Rubicon.«

Billy Manolo seufzte und schaltete den Schweißbrenner ein zweites Mal aus.

»Er möchte, dass Sie die Lenzpumpe anstellen«, sagte Theodosia. Diesmal legte sie einen Hauch Autorität in ihre Stimme. »Er ist geschäftlich unterwegs, und er hat Angst, dass sein Boot voll läuft. Genau gesagt, es läuft bereits voll. Ich bin eben dort gewesen.«

Billy Manolo zog den Helm vom Kopf und kam auf sie zu. Er streckte die Hand aus, entriss ihr unsanft die Schlüssel und sah sie gleichgültig an.

»Wunderbar«, sagte sie übertrieben herzlich. Sie ließ den Blick wieder durch den Garten schweifen, und ihr wurde bewusst, dass Billy ein professioneller Schmied war, dass er wahrscheinlich einige der Tore, Verkleidungen und Balkongeländer gemacht hatte, die viele der gehobenen Charlestoner Heime zierten.

Und gleichzeitig mit dieser Erkenntnis kam diejenige, dass Billy Manolo mit seinem Wissen über die Eigenschaften von Metall und Sollbruchstellen und derlei mehr durchaus die alte Pistole manipuliert haben könnte. Billy Manolo, dessen Fingerabdrücke sich natürlich auf der Rosenholzkiste befanden, in der die Pistole verwahrt worden war.

»Hören Sie«, sagte Theodosia, im Begriff, die Geduld zu verlieren, weil Billy so unfreundlich war, und gleichzeitig mit einem Anflug von Furcht. »Sie könnten wenigstens höflich sein.«

Er neigte den Kopf ein wenig zur Seite und sah sie selbstsicher an. »Warum sollte ich?«

Theodosia riss der Geduldsfaden. »Sie sollten wirklich ernstlich an Ihren Umgangsformen arbeiten«, blaffte sie ihn an. »Denn sollten Sie demnächst von der Polizei verhört werden, und diese Möglichkeit besteht durchaus, dann werden Sie mit den unhöflichen Manieren, die Sie mir gegenüber soeben an den Tag gelegt haben, nicht gerade weit kommen.«

Billy Manolo schnaubte verächtlich. »Polizei!« Er spie es förmlich aus. »Die haben doch keinen Schimmer.«

»Die wissen durchaus Bescheid über Ihren öffentlichen Auftritt mit Booth Crowley vor zwei Tagen«, sagte Theodosia.

»Booth Crowley hat 'ne Menge zu verbergen«, zischte Billy.

»Nach dem, was ich so höre, Billy, haben *Sie* womöglich auch so einiges zu verbergen«, schoss Theodosia zurück. Sie wusste, dass es ein Schuss ins Blaue war, aber die Wirkung ihrer Worte war gewaltiger, als sie zu hoffen gewagt hätte.

Billy bückte sich, hob eine Eisenstange vom Boden und funkelte Theodosia gefährlich an. »Ziehen Sie Leine, Lady, ehe Sie sich mit dem Gesicht nach unten in Charleston Harbor wiederfinden!«

20

Unzählige kleine weiße Kerzen flackerten auf jedem Tisch, auf der Theke, in jedem Regal und jeder Nische des Indigo Tea Shops. Tischtücher mit angedeuteten Paisleymustern waren elegant über den Holztischen drapiert, und der große Messingleuchter war heruntergedimmt und verbreitete eine stimmungsvolle Aura.

»Hier sieht es aus, als hätte jemand eine durchgeknallte Voodoopriesterin losgelassen«, sagte Haley.

»Was?« Draytons normalerweise wohl modulierte Stimme erhob sich zu einem schrillen Kreischen. »Es soll *geheimnisvoll* aussehen. Ich habe versucht, eine Atmosphäre zu erzeugen, die eines Abends höchster Dramatik und ganz neuer Erfahrungen auf dem Gebiet des Tees würdig ist!«

»Und das ist sie auch«, versicherte Theodosia ihm. »Es ist sehr stimmungsvoll. Haley«, warnte sie das junge Mädchen, »lass Drayton in Ruhe, ja? Er ist ziemlich angespannt.«

Haleys kleine Sticheleien waren im Teeladen normalerweise immer wohl gelitten und wurden von dem schlagfertigen Drayton stets mit Leichtigkeit pariert, doch heute Abend schien Drayton ein wenig durcheinander.

Haley stellte sich zu Drayton und tätschelte ihm die Schulter. »Okay. Es ist cool.«

»Dem Laden haftet doch eine dramatische Aura an, oder?« Drayton sah Theodosia ängstlich an.

»Es ist perfekt«, versicherte Theodosia. »Unsere Gäste werden begeistert sein.« Sie betrachtete die Barotine-Teekannen, die Drayton sich von befreundeten Antiquitätenhändlern geliehen hatte. Die fantasievollen, grün und braun lasierten Kannen waren mit Muscheln, Ranken und schneckenartigen Windungen verziert und unterstrichen die geheimnisvolle Aura des Ladens.

Dann die Tafelaufsätze: Auch hier hatte Drayton sich ein paar ausgewählte Antiquitäten geliehen und seinem grünen Daumen gestattet, wahre Kapriolen zu schlagen. Ein alter Keramikfrosch lugte hinter dichten Büscheln Hortensien hervor, die Bronzeskulptur einer Waldnymphe war von Pflaumenblüten umgeben, und inmitten eines Arrangements aus Schilf und Gräsern saß versteckt ein Jadebuddha.

»Dir ist es gelungen, unserem Laden Eleganz zu verleihen und gleichzeitig eine geheimnisvolle Atmosphäre«, lobte Theodosia. »Und ich für meinen Teil kann es kaum erwarten, zu erleben, was heute Abend geschehen wird.«

Ehrlich gesagt hatte Theodosia keine genaue Vorstellung, was heute Abend stattfinden würde, aber sie vertraute Drayton vollkommen, und sie wusste, welches Menü und Programm sich ihnen auch immer offenbaren würde, Drayton würde es mit viel Stil und großem Selbstbewusstsein präsentieren. Außerdem waren heute Nachmittag, während sie sich im Jachtklub hatte durchnässen und von Billy Manolo beleidigen lassen, noch einige kurzfristige Zusagen eingegangen, so dass sie an ein paar Tische zusätzliche Stühle stellen mussten. Während Theodosia die Tische mit silbernem Besteck und Leinenservietten eindeckte, verteilte Haley winzige Goldsäckchen auf allen Plätzen.

»Was ist das denn?«, fragte Theodosia.

»Eine kleine Aufmerksamkeit«, erklärte Haley. »Ich sollte winzige Ziegel getrockneten Tee in goldenen Stoff wickeln und ein Bändchen darum machen.«

»Drayton lässt wirklich nichts aus«, sagte Theodosia, beeindruckt von derartiger Liebe zum Detail.

»Das ist noch gar nichts«, flüsterte Haley. Sie vergewisserte sich mit einem Blick, dass Drayton hinten war. »Er hat für heute Abend fünf Schauspieler von der Little Theatre Group engagiert. Während sie Tee und Leckereien servieren, werden sie eine Art Theaterstück zum Besten geben. Dabei werden sie immer wieder kleine Hinweise geben. Irgendwann im Laufe des Abends wird einer von ihnen einen geheimnisvollen, folgenschweren Unfall erleiden, und das Publikum muss herausfinden, wer die schändliche Tat begangen hat!«

»Du meinst wie Cluedo für Erwachsene?«, fragte Theodosia.

»Ja, damit bist du ziemlich nah dran.«

Drayton tauchte am Vorhang auf, ein Tablett mit Teetassen in Händen. »Hört mal!« Er zeigte mit dem Finger zur Decke.

Theodosia und Haley hielten inne und lauschten dem leichten Trommeln auf dem Dach.

»Es hat wieder angefangen zu regnen«, sagte Drayton. »Damit ist die Stimmung perfekt, findet ihr nicht?«

»Sprach der Rabe … ›Nimmermehr!‹«, kicherte Haley.

Draytons Krimi-Tee war in vollem Gange. Auf ihrem Stuhl hinter der Ladentheke beobachtete Theodosia völlig bezaubert und fasziniert das Schauspiel vor ihren Augen. Haleys Vermutung hatte sich als richtig erwiesen, und kurz vor Beginn waren fünf Mitglieder der Theatergruppe aufgetaucht, alles Amateure und Freunde von Drayton. Noch während sie den ersten Gang servierten, eine scharf-saure Suppe auf der Basis von grünem Tee, hatten sie sich in die Aufführung eines flotten Gesellschaftsstücks gestürzt, das – von dem Mord abgesehen – komödiantische Züge aufwies und ihre Gäste kaum zu Atem kommen ließ.

Das Publikum war von Anfang an mitgerissen. Die Leute kicherten an den richtigen Stellen, machten »Oh« und »Ah«, wann immer an strategisch wichtigen Stellen die winzigen Kerzen zu flackern begannen, und hielten erschreckt die Luft an, als Drayton plötzlich das Licht dämpfte und der »Mord« geschah.

Theodosia freute sich sehr, dass Delaine Dish gekommen war, zusammen mit ihrer Freundin Brooke Carter Crockett, der Besitzerin von Heart's Desire, einem nahe gelegenen Juweliergeschäft, das sich auf hochwertigen alten Schmuck spezialisiert hatte. Miss Dimple hatte ihren Bruder Stanley mitgebracht, ein pummeliger Zeitgenosse, der – bis auf seine spiegelnde Glatze – das genaue Ebenbild seiner Schwester war. Außerdem waren viele Stammgäste und Bekannte aus dem Viertel gekommen. Alles in allem saßen fünfundzwanzig Personen im flackernden Kerzenlicht und genossen den Krimi-Tee.

Und es waren auch zwei Überraschungsgäste gekommen: Lizbeth Cantrell und ihre Tante Millicent.

Theodosia hatte nicht erwartet, Lizbeth Cantrell so bald wieder zu sehen, und schon gar nicht heute Abend. Aber die beiden Damen waren im letzten Augenblick hereingeschlüpft, Lizbeth hatte Theodosia zugenickt, sie hatten sich ihre Plätze gesucht und es sich bequem gemacht, um sich das Stück anzusehen.

Die Schauspieler, inzwischen nur noch zu viert, servierten den Hauptgang, Hühnchenspieße mit einer würzigen Soße aus Sencha und Ingwer, und gingen dabei ganz in ihren Rollen auf. Theodosia setzte auf »Theodore« als Mörder. Er war ein wichtigtuerischer Familienvater, dem man durchaus zutraute, dass er jemandem eine bronzene Nymphe überzog. (Jetzt war ihr auch klar, weshalb Drayton sich mit den Tafelaufsätzen so viel Mühe gegeben hatte!)

Andererseits konnte man nie wissen, auf den ersten Eindruck sollte man sich nicht immer verlassen. Siehe neulich, als sie ihre Verdächtigungen ganz und gar auf Ford Cantrell konzentriert hatte. Er war ihr wie der perfekte Verdächtige erschienen, und jetzt war sie sich überhaupt nicht mehr sicher.

Aber eines wusste Theodosia genau. Sie würde dem Mord an Oliver Dixon auf den Grund gehen. Wenn sie den wahren Mörder fand und Ford Cantrell entlasten konnte, hätte sie Lizbeth Cantrell einen großen Dienst erwiesen. Wenn aber Ford Cantrell nicht das Unschuldslamm war, als das seine Schwester ihn hinstellte … na ja, dann wäre wenigstens der Wahrheit Genüge getan. Und die Wahrheit ans Licht zu bringen war in jedem Fall besser, als im Dunkeln zu tappen.

Lauter Applaus und Bravo-Rufe holten Theodosia aus ihren Gedanken zurück ins Hier und Jetzt. Drayton deutete mit ausgestrecktem Arm auf die vier verbliebenen Darsteller, die sich gemeinsam verbeugten und dann in Pose gingen.

»Ich präsentiere Ihnen: Die Verdächtigen«, verkündete Drayton, offensichtlich zufrieden mit der Reaktion seiner Gäste. »Sie haben im Verlauf des Abends immer wieder deutliche Fingerzeige und Hinweise gegeben, und wir werden nun mit Stimmzetteln von Tisch zu Tisch gehen, damit Sie uns Richter und Geschworene zugleich sein können und hoffentlich in der Lage sind, unseren geheimnisvollen Mord aufzuklären.«

Die Stimmen der Gäste erhoben sich zu aufgeregtem Gemurmel, während die Darsteller, noch immer ihre Rollen auskostend, durchs Publikum gingen und Zettel und Stifte verteilten.

»Und«, fügte Drayton hinzu, »während Sie über die Identität des Übeltäters nachsinnen, werden wir Ihnen den letzten Gang servieren, ein Teesorbet mit kleinen Mandelkuchen.«

»Was für ein Preis steht auf des Rätsels Lösung?«, rief Delaine.

»Haley, möchtest du dir die Ehre geben?«, bat Drayton.

Haley trat vor den Ladentisch und räusperte sich. »Dem Sieger beziehungsweise den Siegern, sollte es mehrere geben, winkt ein Geschenkkorb, gefüllt mit Tees und einem halben Dutzend Kriminalromanen.«

»Wunderbar!«, rief Miss Dimple. »Damit man jederzeit seinen ganz privaten Krimi-Tee veranstalten kann.«

»Aber unser Abend hier ist noch lange nicht zu Ende«, sagte Drayton. »Nach dem Dessert präsentieren wir Ihnen eine Auswahl edler Tees zur Verkostung.« Er machte eine dramatische Pause. »Und wir haben heute Abend einen ganz besonderen Gast unter uns, Madame Hildegarde. Sie wird ihr wunderbares wahrsagerisches Talent mit uns teilen und Ihnen aus dem Teesatz lesen.«

Applaus ertönte, gefolgt von Stühlerücken, als die Leute sich erhoben, um sich zu strecken, durch den Teeladen zu streifen und sich auf einen Plausch zu Bekannten an andere Tische zu gesellen.

Lizbeth Cantrell verschwendete keine Zeit. Augenblicklich kam sie zu Theodosia herüber.

»Ich weiß nicht, ob Sie je meine Tante kennen gelernt haben«, sagte Lizbeth. »Darf ich vorstellen? Millicent Cantrell, Theodosia Browning.«

Theodosia gab der winzigen Frau mit den schlichten grauen Haaren, die einst rot gewesen sein mussten, die Hand.

»Hallo«, begrüßte Theodosia sie. »Ich hoffe, der Abend hat Ihnen bis jetzt gefallen.«

Millicent Cantrell sah lächelnd zu Theodosia auf. »Ich bin noch nie auf einem Krimi-Tee gewesen. Drüben in Columbia war ich mal im Hancock Inn zu einem Krimi-Dinner, aber alles war furchtbar übertrieben und kein bisschen gut.«

Theodosia lächelte die alte Dame an, während sie sich fragte, ob Millicent Cantrell das Essen oder die Vorstellung meinte.

Da ergriff die Frau Theodosias Hand. »Sie sind ein Engel, uns so zu helfen.«

Theodosia sah Lizbeth Cantrell forschend an.

Lizbeth erwiderte den Blick. »Ich habe ihr gesagt, dass Sie Ihr Wort gegeben haben zu helfen, den Namen meines Bruders reinzuwaschen.«

»Mein Wort gegeben, das ist vielleicht etwas ...«, stammelte Theodosia. Sie fühlte sich ein wenig überfordert. Die beiden schienen sämtliche Hoffnungen auf sie gesetzt zu haben. Plötzlich hatte sie das Gefühl, eine überwältigende Verantwortung zu tragen.

»Sie sind ein gutes Mädchen, genau wie Ihre Mama«, sagte Millicent Cantrell, und in ihren Augen schwammen Tränen.

»Und sie ist klug«, ergänzte Lizbeth. »Theodosia lässt sich nicht auf falsche Fährten locken.«

»Na, wenn das keine Überraschung ist? Ich wusste ja gar nicht, dass ihr euch kennt!« Delaine Dish war quer durch den Raum auf sie zugekommen und sah Theodosia mit hochgezogener Augenbraue an. Sie schien ausdrücklich auf eine Erklärung zu warten. Theodosia fragte sich, wie viel Delaine von dem Gespräch mitbekommen haben mochte.

»Hallo, Delaine«, sagte Lizbeth freundlich. »Schön, Sie

wiederzusehen. Theodosia und ich sind schon ganz aus dem Häuschen wegen dem diesjährigen Spoleto Festival. Wir sitzen in verschiedenen Ausschüssen.«

»Das Spoleto Festival«, säuselte Delaine. »Ach ja, das steht ja auch bald vor der Tür.«

»Ich bin bereits zum dritten Mal im Vorverkaufsausschuss«, erklärte Lizbeth.

»Im Vorverkaufsausschuss«, wiederholte Delaine in ihrer nervtötenden Papageienart. »Klingt ja schrecklich interessant.«

»Ist es auch«, sagte Lizbeth und ignorierte dabei den gleichgültigen Singsang Delaines, der eher auf das Gegenteil schließen ließ. »Wie Sie vielleicht wissen, werden die Karten für die verschiedenen kulturellen Veranstaltungen im Paket verkauft.«

»Aha«, Delaine beugte sich zu ihr vor und kniff die Augen zusammen.

»Und unser Ausschuss ist für die Zusammenstellung der diversen Pakete verantwortlich.« Lizbeth neigte grinsend den Kopf zur Seite, und Theodosia merkte, dass sie sich einen Spaß aus der Sache machte. »Im Grunde genommen ist es wie die Sitzordnung bei einer Dinnerparty. Man versucht, die interessanten Gäste mit den schüchternen zusammenzusetzen. In unserem Fall kombinieren wir die hochkarätigen Veranstaltungen mit ein paar derjenigen, die ansonsten vielleicht übersehen werden, obwohl sie natürlich genauso interessant sind.«

»Was für ein drolliger Vergleich«, murmelte Delaine.

»Delaine! Komm, lass dir aus dem Teesatz lesen.« Drayton tauchte an Delaines Seite auf. »Sei so lieb und mach den Anfang«, füsterte er. »Hilf mir, das Eis zu brechen.«

Theodosia grinste, als Delaine sich widerstrebend hinüber zu Madame Hildegarde führen ließ, einer Frau um die Sechzig in einem fließenden violetten Kaftan, die inzwischen an dem kleinen Tisch neben dem Kamin Platz genommen hatte.

Etwa vierzig Minuten später waren die meisten Gäste gegangen. Angie Congdon, Besitzerin des Featherbed House, eine der beliebtesten Frühstückspensionen der Stadt, teilte sich die Ehre, den Mörder erraten zu haben, mit Tom Wigley, einem von Draytons Freunden bei der Heritage Society.

»Drayton«, drängte Haley. »Jetzt lass *du* dir endlich aus dem Teesatz lesen.«

»Ach, also gut«, willigte er widerstrebend ein.

»Zier dich nicht so«, schimpfte Haley und schob ihren Stuhl zurecht, um Drayton Platz zu machen. »Madame Hildegarde hat mir gesagt, ich werde eine *sehr* interessante Begegnung haben. Vielleicht hat sie für dich etwas ebenso Aufregendes in petto!«

»Vielleicht sagt sie mir, wann dieser Sturm aufhört und ich endlich wieder in meinem Garten arbeiten kann«, sagte Drayton gereizt.

Madame Hildegarde musterte Drayton aus grauen Adleraugen. »Drayton macht sich nichts aus Prophezeiungen«, sagte sie mit starkem Akzent. »Will nicht nach vorne schauen, nur zurück.« Sie lachte aus vollem Herzen über ihren gutmütigen Seitenhieb auf seine Leidenschaft für alles Historische.

»Sie wissen ja, wie es funktioniert«, sagte Madame Hildegarde und goss eine frische Tasse Tee ein. »Die Teetasse steht für die Unermesslichkeit des Himmels, der Teesatz sind die Sterne und die unzähligen Möglichkeiten. Trinken

Sie Ihren Tee«, sie machte eine Handbewegung, »und stellen Sie die Tasse auf den Kopf. Dann lese ich.«

Drayton befolgte die Anweisungen, und die verbliebenen Gäste versammelten sich um den Tisch, um zuzusehen.

»Mit Publikum«, witzelte er. »Das hat mir gerade noch gefehlt.«

Aber Lizbeth Cantrell und ihre Tante Millicent, Theodosia, Delaine Dish sowie Miss Dimple und ihr Bruder scharten sich trotzdem um ihn. Der Regen schlug inzwischen heftig gegen die Fenster, und es war klar, dass sie erst gehen würden, wenn er ein wenig nachgelassen hatte.

»Wollen Sie mir eine bestimmte Frage stellen, oder soll ich einfach lesen?«

»Lesen Sie einfach«, sagte er. »Ganz frei heraus.«

»Oh«, zirpte Miss Dimple. »Das ist ja so aufregend!«

Madame Hildegarde drehte Draytons Tasse um und studierte konzentriert die Blätter, die am Boden der weißen Porzellantasse hafteten.

»Oh, oh, ein Dreiecksverhältnis«, scherzte Haley.

Madame Hildegarde hob eine Hand. »Nein. Die Blätter verkünden Veränderung. Eine große Veränderung steht an.«

Drayton runzelte die Stirn. »Eine Veränderung. Der Himmel steh mir bei, ich hoffe nicht! Ich hasse Wandel.«

Madame Hildegarde blieb unbeirrt. »Wandel«, sagte sie wieder. »Der Teesatz lügt nie. Und heute Abend schon gar nicht.«

Drayton räusperte sich. Ihm war unbehaglich zu Mute. »Jetzt soll es noch wer versuchen«, drängte er. Es war ihm offensichtlich äußerst unangenehm, im Mittelpunkt des Interesses zu stehen und seine Zukunft der öffentlichen Diskussion ausgesetzt zu haben.

»Ich versuche es«, wagte Lizbeth Cantrell sich vor.

»Sehr gut.« Drayton erhob sich von dem Stuhl und schob ihn Lizbeth hin. »Noch eine mutige Seele in der Hoffnung auf die Vorhersage ihrer Zukunft.«

Madame Hildegarde schenkte eine kleine Tasse Tee ein und reichte sie hinüber. Lizbeth trank hastig, stürzte dann, noch ehe sie aufgefordert wurde, die Tasse um und schob sie der Wahrsagerin hinüber.

»Ich würde gerne eine Frage stellen«, sagte sie.

Madame Hildegarde sah Lizbeth tief in die Augen, das Feuer hinter ihr prasselte und knackte. »Fragen Sie.«

Theodosia hielt den Atem an. In dieser Sekunde wurde ihr klar, was kommen würde. Sie kannte die Frage, die Lizbeth Cantrell stellen würde. Und sie wünschte von Herzen, sie würde es nicht tun. Weil Theodosia tief im Innern Angst vor Madame Hildegardes Antwort hatte.

»Wer hat Oliver Dixon getötet?«, fragte Lizbeth flüsternd.

Schweigen senkte sich über den Raum. Madame Hildegarde griff nach der Tasse, wobei ihr Opalring die flackernden Flammen reflektierte, und drehte sie langsam um.

Doch plötzlich wurde es im Laden dunkel.

An der Tür ertönte ein dumpfer Schlag und dann ein lautes Scheppern. Haley schrie: »Da ist jemand am Fenster!«

»Was ist passiert?«, kreischte Miss Dimple. »Was war das für ein Geräusch? Wieso ist es dunkel?«

Ein zweites Scheppern ertönte, diesmal direkt zu Theodosias Füßen.

»Keiner rührt sich vom Fleck«, befahl sie und tastete sich vorsichtig durch den Raum. Gelenkt von dem flackernden Licht aus dem Kamin und der Vertrautheit mit dem Teeladen, ging sie zur Ladentheke. »Ich habe hinter der Kasse eine Taschenlampe«, sagte sie. »Einen Moment Geduld, ich hole sie.«

Sekunden später leuchtete die Taschenlampe auf, tauchte den Teeladen in schummriges Licht und entblößte den überraschten Ausdruck auf den Gesichtern.

Haley eilte sofort zur Tür und riss sie auf. Es war niemand zu sehen.

»Sie sind weg«, sagte sie verwirrt.

»Wer ist weg?«, wollte Theodosia wissen, stellte sich hinter Haley und spähte ebenfalls hinaus. Die gesamte Church Street hinauf und hinunter war kein Licht zu sehen. Die Straße war stockdunkel.

»Der Schatten, die Person, was auch immer da war«, sagte Haley. »Einfach verschwunden.«

»Wie ein Gespenst«, sagte Miss Dimple mit zitternder Stimme.

»Gespenster gibt es nicht«, mahnte Drayton.

»Es sah aber aus wie ein Gespenst«, beharrte Miss Dimple. »Direkt vor dem Schlag habe ich etwas am Fenster gesehen. Es war irgendwie flackernd und durchsichtig. Haben Sie das auch gesehen, Haley?«

Haley schaute immer noch mit finsterem Gesicht auf die Straße hinaus. »*Jemand* ist da gewesen«, sagte sie bestimmt.

Theodosia fuhr herum und sah Madame Hildegarde an. »Die Tasse, wie lautete die Antwort in der Tasse?«, fragte sie.

Madame Hildegarde deutete zu Boden, und im Strahl ihrer Taschenlampe sah Theodosia die Scherben auf dem Holzboden.

»Fort.« Madame Hildegarde schüttelte bedauernd den Kopf. »Alles fort.«

21

Rosarot und golden leuchtete der Himmel in der Sonntagmorgendämmerung. Der Regen hatte endlich aufgehört, und die wenigen verbliebenen Wolken wirkten wie Wattebäusche, die jemand gründlich ausgewrungen hatte.

Den leichten Dunst, der über der Bucht von Charleston lag, würde die Sonne bis Mittag aufgelöst haben, aber bereits gegen zehn Uhr zeigten sich Scharen von Touristen, die überall in der Altstadt in Hotels, Pensionen und Privatunterkünften ausgeharrt und bereits befürchtet hatten, ihr Wochenende in Charleston würde völlig ins Wasser fallen. Sie schlenderten durch die Straßen, bewunderten die alten Häuser und die Auslagen der Antiquitätengeschäfte. Sie besuchten die Marktstände und labten sich an starkem, dampfendem Zichorienkaffee. Und sie streiften durch die gepflasterten Gassen, um einen Blick auf das Powder Magazine, eines der ältesten Gebäude North und South Carolinas, und die Cabbage Row zu werfen, wo einst Fischhändler ihre Waren feilboten und die als Vorlage zu George und Ira Gershwins beliebtem Musical *Porgy und Bess* gedient hatte.

Theodosia raste in ihrem Jeep über den Highway 700 in Richtung Low Country. Sie sagte sich zwar, dass sie ihrer Tante Libby einen Sonntagsbesuch abstatten wollte, aber sie wusste auch, dass sie einen Abstecher zu Ford Cantrell machen würde. Einen Blick wagen und mal sehen, was es mit diesem Gerede vom Jagdrevier auf sich hatte.

Earl Grey saß zufrieden auf dem Beifahrersitz, seine langen Ohren flatterten im Fahrtwind, und die samtige Schnauze schaute zum offenen Fenster hinaus und berauschte sich an allen möglichen verführerischen Gerüchen.

Bei diesem wunderbaren Wetter mit dem strahlenden Sonnenschein erschienen Theodosia die Ereignisse der letzten Nacht weit weg. Als nach etwa zehn Minuten der Strom zurückgekommen war, hatte Haley noch immer darauf beharrt, draußen sei jemand herumgeschlichen. Und Miss Dimple hatte an ihrer Einbildung festgehalten, dass ein Geist, angelockt von der vielen geistigen Energie, die sie erzeugt hatten, ihnen einen Besuch abgestattet hatte.

Theodosia war ziemlich sicher, dass Haley, wenn überhaupt, einen heimlichen Beobachter gesehen hatte. Einen wahrhaftigen Menschen. Was zu der Frage führte, welcher Mensch mit klarem Verstand in einer kalten, regnerischen Nacht durch die Gegend schleichen und bei anderen Leuten in die Fenster schauen würde?

Aber vielleicht war derjenige ja nicht bei klarem Verstand gewesen. Der Beobachter war vielleicht wütend auf jemanden, der dem Krimi-Tee beigewohnt hatte, besorgt um jemanden oder auch nur schrecklich neugierig.

Theodosias Gesicht verfinsterte sich, und über den Augenbrauen erschienen winzige Falten auf ihrer makellosen Haut. Holpernd bog sie in die Country Road 6 ein, und ihre Gesichtszüge entspannten sich. Plötzlich war sie umgeben von Dickicht, von einem dichten Teppich aus unzähligen Grüntönen.

Vor vielen Jahren hatten die über einhundertfünfzig Morgen des Low Country als erstklassige Reisanbaufläche gedient, die das »Carolina Gold« hervorgebracht hatte, den berühmten kremigen Rundkornreis. Mit dem Wechsel der Jahreszeiten einher ging das Fluten und Austrocknen der Felder und damit der Zyklus von Saat, Wachstum und Ernte. An manchen Stellen waren noch heute die Überreste alter Reisgräben und Kanäle zu erkennen, grüne Hügel und sanfte Einbuchtungen, die inzwischen überwuchert waren von rankendem Carolina-Jasmin und riesigen Azaleenhecken.

Viele Reisfelder waren zu Sumpfland geworden und boten Enten, Fasanen und Reihern einen idealen Lebensraum. Und im Laufe der Jahre hatten Hurrikane und riesige Sturmfluten, die jüngste 1989, verursacht durch den Hurrikan Hugo, neue Wasserläufe zu den vielen Flüssen und Bächen im Low Country gebahnt.

Als Kind hatte Theodosia, wenn sie bei ihrer Tante Libby zu Besuch war, die kleinen Wasserwege in einem Kahn erforscht. Stakend hatte sie sich vorwärts bewegt, dabei oft eine Angelleine ins Wasser gehängt und hatte, mit etwas Glück, einen hübschen Rotfisch oder eine Pferdemakrele nach Hause gebracht.

»Tante Libby!« Theodosia winkte enthusiastisch der kleinen, silberhaarigen Frau, die auf dem Gipfel des Hügels stand und auf einen glitzernden Teich hinuntersah.

»Du hast schönes Wetter mitgebracht«, sagte Libby Revelle, als sie ihre Nichte begrüßte. »Und nicht zu früh. Hallo, Earl Grey.« Sie bückte sich und tätschelte den Hund, der aufgeregt im Kreis sprang. »Bist du gekommen, um meine armen Opossums zu besuchen?«

Libby Revelle liebte alles, was kreuchte und fleuchte, und sie verbrachte einen Großteil ihrer Zeit damit, wilde Vögel zu füttern und Nüsse für die Waschbären, Füchse, Opossums und Hasen auszustreuen, die im Sumpf und in den Kiefernwäldern rings um die Cane-Ridge-Plantage lebten.

Wenn Earl Grey zu Besuch kam, flohen die Geschöpfe, die Libby so geduldig umschmeichelte und hegte, natürlich in Scharen, und all ihre Bemühungen lösten sich in Rauch auf.

Als sie gemeinsam zum Wohnhaus gingen, legte Theodosia Libby den Arm um die Schulter. Theodosias Vater, Macalester Browning, war hier auf Cane Ridge aufgewachsen, und ihre Eltern hatten, als sie frisch verheiratet waren, gemeinsam hier gelebt.

Cane Ridge, 1835 am Horlbeck Creek erbaut, war einst eine blühende Reisplantage gewesen. Jetzt war es ein eleganter, von Wald umgebener Zufluchtsort. Mit dem steilen Dach und den vielen Giebeln und Spitzen hatte das Wohnhaus Theodosia immer an ein Hexenhaus erinnert.

»Was gibt es Neues?«, fragte Libby, als sie es sich auf der breiten Veranda, die drei Seiten des Hauses umgab, in zwei knarzenden, übergroßen Korbstühlen mit Blick auf den Wald bequem gemacht hatten. »Wie geht es Drayton und Haley?«, fragte Libby. »Und hast du dich eigentlich dazu durchgerungen, diese süße kleine Buchhalterin anzustellen?«

»Den beiden geht es gut«, erzählte Theodosia. »Sie sind zwar manchmal wie Hund und Katz, aber sie sind nett und kümmern sich und halten alles am Laufen. Miss Dimple, unsere neue Buchhalterin, ist ein wahres Wunderkind. Was für eine Last mir von der Seele genommen ist, seit sie sich um die Rechnungen und Außenstände kümmert! Wie konnte ich nur jemals glauben, ich könnte die Buchhaltung selber machen?«

»Weil du immer glaubst, du wärst in der Lage, alles selbst zu machen, Liebling. Meistens stimmt das ja auch, aber das Rechnungswesen solltest du doch besser einem Experten überlassen.«

Theodosia lächelte. Als ihre Mutter starb, war Tante Libby, damals frisch verwitwet, zur Stelle gewesen und hatte bei unzähligen Belangen der Kindererziehung ihren Beistand geleistet. Wozu auch die Hausaufgaben gehört hatten. In Englisch, bei Aufsätzen und in Geschichte war Theodosia immer gut gewesen, was man von Mathematik nicht behaupten konnte. Algebra war nervtötend, Geometrie ein Buch mit sieben Siegeln. Libby hatte Theodosias verzweifelten Kampf mit den Zahlen beobachtet und sie sanft ermutigt. Aber Theodosia hatte es auf dem Gebiet nie wirklich zum Meister gebracht.

»Du hast sicher von Oliver Dixon gehört«, sagte Theodosia.

»Das mit Oliver Dixon habe ich gewissermaßen aus erster Hand gehört«, sagte Libby.

»Wie meinst du das?«

»Lizbeth Cantrell hat letzte Woche bei mir vorbeigeschaut«, erklärte Libby. »Sie hat mir erzäht, dass ihr Bruder zum Verhör musste, und hat mir viele Fragen über dich gestellt.«

»Das dachte ich mir schon«, sagte Theodosia.

»Hat sie dich um Hilfe gebeten?«

Theodosia seufzte. »Ja.«

»Und? Wirst du ihr helfen?«

»Ich habe gesagt, ich werde es versuchen. Obwohl ich nicht glaube, dass ich viel für sie tun kann.«

Libby beugte sich nach vorn und nahm Theodosias Hände. »Jetzt stell dein Licht mal nicht unter den Scheffel«, sagte sie. »Du hast schließlich Beziehungen zu dem ermittelnden Beamten.«

»Meinst du Tidwell?«

»Ja, natürlich.«

»Ich bin nicht sicher, ob ich das Beziehungen nennen würde«, entgegnete Theodosia, die den reservierten Umgang mit Tidwell als beinahe schon feindselig empfand.

»Dann nenne es eben flüchtige Bekanntschaft«, sagte Libby. »Jedenfalls bist du in der Lage, Einfluss auf seine Überlegungen zu nehmen.«

»Kann sein.« Theodosia war nicht sehr überzeugt.

Libby lächelte. »Gut.« Sie ließ Theodosias Hände wieder los und lehnte sich zurück. »Dann tu, was du am besten kannst. Hör dich um, stelle Fragen, lass dich von deinen Gefühlen leiten. Du bist gut darin, Geheimnisse zu lüften, Theodosia. Das wissen wir doch alle.«

»Und wenn Ford Cantrell wirklich schuldig ist?«, wollte Theodosia wissen.

»Dann ist er schuldig«, sagte Libby. »Aber dann hast du es wenigstens versucht und dich nach Kräften bemüht. Ich weiß, dass Lizbeth das zu schätzen wüsste.«

Theodosia starrte hinüber zum Teich. Die Sonne stand als großer goldener Ball am Himmel, fing jedes sanfte Kräuseln ein und sprenkelte das Wasser mit Diamantenfunkeln. Am Ufer des Teichs wiegten sich leuchtend grüne Schilfwedel in der sanften Brise, die einen leichten Salzgeruch mit sich brachte.

Theodosia wandte den Blick nach links. Dort, neben dem Teich, lag der kleine Familienfriedhof. Der Hartriegel stand kurz vor der Blüte, und Kreppmyrthe neigte sich über die bröckelnde Steinmauer, die das kleine Areal umfasste. Ihre Mutter und ihr Vater lagen beide dort begraben, unter der alten Immergrünen Eiche, die schützend ihre Zweige über sie breitete. Ihre Mutter war gestorben, als Theodosia acht Jahre alt war, und beim Tod ihres Vaters war sie erst zwanzig gewesen. Der Schmerz von einst war lange schon zärtlicher Trauer gewichen, gemildert von schönen Erinnerungen, die immer bleiben, immer weiterleben würden.

»Lizbeth Cantrell war da, als Mutter so krank war, stimmt's?«, fragte Theodosia.

»Genau«, antwortete Libby.

»Ich hatte viel von damals vergessen, aber langsam kommt alles wieder hoch.«

Sie saßen da und sahen zu, wie Earl Grey zwischen den Bäumen zum Vorschein kam, sich auf einem sonnigen Fleckchen niederließ und anfing, an einem Büschel Kletten zu nagen, die sich hartnäckig in das Fell an seiner linken Schulter krallten. Sie mussten nicht reden. Im Laufe der Jahre war alles gesagt worden. Sie waren einander alles, was sie hatten; andere Verwandte gab es nicht. Beide wussten von Herzen, wie wichtig sie füreinander waren, und sie hegten dieses Wissen. Ihre Liebe brauchte keine Worte.

Schließlich erhob Libby sich aus ihrem Sessel. Trotz ihrer zweiundsiebzig Jahre hatte sie noch immer eine schlanke Figur und eine stolze Haltung, und auch ihr Gang war noch immer federnd.

»Ich glaube, es wird langsam Zeit fürs Mittagessen. Margaret Rose hat gestern Kranbeerenbrot gebacken, und ich habe vorhin ein wenig Hühnchensalat zusammengemischt. Wollen wir nicht ein Tablett holen und hier essen, wo wir den Blick genießen können? Das wäre doch viel schöner als drinnen.«

Theodosia fuhr viel zu schnell über die kleine Holzbrücke auf der Rutledge Road, und sie und Earl Grey wären beinahe aus den Sitzen geschleudert worden.

»Sorry, mein Freund«, murmelte sie, als der Hund sie

fragend ansah. Earl Grey hatte fast drei Stunden lang gespielt und gejagt und Viecher aufgestöbert und war dann auf der umgeklappten Rückbank eingeschlafen.

»Ich weiß, dass die Abzweigung zu den Cantrells hier irgendwo sein muss«, sagte sie laut. »Nur bin ich seit fünfzehn Jahren nicht mehr auf dieser Straße gewesen, und jetzt kann ich mich nicht mehr genau erinnern.«

Vor zwanzig Minuten war sie an der restaurierten Hampton Plantage vorbeigekommen, wo Archibald Hampton, South Carolinas einstiger Dichterfürst, gelebt hatte. Sie war sich ziemlich sicher, dass die Hampton Plantage auf dem Weg zu den Cantrells lag, sie musste also auf der richtigen Spur sein.

»Da ist es ... ach du grüne Neune!« Theodosia riss das Lenkrad nach links und verfehlte die Abzweigung trotzdem. Sie stieg auf die Bremse, und der Jeep kam holpernd zum Stehen. Im gleichen Augenblick merkte sie, wie ihr Wagen auf der rechten Seite in dem weichen Boden einsank.

»Mist!«, sagte sie. Sie blieb einen Moment sitzen und schaute zur Windschutzscheibe hinaus. Dann sprang sie hinaus und ging hinten um den Jeep herum, um nachzusehen, wie groß der Schaden war.

Nicht schlimm. Sie war über die Abzweigung hinausgeschossen, und das rechte Vorderrad steckte neben dem Schotterweg im Morast. Sie dachte an die Horrorgeschichten über Treibsand in dieser Gegend und beschloss sofort, den Allradantrieb zuzuschalten und den Karren aus dem Dreck zu manövrieren.

Das würde funktionieren, natürlich würde es das.

Sie stand am Straßenrand, wehrte die Mücken ab und spürte, wie es zusehends heißer wurde.

Sie betrachtete die Straße und die Abzweigung, die sie hatte nehmen wollen. Das *musste* der Weg zu den Cantrells sein, dachte sie.

Wuff.

Earl Grey steckte den Kopf zum Fenster hinaus und wackelte erwartungsvoll mit dem Schwanz.

»Nein, nein, du bleibst schön da, Freundchen. Ich habe uns in null Komma nichts wieder …«

Theodosia war dabei, den Jeep zu umrunden, als sie wie angewurzelt stehen blieb. Aus dem nahen Gebüsch drang ein Rascheln an ihr Ohr. Ein leises Wispern. Wahrscheinlich gar nichts. Dann wieder …

Sie bewegte sich vorsichtig, leise, aber so schnell wie möglich auf die Fahrerseite zu.

Da war es wieder. Kein Rascheln, eher ein leichter Windhauch. Ein Alligator konnte es nicht sein, davon gab es hier draußen kaum welche. Außerdem bellten und stöhnten diese Viecher und machten einen schrecklichen Lärm. Nein, das hier war eher … ein Grunzen?

Als ihr Gehirn das Geräusch endlich zuordnete, kam ein neues dazu.

Hufschlagen auf Schotter. Flink, präzise und direkt auf sie zu. Schnell.

Theodosia hangelte nach der Fahrertür, zerrte am Griff, fummelte daran herum, zog erneut. Die Tür schwang auf, und Theodosia versuchte hektisch einzusteigen, als der Keiler auf dem Weg auftauchte, nur etwa fünf Meter von ihr entfernt. Er rannte leichtfüßig, fast mechanisch. Auf seinen zierlichen Füßchen bewegte sich das Wildschwein mit Furcht einflößender Geschwindigkeit vorwärts. Theodosia sah, dass die scharfen Augen des Tieres direkt auf sie gerichtet waren.

Sie knallte die Wagentür zu und packte den Zündschlüssel. Als der Motor ansprang, ertönte ein lauter Knall.

Bumm!

Den Bruchteil einer Sekunde herrschte Verwirrung, völliges Unverständnis darüber, was geschehen war. Eine Fehlzündung? Der Keiler, der frontal in ihren Kuhfänger gekracht war?

Theodosia spähte zum Fenster hinaus und sah das Wildschwein regungslos auf dem Schotter liegen, kaum drei Meter von ihr entfernt. Dann kam ein Paar staubige Stiefel ins Blickfeld.

Ford Cantrell. Lässig schwenkte er ein Gewehr in der Hand.

Theodosia blieb sitzen und drückte mit zitternder Hand den elektrischen Fensterheber für die Fahrerseite.

»Tut mir Leid«, rief Ford Cantrell ihr zu. Er winkte ihr entspannt zu, als befände er sich auf einem Spaziergang im Park.

Theodosia ließ sich in den weichen Ledersitz sinken und atmete langsam aus. Tante Libby hatte ihr einmal gesagt, die Cantrells mochten nur Dinge, die sie entweder reiten, erschießen oder ausstopfen konnten. Offensichtlich stimmte das.

»Der Mistkerl ist uns abgehauen«, rief Ford. »Ich hatte irgendwie das Gefühl, dass er in diese Richtung unterwegs war. Hoffe, er hat Ihnen keine Probleme bereitet.«

Theodosia kletterte aus dem Wagen. »Still!«, befahl sie Earl Grey, der das tote Wildschwein und Ford Cantrell anbellte. »Sitz!«

»Beißen die?«, fragte sie und deutete auf den toten Keiler.

»Sie können einem ein ganzes Stück rausreißen«, antwortete Ford Cantrell. »Aber wenn Sie Ihren Hund losgelassen hätten, wäre der Kerl wahrscheinlich abgehauen. Die meisten Schweine haben ziemlich große Angst vor Hunden.«

Als wolle er Ford Cantrells Worte unterstreichen, ließ Earl Grey ein kehliges Knurren ertönen.

»Die meisten Schweine«, wiederholte Theodosia. Sie hatte diesen Vorsatz in dem überraschend intelligenten Gesicht des Keilers vor Augen.

»Was tun Sie hier draußen?«, fragte Ford Cantrell.

»Ich habe meine Tante Libby besucht.« Theodosia wies in die Richtung, aus der sie gerade gekommen war. »Auf Cane Ridge.«

Ford Cantrell schien sich mit ihrer Erklärung zufrieden zu geben. »Nehme an, Sie haben gehört, dass ich Pamlico Hill in ein Jagdrevier verwandelt habe, oder?«

Theodosia nickte. Ford schien genau zu wissen, wer sie war. Sich jetzt noch vorzustellen erschien ihr überflüssig.

Er stupste das tote Wildschwein mit dem Stiefel an. »Das hier gehört zu meinen besonderen Attraktionen. Ein echter American Razorback. Der Züchter, von dem ich sie habe, sagt, sie stammen in direkter Linie von den Schweinen ab, die Ponce de León aus Spanien mitgebracht hat. Sind angeblich richtig schlau.«

»Das glaube ich Ihnen aufs Wort«, sagte Theodosia.

»Sie sollen ja auch ziemlich schlau sein, habe ich gehört. Sie haben sich über mich erkundigt.«

Theodosia wich nicht aus. »Das haben viele Leute«, sagte sie.

Ford Cantrell blinzelte in die Sonne und rieb sich das stoppelige Kinn. »Und das wird auch immer so sein, glaube ich. So wie's aussieht, war ich hier draußen auf dem Land schon immer viel lieber gesehen als in der Stadt.«

Als Theodosia nichts sagte, fuhr Ford Cantrell fort: »Tja, und jetzt verlege ich mein Boot rüber nach McClellanville. Die Jungs im Jachtklub sind für meinen Geschmack ein bisschen zu großkotzig.«

Theodosia nickte. Das verschlafene kleine Fischernest am Jeremy Creek wäre gegenüber einem Bewohner des Low Country wie Ford Cantrell bestimmt aufgeschlossen. Und im Jachtklub war er inzwischen mit Sicherheit zur Persona non grata geworden. Vielleicht hatte der Vorstand Ford sogar gezwungen zu kündigen. Sie würde Jory Davis' Freund Eldon Cook anrufen und fragen, ob ihm etwas in der Richtung zu Ohren gekommen war.

Ford Cantrell nahm den breitkrempigen Strohhut vom Kopf und fuhr sich mit seiner großen Hand durch den wirren roten Haarschopf. »Komische Sache, dieses ganze Theater«, sagte er und sah Theodosia endlich direkt in die Augen. »Jeder denkt, Oliver Dixon und ich hätten im Clinch gelegen. Dabei habe ich mit ihm zusammengearbeitet.«

Theodosia starrte Ford Cantrell ungläubig an. »Sie haben mit ihm gearbeitet!«, rief sie aus. »Wovon reden Sie?«, stammelte sie. »Wollen Sie damit sagen, dass Oliver Dixon an Ihrem Jagdreservat beteiligt war?« Das klang zwar ziemlich weit hergeholt, aber was Besseres fiel ihr im Augenblick nicht ein.

»Nein, nein«, sagte Ford. »Ich habe für seine neue Firma gearbeitet, für Grapevine.« Er lachte heiser. »Na ja, eigentlich nicht direkt *seine* Firma, das Ding unterliegt ziemlich strikt der Kontrolle der Investoren. Egal, früher habe ich für Vantage Computers gearbeitet. Kennen Sie die? Die Firma sitzt drüben in Columbia und hat ziemlich viele Verträge mit dem Militär. Egal, jedenfalls hatte Oliver mich als externen Berater beauftragt. Wie sich rausstellte, haben Oliver und ich in vielen Dingen nicht übereingestimmt. Deswegen haben wir damals in White Point Gardens auch so gestritten. Bestimmt denkt jeder, es hätte mit dieser alten Familienfehde zu tun, aber in Wirklichkeit habe ich ihm lediglich gesagt, dass er ein verdammter Idiot ist, wenn er nicht begreift, dass der Streaming-Video-Bereich brenzlig ist.«

»Sie haben zusammengearbeitet?« Theodosia konnte sich ausmalen, wie wirr sie wirken musste, so überrumpelt war sie von dieser neuen Wendung. Und sie hatte Burt Tidwell mit der Nase direkt auf Ford Cantrell gestoßen. Tidwell war drangeblieben, er musste also über die geschäftliche Beziehung der beiden Bescheid wissen.

War es Tidwell gelungen, handfeste Beweise zu finden, die Ford mit Oliver Dixons Tod in Verbindung brachten? Oder lachte Tidwell sich hinter ihrem Rücken ins Fäustchen, weil sie eine blutige Amateurin war, die die wildesten Rückschlüsse zog?

Theodosia sah zu, während Ford Cantrell vorsichtig das Gewehr gegen einen Baumstamm lehnte, dann den Keiler bei den Hinterläufen packte und ihn von der Straße zerrte.

»Den Kerl hole ich später ab«, sagte er.

»Sie haben zusammengearbeitet«, murmelte Theodosia noch einmal.

»Ja«, antwortete Ford, »aber das ist inzwischen hinfällig. Die Investoren haben beschlossen, Grapevine aufzulösen.«

»Davon habe ich noch gar nichts gehört.« Himmel, dachte sie wie betäubt, die Dinge überschlagen sich ja förmlich.

»Ich habe es auch erst Freitag erfahren. Bald sitzen die Angestellten auf der Straße, und alle Sachgüter sollen verkauft werden.« Seine Augen, blassblau wie die seiner

Schwester, wie die eines Kapitäns, der zu lange auf den Horizont geschaut hat, sahen sie traurig an. »Ich nehme an, jegliche Technologie, die bis jetzt entwickelt worden ist, wird ebenfalls verkauft oder lizensiert.«

»Aber warum?«, fragte Theodosia. »Ich dachte, Grapevine hätte sich gerade einen Platz im Markt erkämpft.«

Ford zuckte die Achseln. »Wer zum Teufel weiß schon, weshalb solche Dinge passieren? Vielleicht wegen eines nervösen Vorstands, dessen Mitglieder null Vertrauen haben, jetzt, wo Oliver Dixon nicht mehr da ist. Oder die Investoren haben bessere Möglichkeiten gewittert, wie ihre Kohle möglichst schnell Gewinn abwirft.« Ford Cantrell malte mit der Stiefelspitze eine Spur in den Sand. »Zum Teufel noch mal, vielleicht besitzt auch jemand Insider-Informationen darüber, was mit dem PDA-Markt wirklich geschehen wird, und ködert sich die Filetstücke der Firma.«

Theodosia nickte. Ihr war klar, dass es unzählige Gründe geben konnte. Ständig wurden neu gegründete Firmen wieder aufgelöst oder verkauft. Manchmal mit gutem Grund, oft nach Lust und Laune. Einmal hatte sie einen Marketingplan für eine wirklich viel versprechende Stimmerkennungssoftware aufgestellt, um dann festzustellen, dass das gesamte Projekt gestorben war, nur weil der Produktmanager gekündigt hatte und zu einer anderen Firma gegangen war.

»Wusste Ihre Schwester, dass Sie für Oliver Dixon gearbeitet haben?«, fragte Theodosia.

Ford Cantrell schüttelte bedächtig den Kopf. »Nö. Je weniger Lizbeth weiß, desto besser.«

»Was werden Sie jetzt tun?«, fragte sie ihn.

Ford Cantrell grinste sie schief an und ließ dann den Blick zu dem toten Keiler hinüberschweifen. »Grillen.«

Gedankenverloren fuhr Theodosia zurück in Richtung Stadt. Lediglich der schmutzige Kuhfänger zeugte von ihrem Missgeschick. Sie war sich nicht sicher, ob Ford Cantrells geschäftliche Beziehung zu Oliver Dixon wirklich bedeutete, dass der Mann unschuldig war, oder ob Ford dadurch nur noch mehr Grund gehabt hatte, Oliver Dixon aus dem Weg zu räumen. Vielleicht hatte Ford Cantrell sich bei Oliver Dixon eingeschmeichelt, um den Beraterposten zu bekommen, und heimlich geplant, sich nach oben vorzuarbeiten. Wenn Oliver Dixon aus dem Weg wäre, stünden ihm Tür und Tor offen. In der riskanten Welt von Geschäft und Technologie war ein Machtkampf wie dieser nichts Ungewöhnliches.

Aber jetzt stand Ford Cantrell auch ohne Job da. Nein, ohne Beraterjob. Womöglich hatte er seine Aufgabe ohnehin bereits erledigt. Vielleicht war er schon bezahlt worden? Oder von Oliver Dixon rausgeschmissen?

Sie dachte an das, was Delaine vor einer Woche gesagt hatte. Sie hatte jedem im Teeladen erzählt, dass es in dem Streit der beiden Männer ums Fischen gegangen sei, was wirklich seltsam geklungen hatte, es sei denn, man kannte Delaine. Und jetzt hatte Ford Cantrell ihr erzählt, in dem Streit sei es um »Video Streaming« gegangen. Hatte Delaine »streaming« gehört und automatisch ans Flussfischen gedacht?

Theodosia wusste, dass die Antwort darauf ›Ja‹ lautete. Höchstwahrscheinlich. Als sie Huntville erreichte, nahm Theodosia den Fuß vom Gas. Huntville war ein kleines, verschlafenes Dorf am Edisto River. Als sie über eine einspurige Holzbrücke kroch, wurde der Weg teils von einem Streifenwagen blockiert.

Theodosia blieb ganz stehen und wartete, während ein

Mann mit einer Brust wie ein Fass in der Khakiuniform eines Sheriffs die Straße überquerte und gemächlich zu ihr herüberkam.

»Sieht aus, als hätten Sie Schwierigkeiten gehabt.« Der Mann mit dem Sheriffstern deutete auf ihren schlammbespritzten Kuhfänger.

»Hab dahinten eine Abzweigung verpasst.«

»Ja, das passiert schon mal.« Der Sheriff grinste breit und entblößte dabei goldgefasste Schneidezähne. »Bloß gut, dass das Teil Allradantrieb hat, was?« Er legte seine Pranke auf ihre Tür. »'n Haufen Schlamm und Treibsand da draußen.«

Und dann, weil ihre Neugier wie immer die Oberhand gewann, fragte Theodosia: »Gibt es hier irgendein Problem, Sheriff?«

Der Mann verlagerte sein Gewicht und wandte sich dem Fluss zu. »Nee, eigentlich nicht.« Er deutete auf die Stelle, wo der Fluss sich zu einer Art Kanal verengte und unter der Brücke durchfloss. Ein dürrer, junger Deputy in oberschenkelhohen Anglerstiefeln stocherte da unten herum.

»Irgendwer hat es hier gestern Nacht mordseilig gehabt«, erklärte der Sheriff. »Muss ein ziemlich kräftiger Kahn gewesen sein. Er hat nämlich an der Uferbefestigung das Holz gestutzt und dann einen der Brückenpfeiler komplett rausgerissen.«

Theodosia sah in die Richtung, die der Sheriff ihr zeigte, und entdeckte zwei zersplitterte Hölzer, die aus dem Wall ragten.

»Wahrscheinlich ein paar Jungs, die erst gut getankt haben und dann nicht mehr geradeaus steuern konnten«, fuhr der Sheriff fort. »Wir sehen's uns nur an, weil wir eine Warnung von der Küstenwache reinbekommen haben. Sie haben den Tipp bekommen, dass in der Gegend 'n paar windige Schmuggler unterwegs sein könnten, und da haben sie beschlossen, dass der gute alte Sheriff Billings sowieso nicht genug zu tun hat. Schicken ihn also am ersten schönen Sonntag, an dem er 'n paar nette Stunden drüben in Summerville beim Autorennen hätte verbringen können, auf eine völlig sinnlose Jagd.«

Theodosia nickte, amüsiert über die Verdrießlichkeit des Sheriffs. Sie wusste, dass es in dieser Gegend ein wahres Labyrinth an Wasserwegen, Flüssen und Sümpfen gab. Jede Menge Hinterland, in dem nur Ortsansässige sich auskannten. »Dann müssten die dieses Gebiet aber ziemlich genau kennen«, sagte sie.

»Mit Sicherheit«, gab der Sheriff zurück.

»Sheriff Billings, wenn es wirklich Schmuggler waren, was würden die schmuggeln?«, wollte Theodosia wissen.

»Wenn es Schmuggler waren, dann wahrscheinlich Ware aus der Karibik. Alkohol, Zigarren, Zigaretten. Die Typen lieben es, die Mehrwertsteuer zu umgehen.« Der Sheriff spähte über das Brückengeländer. »Irgendwas gefunden da unten, Buford?«, brüllte er.

»Nix«, rief der Deputy zurück. »Nur 'nen verdammten Otter.«

»Also, lassen Sie's gut sein«, wies der Sheriff ihn an.

22

»Gibt es hier wirklich nur Tee?«, fragte die junge Frau stirnrunzelnd.

»Komm schon«, sagte ihr Begleiter, ein junger Mann in

Bluejeans und einem »Rettet den Wald«-T-Shirt. »Hier gibt es sicher irgendwo einen Coffee-Shop.«

»Wenn Sie keinen Schwarztee mögen, ist vielleicht auf der ›Tee & Mehr‹-Karte etwas für Sie dabei«, schlug Haley vor.

Die junge Frau nahm zögernd das Blatt Pergamentpapier zur Hand. »Kamille, Ginseng, Orange«, las sie laut vor. »Aber das ist doch auch Tee, oder?«

»Genau genommen«, erklärte Haley, »handelt es sich um Aufgüsse aus Heilkräutern und Früchten, die keine Blätter der Teepflanze enthalten.«

»Sind die gesund?«, fragte das Mädchen.

»Hagebutte und Hibiskus haben einen sehr hohen Vitamin-C-Gehalt, während Ginseng und Pfefferminze jede Menge Energie liefern«, sagte Haley. »Ich mache Ihnen einen Vorschlag. Ich habe gerade eine Kanne Hagebutte aufgebrüht. Probieren Sie, und machen Sie sich selbst ein Bild.«

Haley trat hinter den Ladentisch und schenkte zwei kleine Tassen Hagebuttentee ein. Es war früh am Montagmorgen, und bis jetzt waren noch keine anderen Gäste erschienen. Sie konnte Theodosia und Drayton leise in Theodosias Büro reden hören. Ihre Brötchen und Honig-Madeleines backten im Ofen, und sie konnte es sich leisten, dem jungen Paar ein wenig Zeit zu widmen.

Die Augen der beiden leuchteten bei den ersten Schlucken auf.

»Das schmeckt gut«, sagte der Junge. »Aber ich glaube, ich würde lieber Pflaume probieren. Klingt so erfrischend. Und interessant.«

»Ich bleibe bei Hagebutte«, sagte das Mädchen. »Haben Sie auch was Süßes dazu?« Ihre Nase hatte die feinen Düfte gewittert, die aus der Küche nach vorne drangen.

»Setzen Sie sich, ich bringe ein Tablett«, sagte Haley. »Dann sehen Sie die ganze Auswahl.«

Drayton starrte Theodosia über ihren Schreibtisch hinweg an. »Sie haben zusammengearbeitet?«

»Offenbar«, antwortete Theodosia.

»Nicht zu fassen. Buchstäblich jeder war felsenfest davon überzeugt, dass die beiden noch immer mitten in einer schrecklichen Aug-um-Aug-Fehde steckten.«

»Mich eingeschlossen«, sagte Theodosia. »Es ist mir sehr unangenehm, dass ich einfach so voreilige Schlüsse gezogen habe.«

»Mach dir deswegen keine Vorwürfe«, beschwichtigte Drayton sie. »Tidwell hat dir sicher geglaubt, und außerdem schien er deine Gedanken zu bestätigen. Und, wie du eben schon sagtest, Ford Cantrell könnte heimlich versucht haben, Oliver Dixon auszubooten. Vielleicht hat er eine endgültige Lösung angestrebt, wenn du verstehst, was ich meine.«

»Vielleicht«, meinte Theodosia verdrießlich.

»Ehrlich, ich finde, du solltest nochmal mit Tidwell sprechen«, drängte Drayton. »Über Ford Cantrell *und* über Billy Manolo. Schon, dass Billy auf Oliver Dixons Beerdigung aufgetaucht ist – und das hat Tidwell selbst gesehen –, ist irgendwie verdächtig. Und mir gefällt überhaupt nicht, dass er dich bedroht hat.«

»Wer hat wen bedroht?«, fragte Haley, die ihren Kopf zur Tür hereinsteckte.

»Niemand, wirklich«, sagte Theodosia. Sie wollte nicht, dass Haley von Billy Manolos brutaler Drohung erfuhr, dass sie sich womöglich mit dem Gesicht nach unten im Hafenbecken wiederfinden würde.

»Als unsere liebe Theodosia letzten Samstag bei Billy Manolo war, hat er sie mit einer Eisenstange bedroht«, erzählte Drayton.

»Hast du die Polizei gerufen?«, fragte Haley. »Wenn mich heutzutage ein Typ nur schief ansieht, rufe ich sofort die Polizei.«

»Und wie war das mit diesem Hell's Angel mit dem frisierten Motorrad, der den ganzen letzten Sommer hier rumhing?«, fragte Drayton. »Die Hälfte unserer Kundschaft ist vor Angst weggeblieben.«

»Teddy war nicht gefährlich«, widersprach Haley. »Er steckte lediglich in einer Identitätskrise. Außerdem geht er inzwischen wieder zur Schule.«

»Um was zu lernen?«, fragte Drayton. »Anarchie?«

»Wenn du es unbedingt wissen willst, er macht eine Ausbildung zum Rettungssanitäter«, sagte Haley. »Aber jetzt will ich mehr über diesen Billy Manolo wissen. Vielleicht hat *er* ja Samstagabend bei uns zum Fenster reingeschaut.«

»Du bist immer noch der Meinung, dass jemand etwas Schlimmes im Schilde führte«, sagte Drayton.

»Keine Ahnung, ob er was im Schilde führte, aber da draußen war jemand«, sagte Haley. Die Küchenuhr an ihrem Ofen klingelte. »Huch, ich muss das Blech rausholen«, sagte sie und verschwand um die Ecke.

Um zehn Uhr war jeder Tisch im Teeladen besetzt. Drayton hatte einen geschäftigen Morgen prophezeit, und obwohl es langsam angelaufen war, hatte Drayton gute fünfundzwanzig Teekannen vorbereitet. Jetzt wurden sie mit Keemun, Pu-Erh und Darjeeling gefüllt und zu den Touristen und Stammgästen an die diversen Tische gebracht.

Theodosia stand an der alten Registrierkasse. Zwischen

dem Kassieren und Herausgeben von Wechselgeld kritzelte sie eifrig Notizen, die sie später in die »Tee-Tipps«-Rubrik ihrer Internetseite stellen wollte. Gerade als es so aussah, als könne der Teeladen keinen einzigen Gast mehr aufnehmen, öffnete sich die Tür, und Theodosia sah Doe Belvedere Dixon eintreten, dicht gefolgt von Giovanni Loard.

»Hallo!« Drayton flog förmlich auf sie zu, um sie zu begrüßen, und durchlitt einen flüchtigen Augenblick der Panik, als er merkte, dass kein Tisch frei war. Mit sichtlicher Erleichterung sah er, dass sich zwei Frauen erhoben, um zu gehen. »Ihr Tisch ist in einer Sekunde bereit«, versicherte er Doe und Giovanni.

Theodosia wartete, bis die beiden saßen und ihren Tee vor sich hatten, ehe sie an den Tisch trat, um sie zu begrüßen. Die Dinge hatten sich ein wenig beruhigt – alle Gäste saßen zufrieden trinkend und futternd da – und Drayton umschwirrte Doe und Giovanni.

Für eine Frau, die eben ihren Mann verloren hatte, schien Doe ihre Trauer bewundernswert schnell überwunden zu haben. Theodosia beobachtete, wie sie angeregt zuerst mit Drayton schwatzte und dann mit zwei Leuten an anderen Tischen.

»Es heißt, Coco Chanel habe ihren Tee immer mit Zitrone getrunken«, sagte Doe, während ihre elegant manikürten Fingerspitzen sanft eine blonde Haarsträhne zurückstrichen. »Und dass sie aus dem Ritz immer Toast und Marmelade hat kommen lassen.« Doe hob den Blick, als Theodosia an den Tisch trat. »Hallo«, sagte sie und nippte anmutig an ihrer Teetasse. »Ihr Teesalon gefällt mir; er ist so putzig.«

»Vielen Dank. Wie schön, Sie wiederzusehen«, sagte Theodosia. »Auch wenn unsere erste Begegnung unter so traurigen Umständen stattgefunden hat. Wie geht es Ihnen?« Theodosia fragte sich, ob Doe noch wusste, dass sie diejenige gewesen war, die sie am Tag der Beerdigung über Oliver Dixons Waffenkenntnisse ausgequetscht hatte. Nein, wahrscheinlich nicht.

»Es geht mir schon viel besser«, antwortete Doe. »Alle Welt ist so nett zu mir.« Sie sah Giovanni mit strahlenden Augen an und lächelte.

Giovanni ergriff Does Hand und tätschelte sie sanft. »Sie ist ein starkes Mädchen, eine wahre Überlebenskünstlerin«, sagte er.

Doe schwenkte ihr Hundert-Watt-Lächeln auf Drayton, und Theodosia fragte sich, wie lange dieses Mädchen wohl auf die Wirkung ihrer faszinierenden Schönheit bauen wollte. Vielleicht bis sie ein zweites Mal heiratete? Andererseits besaß Doe wirklich ein ausgeprägtes Selbstvertrauen. Sie konnte genauso gut in dem Bewusstsein durchs Leben gehen, dass die Welt ihr immer zu Füßen liegen würde, wie es bei manchen Menschen eben der Fall war.

»Haben Sie einen Augenblick Zeit, sich zu uns zu setzen?«, bat Giovanni Theodosia und Drayton. »Ich habe Doe eben erzählt, wie gut es mir letzte Woche hier gefallen hat. Wie hilfsbereit Drayton in der Sache mit der Edgefield-Kanne war und was Theodosia für eine großzügige Gastgeberin ist.« Er lächelte die beiden herzlich an. »Ich habe das Gefühl, als wären wir alle schon lange Freunde.«

»Wir waren sehr überrascht, als wir gehört haben, dass die Firma Ihres Mannes aufgelöst wird«, sagte Theodosia zu Doe. Sie hatte heute Morgen zuallererst den Wirtschaftsteil der Lokalzeitung überflogen. Der Artikel war zwar kurz und ziemlich oberflächlich gewesen, aber er hatte bestätigt, was Ford Cantrell ihr gestern erzählt hatte.

Grapevine wurde aufgelöst. Nicht mit großem Trara, sondern still und leise.

Doe blinzelte langsam, und zwischen ihren Augen erschien eine winzige Falte. »Die Mitglieder des Vorstands waren sehr freundlich, vor allem Mr. Crowley.«

»Booth Crowley?«, fragte Theodosia.

»Ja«, sagte Doe. »Er ist persönlich zu mir gekommen, um mir mitzuteilen, dass diese Entscheidung allein durch Olivers Tod nötig wurde.« Sie seufzte. »Es ist tröstlich zu wissen, dass Oliver so hoch geachtet wurde und dass die Firma ohne ihn nicht weiterbestehen kann.«

»Oliver Dixon war ein brillanter Mensch«, sagte Giovanni. »Und er wird unserer Stadt noch lange als solcher im Gedächtnis bleiben.«

»Es ist ein Jammer, dass die Firma völlig aufgelöst wird«, fuhr Theodosia fort. »Das Unternehmen erfolgreich fortzuführen hätte Ihrem Mann doch ein wunderbares Denkmal gesetzt.«

»Leider hat es nicht sollen sein«, sagte Giovanni. In seinen Augen schien auf einmal ein harter Glanz zu liegen, eine unverhohlene Warnung an Theodosia.

Giovannis übertriebene Fürsorglichkeit ging Theodosia auf die Nerven und verschaffte ihr den nötigen Schwung, um weiterzumachen.

»Vernünftig strukturierte Unternehmen besitzen normalerweise eine ganze Reihe Führungspersonen, die im Notfall das Steuer übernehmen können«, sagte Theodosia. »Zum Beispiel …« Unter dem Tisch spürte sie einen sanften Tritt von Drayton. Er war offensichtlich der Meinung, dass sie zu weit ging. »Zum Beispiel«, fuhr sie fort, »hat sich herausgestellt, dass Ford Cantrell für Ihren Mann als Berater tätig war. Als ehemaliger Vizepräsident von Vantage Computers hätte er vielleicht übergangsweise die Führung übernehmen können.«

Doe runzelte die Stirn und senkte den Blick, während Giovanni Theodosia mit kaltem Zorn anstarrte. »Es tut mir Leid, wir müssen gehen«, verkündete er. Er stand abrupt auf, und Doe ebenfalls, schmallippig und stumm.

Dann ging Giovanni Loard ohne ein weiteres Wort zur Tür, und Doe, die ein knappes »Auf Wiedersehen« herausbrachte, folgte ihm auf dem Fuße.

»Tja, ich würde sagen, die hast du ganz schön auf die Palme gebracht«, sagte Drayton, als sie am Ladentisch die Köpfe zusammensteckten. »Man könnte auch sagen, du hast die Grenzen guten Benehmens überschritten.«

»Darf ich daraus schließen, dass du mein Verhalten missbilligst?«, fragte Theodosia.

Drayton legte sich die Hand an die Wange und tätschelte sie geistesabwesend. »Nein, nicht völlig. Genau wie du bekomme ich langsam, was manche Menschen anbelangt, ein etwas mulmiges Gefühl.«

»Und dein Verdacht konzentriert sich auf …«

»Das Mädchen, ja«, gestand Drayton. »So ein hübsches Ding. Aber ich kann mich des Eindrucks nicht erwehren, dass unter der verführerischen Schale eine ziemlich harte Nuss lauert.«

»Ein Mädchen, das den eigenen Mann hat ermorden lassen?«, fragte Theodosia.

»Tatsache ist, dass Doe den Abzug nicht betätigt hat«, sagte Drayton. »Das hat der arme Oliver ganz allein getan.«

»Ziemlich praktisch, oder?«, sagte Theodosia. »Und jetzt hat die liebreizende junge Doe Oliver Dixons Heim und all seine weltlichen Besitztümer geerbt.« Sie drehte sich um und sortierte einen Stapel Geschirr ins Regal. »Hattest du das Gefühl, Doe wusste, dass Ford Cantrell mit ihrem Mann zusammengearbeitet hat?«

»Schwer zu sagen«, murmelte Drayton. »Schwer zu sagen.«

Während des Mittagessens an ihrem Schreibtisch las Theodosia den Zeitungsartikel noch einmal. Als Verfasser wurde J. D. Darling genannt. Ihres Wissens gehörte J. D. Darling nicht zu den regelmäßigen Wirtschaftsjournalisten, und dem Tonfall des Artikels nach klang das Ganze wie der schnell gestrickte Abklatsch einer Pressemitteilung. Wahrscheinlich eine, die von Cherry Tree Investments übers Wochenende eilig verfasst und dann von einem der Redakteure der Wochenendschicht überarbeitet und ins Blatt gesetzt worden war.

Theodosia trommelte mit den Fingern auf der Tischplatte. Der letzte Satz des Artikels machte sie neugierig. Er besagte, dass Cherry Tree Investments in seinem Engagement weiterhin einen besonderen Schwerpunkt auf neu gegründete Hightech-Unternehmen setzen würde.

Ein Hightech-Unternehmen auflösen, um ein anderes zu gründen? Das kam zwar vor, aber es klang trotzdem seltsam. Vor allem angesichts all der nervenaufreibenden, schweißtreibenden Bemühungen, die mit Sicherheit in Grapevine investiert worden waren: monate- oder sogar jahrelange Produktentwicklung, die Aufstellung eines Businessplans, die Entwicklung von Marketingstrategien, der Aufbau einer Vertriebskette und der Entwurf einer Verkaufsstrategie.

Und, um ehrlich zu sein, Hightech-Firmen gehörten heutzutage nicht eben zu den Lieblingen der Investoren. Es war noch nicht lange her, da erlebte die gesamte Internet-

Branche an der Wall Street ein schreckliches Debakel, und skeptische Analysten, von denen vermutlich diejenigen am lautesten schrien, die sich selbst die Finger verbrannt hatten, erklärten die neuen Medienunternehmen zu den sicheren Verlierern.

Theodosia legte ihr Tunfisch-Sandwich auf den Teller und rief die Auskunft an. Sekunden später wählte sie die Nummer von Cherry Tree Investments.

»Hallo«, begrüßte Theodosia die Frau in der Telefonzentrale, »hier spricht Judith Castleworth vom *Post and Courier*. Ich rufe an, um für einen unserer Wirtschaftsjournalisten, Mr. J. D. Darling, ein paar Informationen einzuholen. Ist das möglich?«

»Natürlich«, sagte die Rezeptionistin.

»In der Presseerklärung von Cherry Tree bezüglich der Auflösung der Firma Grapevine erwähnen Sie, dass Cherry Tree sich finanziell an diversen neuen Hightech-Unternehmen beteiligt. Können Sie mir die Namen dieser Unternehmen nennen?«

»Sie sprechen da von unseren neuesten Investitionen«, sagte die Rezeptionistin ein wenig unsicher.

»Ja«, sagte Theodosia.

»Ich werde nachsehen, ob ich diese Informationen schon habe«, sagte die Frau. »Shirlene, die eigentliche Rezeptionistin, ist zu Tisch. Ich bin Marilyn. Können Sie einen Augenblick dranbleiben?«

»Gern«, sagte Theodosia.

Es folgte das Rascheln von Papier, und Theodosia hörte, wie die Frau sich leise räusperte. Dann war sie wieder da.

»Miss Castleworth? Ich habe die Namen für Sie.«

»Ich höre.«

»Bei den Unternehmen handelt es sich um Deva Tech,

das schreibt sich D-E-V-A Tech, in zwei Worten. Und Alphimed, A-L-P-H-I-M-E-D, ein Wort.«

»Deva Tech und Alphimed«, wiederholte Theodosia.

»Ja«, sagte Marilyn. »Deva Tech stellt Scanner für Warenlager her, und Alphimed ist ein Franchising-Unternehmen im Bereich medizinischer Versuche. Die Zwischenfinanzierung für beide ist bereits durch, und Cherry Tree wird das umfassende Dossier für die Presse ... oh, wahrscheinlich erst nächsten Monat fertig haben.«

»Sagen Sie, wäre es möglich, mit Ihrem Vorstandsvorsitzenden Booth Crowley zu sprechen?«, fragte Theodosia.

»Es tut mir Leid, Mr. Crowley ist zu Tisch. Darf ich notieren, dass er Sie zurück ...?«

»Nein, vielen Dank, Marilyn«, sagte Theodosia.

Sie legte auf und lehnte sich in ihrem Ledersessel zurück. Booth Crowley investierte also in zwei weitere Hightech-Unternehmen. Und so wie es aussah, standen beide Firmen kurz vor dem Start.

Booth Crowley. Er war derjenige, der Oliver Dixon die Pistole gereicht hatte. Er war derjenige, der Billy Manolo gegenüber auf der Beerdigung so feindselig gewesen war. Und Booth Crowley war der Großinvestor, der Grapevine mit Hilfe seiner Investition an den Start gebracht und nach Oliver Dixons Tod den Stecker gezogen hatte.

»Du siehst aus, als hättest du Kopfschmerzen«, sagte Haley.

»Ich glaube, ich bekomme welche«, sagte Theodosia. Die vielen Möglichkeiten fuhren in ihrem Kopf Karussell. Sie hatte Hunger und hatte trotzdem nur ein Viertel ihres Sandwiches gegessen.

»Ich habe das perfekte Gegenmittel«, sagte Haley. »Nur eine Sekunde Geduld.«

Theodosia starrte zum Fenster hinaus. Inzwischen schien wirklich jeder irgendwie verdächtig zu sein.

Haley kam mit einer Tasse voll blassgelber Flüssigkeit zurück. »Trink das«, forderte sie Theodosia auf.

»Was ist das?«

»Spierstrauchtee.«

»Wunderbar«, sagte Theodosia. Der Spierstrauch, auch Mädesüß oder Geißbart, fand schon seit hunderten von Jahren als Heilpflanze Verwendung, um Fieber zu senken und Kopfweh zu lindern. Die Ableitung der in dieser Pflanze vorkommenden Salicylsäure ist der Hauptbestandteil von Aspirin.

»Drayton hat mir von eurem netten Plausch mit Giovanni und Doe erzählt«, sagte Haley mit ziemlich ironischem Unterton. »Du glaubst doch nicht, dass *sie* etwas mit Oliver Dixons Tod zu tun hat, oder?«

»Ich weiß überhaupt nicht mehr, was ich glauben soll«, antwortete Theodosia. »Zuerst sah Ford Cantrell verdächtig aus, dann Billy Manolo. Obwohl Billy eher ein bisschen verrückt wirkt.«

»Aber verrückte Leute tun verrückte Dinge«, sagte Haley.

»Ja«, erwiderte Theodosia langsam. »Stimmt. Und jetzt geht mir Doe nicht mehr aus dem Kopf. Es sieht so aus, als würde sie von Oliver Dixons Tod ganz schön profitieren.«

»Glaubst du, die Ballkönigin hat ihren Prinzen um die Ecke gebracht? Wow, das klingt ja wie echtes Futter für die Klatschpresse. Oder wie das Drehbuch für einen zweitklassigen Film.«

»Das ist aber noch nicht alles«, seufzte Theodosia. »Ich bin auch neugierig, was Booth Crowley so vorhat. Es kommt mir immer noch komisch vor, dass er Grapevine einfach so aufgelöst hat.« Theodosia trank ihren Tee, und Haley sah ihr geduldig dabei zu. »Haley, erzähl mir noch ein bisschen was über PDAs.«

»Was willst du wissen?«

Theodosia dachte nach. »Es gibt verschiedene ...« Sie wusste nicht, wie sie es ausdrücken sollte.

Haley sah Theodosia stirnrunzelnd an, als wolle sie ihre Gedanken entziffern. »Meinst du verschiedene Betriebssysteme?«

»Ich glaube schon, ja«, sagte Theodosia.

»Ach so. Also, im Augenblick teilen sich zwei Systeme den Kuchen. Palm kontra Pocket PC.«

»Und dein Dingsbums läuft auf Palm«, stellte Theodosia fest.

»Richtig«, sagte Haley. »Weil ich einen Palm Pilot habe.«

»Und für welches System waren die Anwendungen, die Grapevine entworfen hat?«, fragte Theodosia.

»Keine Anwendungen, eher Erweiterungsmodule.«

»Für den Palm.«

»Genau.«

»Und jetzt übernimmt Booth Crowley Deva Tech, ein Unternehmen, das Scanner für Warenlager herstellt. Welche Computersysteme benutzen große Warenlager normalerweise?«

»Große, Netzwerke.«

»Kein Palm-Betriebssystem?«, wollte Theodosia wissen.

»Wohl kaum.« Haley lächelte.

»Grapevine war also ein kleiner Fisch«, sagte Theodosia.

»Oder Booth Crowley wollte sich nicht mit den herrschenden Mächten anlegen, den Microsofts dieser Erde. Da war es sicher einfacher, Grapevine zu opfern.«

»Oder Oliver Dixon«, sagte Theodosia.

»Eine schreckliche Vorstellung«, sagte Haley.

»Was bedeutet, ich muss über Booth Crowley noch viel mehr in Erfahrung bringen«, sinnierte Theodosia.

»Wie wäre es mit einem Interview von Radio Freies Charleston gleich nebenan?«

»Meinst du Delaine?«

»Wen sonst? Sie scheint doch ständig bei allem auf dem neuesten Stand zu sein. Du darfst nur nicht durchblicken lassen, wie groß dein Interesse tatsächlich ist«, warnte Haley.

23

»Theodosia, ich habe eben gerade einen *umwerfenden* grünen Seidenblazer reinbekommen«, flötete Delaine. »Zum Sterben schön.« Delaine eilte ihr entgegen, bedachte sie mit einem Küsschen in die Luft und huschte wieder davon, wobei sie eine aromatische Wolke *Joy* hinter sich herzog.

»Janine!«, rief Delaine ihrer notorisch überarbeiteten Assistentin zu. »Wo haben wir diese Seidenblazer hingehängt? Oder bist du noch beim Bügeln?«

Janine kam aus dem Hinterzimmer geeilt, einen Berg Seidenblazer auf gepolsterten Kleiderbügeln in den Armen. Janine wirkte immer ein wenig rotgesichtig und kurzatmig, und Theodosia fragte sich oft, ob die arme Frau unter gefährlichem Bluthochdruck litt oder ob ihr Zustand nervöser Aufregung die Folge von sechs Jahren Arbeit für Delaine war. Sie hatte Letzteres in Verdacht.

»Hier, probier mal.« Delaine zog an Theodosias schwarzer Kaschmirstrickjacke und versuchte, sie ihr auszuziehen, während sie ihr gleichzeitig den grünen Seidenblazer zur Anprobe hinhielt. »Nein, das ist Medium, Janine. Bring Theodosia einen in Small. Diese Blazer fallen ziemlich groß aus, und unser Mädel hier scheint ein paar Pfund verloren zu haben. Stimmt doch, meine Liebe?«, fragte Delaine unverblümt. Theodosia ignorierte Delaines Frage und schlüpfte stattdessen in den Blazer in der kleineren Größe. Sie zog ihn zurecht, machte ein paar Knöpfe zu und drehte vor dem dreiteiligen Spiegel eine Pirouette.

»Oh, mit deinen Haaren: *très élégant*!«, schwärmte Delaine.

Theodosia betrachtete ihr Spiegelbild. Der Blazer war ein tolles Teil, das musste sie zugeben. Schmal, federleicht und in einem betörenden Grün. Sie sah sich ihn bereits zu unzähligen künftigen Anlässen und Festen tragen. Begleitet, vielleicht, von Jory Davis?

»Ich habe ihn in Jadegrün, in Granatapfel und natürlich in Schwarz«, sagte Delaine. »Und in sehr begrenzter Stückzahl, du wirst dir also nicht an jeder Ecke selbst über den Weg laufen.« Sie zupfte an einem Ärmel. »Und so leicht, ein Hauch von Stoff, wie Schmetterlingsflügel. Ideal für einen kühlen Frühlingsabend.«

Theodosia wagte einen verstohlenen Blick auf das Preisschild und überschlug, dass sie sechzig bis siebzig Tassen Tee verkaufen musste, um den Kauf zu finanzieren.

»Ich werde es mir überlegen, Delaine«, sagte sie, schlüpfte aus dem Blazer und übergab ihn Janine.

Delaine drohte ihr mit dem Zeigefinger. »Aber warte nicht zu lange, Theo. Die Blazer werden weggehen wie die warmen Semmeln.«

»Ich weiß, ich weiß.« Theodosia nahm eine mit Perlen bestickte Tasche zur Hand.

»Aus Indonesien. Sie sind alle handbestickt«, erklärte Delaine. »Es gibt sie entweder mit diesem Blättermuster oder mit Sternen.«

»Hübsch«, sagte Theodosia, während sie die Tasche in Augenschein nahm und sie dann zurück auf den kleinen Tisch stellte. »Doe und Giovanni haben heute Morgen im Teeladen vorbeigeschaut«, sagte sie.

Delaine fing augenblicklich an zu strahlen. »Ach wirklich? Wie geht es Doe denn inzwischen?«

»Sieht aus, als trüge sie's mit Fassung«, sagte Theodosia. Sie scheute sich, Delaine anzuvertrauen, dass Doe und Giovanni den Teeladen mehr oder weniger Hals über Kopf wieder verlassen hatten. Das würde Delaine mit Sicherheit auch so noch früh genug erfahren. »Und hast du schon das Neueste über Grapevine gehört, Oliver Dixons Unternehmen? Booth Crowley hat die Firma aufgelöst.«

»Hm, ja«, sagte Delaine, während sie sich an der Auslage mit Schals zu schaffen machte, die sie in kunstvoller Unordnung drapierte. »Ich habe heute Morgen was darüber in der Zeitung gesehen.«

»Du weißt nicht zufällig, weshalb, oder?«

»Ich bin davon ausgegangen, dass die Firma es ohne ihn nicht schaffen würde.«

»Aber du hast niemanden einen bestimmten Grund nennen hören«, sagte Theodosia und nahm die Perlentasche wieder zur Hand.

»Hm ... nein«, sagte Delaine und strich einen Stapel Baumwollpullover glatt. »Himmel!« Sie zog einen apfelgrünen Pullover aus dem Stapel. »Was hältst du von dieser Farbe? Stell dir den zu einer weißen Hose vor! Toll!«

»Hübsch zu deinem Teint«, sagte Theodosia.

Delaine hielt den Pullover hoch. »Stimmt.« Sie betrachtete sich eitel im Spiegel. »Jedenfalls, um auf das zurückzukommen, was du gesagt hast, Theo: Booth Crowley weiß mit Sicherheit genau, was er tut. Er hatte seine Finger schon in genug Geschäften.«

»Ja, wahrscheinlich«, antwortete Theodosia.

»Kennst du Beatrix, seine Frau?«, fragte Delaine.

»Nein, eigentlich nicht.«

»Entzückende Person, Schirmherrin der Kindertheatergruppe. Sie kauft ziemlich viele ihrer Sachen hier bei mir. Natürlich fliegt sie auch nach New York und Paris. Ich glaube, sie sieht sich sogar die *Kollektionsschauen* an!«

»Wow!«, sagte Theodosia und bemühte sich Delaine zuliebe um ein beeindrucktes Gesicht. Sie schlenderte zu einem antiken Schrank, der vor einer honigmelonengelben Wand platziert war. Die Türen standen offen, und heraus quoll ein entzückendes Durcheinander aus seidenen Bettjäckchen, mit Steinen besetzten Schmucknadeln, auf Seidenbänder gezogenen altmodischen Schlüsseln und chinesischen Keramikübertöpfen. Auf einer Seite hing ein türkisfarbener Seidensari herab.

»Delaine, deine Dekoration ist wirklich prächtig«, sagte Theodosia. »Ich habe darüber nachgedacht, dem Teeladen ein kleines Lifting zu verpassen. Vielleicht sogar mit einem Hauch ins Exotische.« Theodosia beobachtete, wie die Neugierde Delaines Gesicht erhellte. »Popple Hill ist mir als Design-Firma ans Herz gelegt worden. Sagt dir das was?« Sie hatte Billy Manolos Popple-Hill-Verbindung im Hinterkopf behalten und dachte, es könne nicht schaden zu testen, was Delaine wusste.

»Meine Liebe, Popple Hill ist ganz *außergewöhnlich*!«,

schwärmte Delaine. »Wird von zwei absolut genialen Frauen geleitet, Hillary Retton und Marianne Petigru. Ich kenne sie, weil sie auch hier einkaufen, wann immer sie können. Beide sind unglaublich kultiviert und *furchtbar* talentiert. Kennst du Gabby Stewart? Sie wohnt drüben auf der Lamboll Street.«

»Ich glaube schon.«

»Die hübsche Blondine mit dem wirklich guten Lifting, deren Ehemann ihr letztes Jahr den schwarzen Jaguar XKE zum Geburtstag geschenkt hat, wobei schon lange niemand mehr zählt, der wievielte es war.«

»Jetzt erinnere ich mich an sie, dank deiner genauen Beschreibung.« Theodosia lächelte.

»Also, das Haus bestand eigentlich aus Sperrmüll, und die Popple-Hill-Damen haben ein strahlendes Juwel daraus gemacht. Gabby und ihr Mann, Derwood oder Dellwood oder so ähnlich, haben das tolle alte Haus geerbt, mitsamt dem Inventar. Die Holzmöbel waren so weit in Ordnung, ganz nette Teile, französisch, siebzehntes Jahrhundert, die man restaurieren konnte, aber die meisten Esszimmerstühle zum Beispiel waren völlig heruntergekommen. Und im Inneren war seit Jahren *nichts* gemacht worden, nicht ein Kleckser Farbe oder ein Schnipsel Tapete. Aber jetzt ist es umwerfend, ein richtiges Vorzeigestück. Es würde mich nicht wundern, wenn *Town and Country* oder *Southern Accents* eine richtig große Story darüber bringen würden.«

»Und was ist mit der Fassade und dem Drumherum?«

Delaine zog die Nase kraus. Sie mochte es gar nicht, wenn ihre Geschichten unterbrochen wurden. »Ja, Hillary und Marianne haben auch da die Restauration beaufsichtigt.«

»Haben sie mit Schmiedeeisen gearbeitet?«

»Ach, *tonnenweise*«, sagte Delaine. »In dem riesigen Garten auf der Rückseite. Du kennst doch das Haus, oder? Bist du schon mal drin gewesen und hast diesen herrlichen überdimensional großen Kamin gesehen?«

Theodosia ging nicht auf Delaines Frage ein. »Kennst du irgendwelche Handwerker von Popple Hill?«, fragte sie.

Delaine runzelte die Stirn. »Deren *Handwerker*? Nein, nicht dass ich wüsste. Ich nehme an, es sind ganz normale Arbeiter. Hillary und Marianne sind die eigentlichen Genies.« Delaine hielt inne. »Ich finde es toll, dass du dein Design verändern willst.«

»Mhm«, murmelte Theodosia in dem Wissen, dass sie *niemals* irgendwen an der gemütlichen Einrichtung herumpfuschen lassen würde, die sie so sehr liebte.

»Dabei fällt mir ein, dass Popple Hill auch an dem Haus von Doe und Oliver erst kürzlich einige Restaurierungsarbeiten ausgeführt haben«, sagte Delaine, als das Klingeln des Telefons wie aufs Stichwort das Ende ihres Satzes markierte.

»Chloe Keenland ist am Telefon«, rief Janine Delaine zu. »Sie will wissen, ob Sie heute Nachmittag noch mit von der Partie sind.«

Delaine schob den Ärmel zurück, warf einen Blick auf die Uhr, eine Chopard, die mit funkelnden Brillanten besetzt war. »Ach du meine Güte, Chloe hatte ich ja völlig vergessen!« Delaine biss sich nachdenklich auf die Unterlippe und sah Theodosia an. »Am Freitag beginnt das Gartenfest, und ich sitze im Ausschuss für die Eröffnungsfeier«, erklärte sie. Mit einem gewinnenden Lächeln wandte sie sich an Janine: »Janine, könnten Sie wohl so außerordentlich nett sein und heute bis um fünf Uhr arbeiten?«

Janine machte ein niedergeschlagenes Gesicht. »Ich denke schon«, sagte sie.

»Wunderbar«, rief Delaine aus. »Sie sind ein *Engel.*«

Als Theodosia wieder in ihrem Laden war, schien alles noch verwirrender als je zuvor. Ihre etwas seltsame und weitschweifige Unterhaltung mit Delaine hatte nicht viel gebracht. Und keine der Theorien, mit denen sie spielte, schien irgendwie an Sinn gewonnen zu haben.

»Haley, hast du …«, fing Theodosia an, aber sie wurde mitten im Satz unterbrochen.

»Sieh bitte nicht hin, aber die Ballkönigin ist wieder da«, raunte Haley ihr zu.

Theodosia hob den Blick und sah Doe Belvedere Dixon zum zweiten Male an diesem Tag den Indigo Tea Shop betreten.

»Miss Browning«, sagte Doe mit kaum hörbarer Klein-Mädchen-Stimme. »Können wir uns unterhalten?«

Theodosia nickte und führte das Mädchen schnell an einen etwas abgelegenen Tisch. »Natürlich«, sagte sie, und Neugierde überkam sie wie ein Fieberschub.

Doe wartete, bis beide sich gesetzt hatten und sie sicher war, dass niemand in Hörweite war, ehe sie begann: »Ich bin zurückgekommen, um mich zu entschuldigen«, sagte sie. »Giovanni ist noch immer sehr empfindlich, was Olivers Tod anbelangt, und er reagiert oft ziemlich heftig. Aber Sie müssen wissen, dass er seinem Cousin sehr nahe stand.«

»Cousin zweiten Grades«, sagte Theodosia, wobei sie Doe nicht aus den Augen ließ und sich fragte, was die eigentliche Geschichte war.

»Ja, natürlich«, sagte Doe und pflückte einen winzigen

Fussel vom Ärmel ihres makellosen butterblumengelben Pullovers. »Aber die beiden standen sich trotzdem sehr nahe. Giovannis Mutter starb, als er noch sehr jung war, und Oliver war wie ein großer Bruder für ihn.«

»Ganz bestimmt«, sagte Theodosia und fragte sich noch immer, weshalb Doe zurückgekommen war. Ihre Entschuldigung fühlte sich nicht ganz echt an.

Dann beugte sich Doe über den kleinen Tisch nach vorne, und ihr seidenweiches Haar umfing ihr Gesicht. »Offen gestanden, ich glaube, Giovanni war wütend, weil ich ihm von Ford Cantrell und mir erzählt habe«, sagte sie.

Jetzt war es an Theodosia, sich vorzubeugen, um kein Wort zu verpassen.

»Ford und ich sind uns vor ein paar Jahren an der Universität von Charleston begegnet«, erzählte Doe. »Er studierte Informatik im letzten Jahr, und ich war gerade erst Anwärterin auf die Studentenverbindung.« Sie hielt inne und lächelte Theodosia wehmütig an. »Waren Sie je in einer Verbindung?«

Theodosia starrte Doe an. »Nein«, sagte sie.

»Die beste Zeit meines Lebens«, erklärte Doe. »Egal, Ford und ich sind ein paarmal miteinander ausgegangen, dann habe ich Schluss gemacht.«

»Sie waren mit Ford Cantrell zusammen?«, flüsterte Theodosia etwas zu laut.

Doe runzelte die Stirn, als sei sie es nicht gewohnt, kritische Bemerkungen irgendeiner Art zu erdulden. »Ehrlich, Theodosia, es war keine große Sache.« Sie zuckte die Achseln. »Ich sagte doch, ich habe Schluss gemacht. Wenn Sie mich fragen, hat sich Ford Cantrell mit dieser Zurückweisung nie abgefunden.«

»Sie war mit ihm *zusammen*?« Drayton senkte das Kinn und sah Theodosia über den Rand seiner Brille hinweg an. Seine rechte Augenbraue schoss förmlich nach oben; er sah nicht aus, als fände er es zum Lachen. »Das hast du dir ausgedacht«, sagte er schließlich mit dumpfer Stimme. »In dem schamlosen Versuch, mich vollkommen um meinen armen Verstand zu bringen?«

Theodosia schüttelte den Kopf. »Doe hat es mir selbst erzählt.«

»Und darüber habt ihr beide geflüstert?«, fragte Haley. »Dass sie im College mit Ford Cantrell ausgegangen ist? Hm, sie hat wirklich eine ziemlich hohe Meinung von sich selbst, findet ihr nicht?«

»Ich glaube, sie hat nur versucht zu erklären, weshalb Giovanni heute Morgen so wütend geworden ist, als ich Ford Cantrell erwähnte«, sagte Theodosia. »Auf ihre Weise hat Doe versucht, nett zu sein.«

»Sie hat eine merkwürdige Art, nett zu sein«, murrte Haley.

»Allerdings«, stimmte Drayton ihr zu.

Theodosia konnte den beiden da nicht wirklich widersprechen. Wenn die ganze Situation nicht so bizarr gewesen wäre!

Versuchte man, den Mord an Oliver Dixon vom Standpunkt des Motivs aus zu betrachten, dann war die Sache schrecklich verwirrend.

Ford Cantrell hatte vermutlich eine Abneigung gegen Oliver Dixon, und doch hatte er für ihn gearbeitet. Ford hatte nur dann ein Motiv, wenn man die langjährige Familienfehde und diese irgendwie seltsame Geschäftsbeziehung zwischen ihm und Oliver Dixon in Betracht zog, die womöglich alles andere als harmonisch gewesen war.

Booth Crowley und Billy Manolo hatten beide Minuten, ehe Oliver Dixon getötet worden war, die alte Pistole in Händen gehalten. Beide Männer wirkten auf Theodosia äußerst aufbrausend und reizbar.

Aber was das Motiv anbelangte, war die einzige Verbindung, die es zwischen Billy Manolo und Oliver Dixon zu geben schien, der Jachtklub und Billys Arbeit als Schweißer, im Zuge derer er möglicherweise über die Popple-Hill-Leute einige schmiedeeiserne Stücke für Does und Olivers Haus gemacht hatte.

Würde man jemanden umbringen, weil er die Feinarbeit an seinem Gartentor kritisiert hatte? Wohl kaum.

Booth Crowley war auf Grund seiner Verbindungen verdächtig. Er hatte Oliver die Pistole nur wenige Augenblicke vor seinem Tod überreicht, und er hatte das meiste Geld in Grapevine investiert. Wenn Oliver Dixon aber irgendwie Wind davon bekommen hatte, dass Booth Crowley vorhatte, die Firma aufzulösen, hatte er sich vielleicht gezwungen gesehen zu kontern. Das war eine Theorie, bei der sich weitere Nachforschungen gewiss lohnen würden.

Was Doe Belvedere Dixon betraf ... nun, Theodosia wusste nicht, wie die in diese Rechnung passte, wenn man davon absah, dass sie sehr viel Geld erben würde.

Und, um die Dinge noch ein wenig komplizierter zu machen, gehörten Ford Cantrell, Booth Crowley, Oliver Dixon und Billy Manolo natürlich alle demselben Jachtklub an. Na ja, genau genommen arbeitete Billy dort nur, aber er verbrachte viel Zeit im Klub.

Worauf also liefen all diese Fakten letztendlich hinaus? Soweit Theodosia das sagen konnte, auf rein gar nichts, null Komma nichts.

Den Rest des Tages fuhrwerkte Theodosia im Teeladen

herum und ärgerte sich über ihre Unfähigkeit, irgendeine Schlussfolgerung zu ziehen. Auch als der Abend schon fortgeschritten war und sie sich mit Earl Grey in ihre Wohnung zurückzog, vermochte sie nicht loszulassen.

Als hätte der Hund die Schwingungen ihrer Ruhelosigkeit aufgenommen, tappte auch er rastlos in der Wohnung herum, wobei seine Zehennägel auf den Küchenfliesen und dem Parkett vernehmlich klackten.

Sie hatten ihren Abendspaziergang durch die Altstadt bereits hinter sich. Von der Church Street aus waren sie die Water Street hinaufgelaufen und hatten sich dann die Meeting Street hinunter zu den Festungsanlagen begeben. Nachdem Earl Grey sich im Park ausgetobt hatte, waren sie sogar noch am Haus der Stewarts auf der Lamboll Street vorbeigegangen, wo Billy Manolo nach Delaines Worten auf die Gartenumzäunung *tonnenweise* Schmiedeeisen verwandt hatte.

Und noch immer war Theodosia ruhelos.

Was tun?, fragte sie sich. Noch einen Spaziergang machen? Ein Tässchen Kamillentee trinken? Einen Johanniskrautsud zur Beruhigung brauen?

Nein, beschloss sie schließlich, es gab doch noch etwas anderes, das sie tun konnte. Sie konnte alles zu Papier bringen. Oder besser gesagt, auf den Bildschirm. Sie würde ihre Gedanken ausformulieren und systematisch ordnen, sich Notizen machen, wann immer sich ihr augenfällige Tatsachen oder seltsame Zusammenhänge aufdrängten. Und danach würde ein einziger Knopfdruck genügen, und sie könnte den ganzen Kladderadatsch per E-Mail an Detective Burt Tidwell schicken. Ihn auf den gleichen Stand bringen, sozusagen. Ihm alle Details zu Bewusstsein bringen. Zwei Köpfe dachten schließlich doch besser als einer, fand Theodosia. Und so wie die Dinge aussahen, hatte ihr Kopf in den vergangenen neun Tagen die Hauptlast getragen, wenn es darum ging, sich Gedanken über Oliver Dixons Tod zu machen. Selbst Oliver Dixons Frau schien nicht zu hinterfragen, ob der Unfall wirklich ein Unfall gewesen war.

Entschlossen setzte Theodosia sich an ihren Computer und fing an, alles, was sie zusammengetragen hatte, aufzuschreiben.

Die Notizen und Korrekturen nahmen einige Zeit in Anspruch, doch als sie endlich fertig und die E-Mail gesendet war, hatte Theodosia das Gefühl, als sei ihr eine riesige Last von der Seele genommen. Und so torkelte sie, schließlich doch müde, hinüber in ihr cremefarbenes Schlafzimmer und schlüpfte zwischen zwei indigoblaue Baumwolllaken, die kühl und federleicht und angenehmen Träumen entschieden zuträglich waren.

24

»Theodosia? Hier spricht Bernard Morrow.«

Theodosia umklammerte den Hörer und setzte sich kerzengerade auf. »Professor Morrow, hallo! Ich hatte gehofft, von Ihnen zu hören.« Sie warf einen Blick in den Teesalon. Haley glitt anmutig zwischen den kleinen Tischen hin und her, ein Tablett mit kleinen Kostproben ihres neuen südafrikanischen Rooibostees in Händen. Drayton unterhielt sich mit zwei Stammkundinnen, die jeden Dienstagvormittag kamen, wie aus dem Ei gepellt und mit Hut und Handschuhen. Das Sonnenlicht fiel durch die schweren Fensterläden und verlieh allem einen schimmernden Glanz. Sollte die Morgensonne gleichzeitig einen Hoffnungsschimmer bringen?

»Ja, ich hatte eigentlich vor, Ihr kleines Projekt schneller zu Ende zu bringen«, sagte Professor Morrow. »Aber ich sitze in diesem vermaledeiten akademischen Forschungsausschuss. Alle haben riesige Bedenken, der Fakultät neue Lehrkräfte zuzugestehen, und stellen ihr eigenes Fachgebiet in den Vordergrund. Alles in allem bekommt man das Gefühl, dass die eigene Karriere sich dem Ende zuneigt und es Zeit wird, den Hut zu nehmen.«

»Sie denken doch nicht etwa daran aufzuhören?«, fragte Theodosia erschrocken. Professor Morrow gehörte zu den engagiertesten, menschlichsten Professoren, denen sie je begegnet war. Es wäre ein schwerer Verlust für die Universität von Charleston, wenn er sich zur Ruhe setzen würde.

»Ich spiele zwar mit dem Gedanken, aber ich plane meinen Abgang nicht in nächster Zeit«, sagte Professor Morrow. »Egal, ich habe Sie nicht angerufen, um Sie mit meinen Problemen zu belasten. Sie haben mich gebeten, das Material auf dem Leinentischtuch zu analysieren, und genau das habe ich getan. Bis auf das Blut, natürlich, denn dazu bedürfte es eines Chromatografen, und darauf ist unser Labor nicht ausgerichtet.«

»Verstehe«, sagte Theodosia.

»Jedenfalls habe ich mir den im Gewebe befindlichen Schmutz näher angesehen. Es ist Erde, schlicht und einfach.«

»Erde«, wiederholte Theodosia.

»Keine Spuren von Metall oder Schwarzpulver, wie Sie ursprünglich vermutet hatten. Nur Gartenerde.« Er hielt inne. »Ich könnte noch ein paar Tests machen und sehen, ob ich die Bestandteile analysieren kann, die Phosphor- und Kaliumwerte messen, so was in der Richtung.«

»Würden Sie das tun?«

»Kein Problem. Das sind sehr einfache chemische Analysen, die sich mit Reagenzien durchführen lassen, die wir hier im Labor haben. Wird ein oder zwei Tage dauern.«

»Vielen Dank, Professor Morrow.«

Theodosia legte auf und ließ das Gespräch in Gedanken noch einmal Revue passieren. Das war nicht gerade, was sie hören wollte. Sie war sich ziemlich sicher gewesen, dass die Pistole in irgendeiner Weise manipuliert worden war und dass der feine Staub auf dem Tischtuch Metallpartikel oder irgendein ungewöhnliches Schwarzpulver enthalten würde.

Aber *Erde*? Was zum Henker hatte das zu bedeuten? Hatte irgendwer das Tischtuch in den Schlamm getreten, ehe Drayton es aufgehoben und in seinen Kofferraum gestopft hatte?

»Du siehst aus, als hättest du gerade ziemlich schlechte Neuigkeiten vernommen«, sagte Drayton.

»Professor Morrow hat gerade angerufen, um mir die Analyse von Haleys *Schmierakel* durchzugeben«, antwortete Theodosia.

»Und?«

»Erde.«

Drayton sah sie skeptisch an. »Erde? Sonst nichts?«

»Sonst nichts. Jetzt weißt du, weshalb ich enttäuscht bin.«

»Du bist enttäuscht? *Ich* bin enttäuscht!«, widersprach Drayton. »Ich habe mir endlose Szenarien ausgedacht, die seltsame Harze oder Chemikalien und ausgeklügelte forensische Techniken beinhalten, auf Grund derer man einem bestimmten Verdächtigen auf die Spur kommen würde, den man sogleich verhaftet hätte.«

»Drayton, du siehst dir zu viele Krimis an«, sagte Haley, die ein paar Teekannen gefüllt und dabei gelauscht hatte.

»Ich sehe so gut wie niemals fern«, sagte Drayton und reckte gebieterisch den Kopf.

»Ich korrigiere. Dann liest du zu viele Kriminalromane«, sagte Haley und runzelte die Stirn, wie um sich mit Theodosias zerschlagenen Hoffnungen solidarisch zu zeigen. »Tut mir Leid, dass das Tischtuch nichts zu Tage gebracht hat«, sagte sie.

Theodosia nickte.

»Und was machen wir jetzt?«, fragte Haley. Grenzenlose Optimistin, die sie war, ließ sich Haley von ein paar Widrigkeiten grundsätzlich nicht entmutigen. Sie war stets bereit weiterzumachen, einen neuen Ansatz auszuprobieren.

»Ich glaube, ich muss Timothy Neville noch einen Besuch abstatten«, sagte Theodosia.

»Das hast du vor ein paar Tagen schon einmal erwähnt, aber ich habe diesbezüglich noch keinerlei Fortschritte erkennen können«, bemerkte Drayton trocken.

Theodosia legte die Schürze ab und drückte sie Drayton in die Hände. »Bin schon auf dem Weg.«

»Mr. Neville?«

Timothy Neville hob den Blick von der alten Karte, die er betrachtet hatte, eine schematische Grafik des alten Fort Sumter.

»Ja, Claire?«

»Miss Theodosia Browning will Sie sehen?«

»Ist das eine Feststellung oder eine Frage, Claire?«

Verwirrt sah Claire ihn an. Sie liebte ihre Arbeit bei der Heritage Society, aber ihr war schon vor langer Zeit klar geworden, dass Timothy Neville der merkwürdigste kleine Mann war, dem sie jemals begegnet war. Als »komischen Kauz« hatte Theresa, langjähriges Mitglied des Kuratoriums, ihn bezeichnet, und Claire fand, damit hatte sie den Nagel exakt auf den Kopf getroffen.

»Beides«, sagte Claire schließlich. »Sie ist hier. Haben Sie Zeit für sie?«

Timothy Neville lächelte in sich hinein. »Führen Sie sie bitte herein.«

»Ja, Sir.«

»Ach, und Claire?«, sagte Timothy.

Claire blieb in der Tür stehen. »Ja?«

»Danke.« Lächelnd rollte Timothy Neville die empfindliche Pergamentkarte zusammen und ließ sie vorsichtig in ein Papprohr gleiten. Er wartete, bis er hörte, dass die Browning sein Büro betreten hatte und durch den Raum zu seinem Schreibtisch gegangen war, ehe er den Kopf hob. Als er ihrem Blick begegnete, war er überrascht von der wachen Intelligenz, die darin lag.

»Hallo«, sagte er zu Theodosia.

Theodosia erwiderte seinen Blick und stellte fest, dass er die traurigen, starren Augen einer alten Schildkröte hatte.

»Hallo, Mr. Neville«, sagte sie.

Timothy Neville deutete mit einem Wink seiner krummen Finger auf einen der französischen Lederklubsessel, die seinen Schreibtisch flankierten. Theodosia setzte sich.

Timothy beobachtete sie genau, und es gefiel ihm, dass die Frau kerzengerade in ihrem Sessel saß und ihn direkt ansah.

»Sie haben Fragen«, stellte er fest. »Über alte Pistolen.«

»Ja«, sagte sie.

Timothy neigte den Kopf und brachte ein halbes Lächeln zu Stande. »Drayton hat eben angerufen. Mich gebeten, höflich zu Ihnen zu sein.«

»Werden Sie es sein?«, fragte sie.

»Natürlich. Ich behandle jeden mit Höflichkeit. Ich verabscheue lediglich Heuchelei.«

Timothy Neville setzte sich an seinen Schreibtisch und sah sie an. Theodosia bemerkte, dass sie auf gleicher Augenhöhe saßen, und vermutete, dass der klein gewachsene Timothy seinen Stuhl erhöht hatte, um mit seinen Besuchern auf gleichem Niveau sein zu können.

»Sie wissen viel über alte Pistolen«, sagte Theodosia.

»Ich habe eine Sammlung, eine bescheidene Sammlung. Höchstens zwei Dutzend. Aber ich sammle sie bereits seit über fünfzig Jahren, und so bin ich im Besitz einiger ausgewählter Stücke, die heutzutage außerordentlich selten sind.«

»Können Sie mir sagen, wie jemand eine alte Pistole so manipuliert haben könnte, dass sie explodiert?«, fragte sie.

»Ich vermute, die alte Waffe, auf die Sie so vage anspielen, ist die anstößige Pistole, die Oliver Dixons Leben ein so jähes Ende bereitet hat.«

»Das stimmt«, sagte sie und fragte sich, weshalb Timothy Neville alles kommentieren musste. Sie nahm an, es lag an seiner lebenslangen Auseinandersetzung mit Geschichte.

»Wie der Zufall es will, bin ich im Besitz einer Pistole gleichen Fabrikats. Gefertigt von der alten E. R. Shane Company in Pennsylvania. Zwar keine exakte Kopie, aber ganz nahe daran.«

»Haben Sie je damit geschossen?«, fragte Theodosia.

»In letzter Zeit nicht«, erwiderte Timothy. »Aber um Ihre Frage zu beantworten: Die einfachste Weise, eine Pistole zur Explosion zu bringen, ist, sie zu überladen.« Timothy verschränkte schützend die Arme vor seiner schmächtigen Brust und wappnete sich mit gnomenhafter Haltung gegen ihre nächste Frage.

»Mit Schwarzpulver?«, wollte sie wissen.

Timothy Neville gewährte ihr ein leises Lächeln. »Das ist eine Möglichkeit. Allerdings nicht die beste.«

»Was könnte man sonst verwenden?«, fragte Theodosia. »Erde?«

»Laden Sie eine Pistole mit Erde, und sie wird fast hundertprozentig explodieren«, sagte Timothy.

Feuerrote Kreise breiteten sich auf Theodosias Wangen aus. Erde, dachte sie. Stinknormale Erde. Sie lehnte sich leicht in ihren Sessel zurück und stellte sich das Szenario vor. Man nimmt eine alte Pistole, welche vor beinahe einem Jahrhundert in Handarbeit entstanden war. Man lässt eine Hand voll guter Carolina-Erde hineinrieseln, stopft sie fest und schiebt sie hinunter. Und wenn der Abzug betätigt wird ... *bumm*. Ein unglaublicher Trick.

Wie hatte Professor Morrow die Rückstände auf dem Tischtuch noch gleich genannt?

Gartenerde.

Also gut, das musste es sein. Was zu der nächsten Frage führte, die in riesigen Lettern vor ihrem inneren Auge schwebte: Erde aus wessen Garten?

»Theo, du hast Besuch«, sagte Haley.

Theodosia war zur Hintertür hereingekommen, die direkt von der Straße in ihr Büro führte.

»Wer ist es denn?«, fragte sie, während sie ihre Handtasche in der Schreibtischschublade verstaute.

Haley zuckte die Achseln. »Keinen Schimmer. Irgendein Typ, der vor ungefähr zwanzig Minuten gekommen ist. Ich habe ihm eine Tasse Tee und einen Kuchen serviert und ihn an den kleinen Tisch neben dem Kamin gepackt.«

Mit einem schnellen Blick in den winzigen Spiegel, der an ihrer Tür hing, strich Theodosia sich die Haare zurück und beschloss, auf den Lippenstift zu verzichten. Der Fußmarsch über sechs Straßenzüge von der Heritage Society zurück hatte ihrem Teint einen natürlichen rosigen Schimmer verliehen, dem keinerlei abgepackte Kosmetik das Wasser reichen konnte.

Mit einem Lächeln auf den Lippen und zuversichtlichen Schrittes trat sie durch die grünen Samtvorhänge. Doch als sie sah, wer auf sie wartete, gefror ihr Lächeln: Booth Crowley.

Gleich darauf hatte sie sich wieder im Griff. »Ich bin Theodosia Browning«, begrüßte sie den Mann am Tisch beim Kamin. »Was kann ich für Sie tun?«

Booth Crowley erhob sich und sah sie an. Er war ohnehin groß gewachsen, doch der tiefschwarze dreiteilige Anzug machte seine Statur noch imposanter. Sein weißer Haarschopf stand widerspenstig vom Kopf ab, und ein krummer Mund teilte das Gesicht oberhalb des kantigen Kinns.

»Ich bin Booth Crowley«, sagte der Mann, nahm ihre Hand und schüttelte sie grob. »Wir müssen reden.«

Booth Crowley ließ Theodosias Hand erst wieder los, als sie sich schon halb gesetzt hatte. Die ganze Zeit über schwirrte Theodosia nur ein einziges Wort im Kopf herum: *Grobian.* Sie befand sich seit höchstens dreißig Sekunden in seiner unmittelbaren Gegenwart, und schon erschien er ihr als Grobian erster Güte. Konnte das sein? Aber andererseits, hatte sie nicht selbst gesehen, wie grob er damals in der Kirche Billy Manolo behandelt hatte? Allerdings.

»Unangenehmer Mensch, dieser Burt Tidwell«, sagte Crowley in seiner seltsamen Stakkato-Sprache. »War heute Morgen bei mir.« Seine Oberlippe kräuselte sich, während er sprach, und sein rosarotes Gesicht schien immer mehr aufzublühen.

Tidwell, dachte Theodosia. Er hat meine Mail bekommen und scheinbar einen gewissen Wert darin gesehen. Ganz offensichtlich, denn er hat sich bereits mit Booth Crowley unterhalten.

Aber hätte Tidwell Booth Crowley anvertraut, dass sie diejenige war, die ihn verdächtigte? Zweifelhaft, höchst zweifelhaft. Wenn überhaupt, dann schlug das Pendel bei Tidwell genau in die entgegengesetzte Richtung aus. Er war extrem wortkarg, was die Einzelheiten der Ermittlungen betraf.

Aber Booth Crowley war noch nicht annährend fertig: »Meine Frau war gestern in einer Besprechung«, knurrte er. »Ist einer Freundin von Ihnen in die Arme gelaufen. Delaine Dish.«

Theodosia stöhnte innerlich. Typisch Delaine, über alles und jeden zu tratschen. Und ausgerechnet mit Booth Crowleys Frau! Sie hatte ja nicht ahnen können, dass Delaine mit ihr im gleichen Ausschuss saß.

Booth Crowley sah sie mit zu Schlitzen verengten Augen an. »Sie haben über mich gesprochen. Unverschämte Fragen gestellt«, sagte er vorwurfsvoll.

»Eigentlich«, Theodosia hatte beschlossen, die Karten

offen auf den Tisch zu legen, »haben meine Fragen sich auf Oliver Dixon bezogen.«

»Und auf Grapevine«, schoss Booth Crowley zurück, »und das betrifft mit Sicherheit mich.«

»Ich habe mit Bedauern gehört, dass Sie die Firma aufgelöst haben«, sagte Theodosia, um einen lockeren Tonfall bemüht. »Nur gut, dass Sie zwei neue Unternehmen fix und fertig in der Schublade haben. Wie war das gleich? Deva Tech und Alphimed.«

»Was wissen Sie darüber?«, knurrte er.

»Wahrscheinlich auch nicht mehr als jeder andere«, sagte Theodosia, »es sei denn, Sie wollen mich aufklären.« Na also, sie hatte einen Angriff geritten und damit offensichtlich einen Nerv getroffen. Jetzt war er dran.

Booth Crowley lächelte Theodosia über den Tisch hinweg an, aber die Atmosphäre war alles andere als herzlich. »Wissen Sie«, sagte er mit völlig veränderter Stimme, der plötzlich ein seidiger, schmeichelnder Unterton innewohnte, »Beatrix, meine Frau, wollte schon immer einen Teesalon eröffnen.«

»Wie nett«, sagte Theodosia. Lass dich auf nichts ein. Du darfst dir nie anmerken lassen, wie du schwitzt.

»Sie hat diesen wunderbaren kleinen Süßwarenladen, Le Bonbon. Unten auf der Queen Street. Sie hat eine Riege Damen – liebe, treue Seelen –, die bereits seit Jahren für sie arbeiten. Sie stellen handgemachte Pralinen her, ähnlich wie die von Fauchon in Paris.« Booth Crowley nahm einen tiefen Schluck Tee, wischte sich den Mund mit einer Serviette ab und warf sie dann nachlässig auf den Tisch. »Aber ein *salon de thé* ist ihr absoluter Traum.« Er sah sich gebieterisch um. »Natürlich wäre es sehr viel vornehmer als das hier. Und ich habe bereits den idealen Namen dafür: Tee bei Bee.«

»Niedlich«, sagte Theodosia.

»Ja, sie wollte immer so einen kleinen Laden. Irgendwo hier in der Altstadt«, sagte Booth Crowley. »Und ich liebe es, meine Frau zu verwöhnen.«

Theodosia war klar, dass Booth Crowley und Beatrix sie zerquetschen konnten wie einen Käfer, wenn sie nur wollten. Booth Crowleys Einkünfte mussten enorm sein, astronomisch beinahe. Als Vorstandsvorsitzender von Cherry Tree Investments beschwatzte er zahllose Investoren, Millionen an Risikokapital in Firmen zu stecken. Noch wichtiger, Booth Crowley saß in der Charlestoner Handelskammer. Wenn er beschloss, seine Frau zu *verwöhnen,* wie er es so schwärmerisch formuliert hatte, dann war es ein Leichtes für ihn, die Touristenbusse am Teesalon seiner Frau anstatt bei Theodosia Halt machen zu lassen. Das war nicht gut, dachte sie, das war gar nicht gut. Sie hatte in ein Wespennest gestochen, und jetzt musste sie womöglich die Konsequenzen tragen.

Booth Crowley stand abrupt auf, und Theodosia erhob sich ebenfalls, wenn auch widerstrebend. »Guten Tag«, sagte er mit einem kalten Grinsen und einem drohenden Ausdruck in den grauen Augen. »Wenn Sie von freien Geschäftsräumen in dieser Gegend hören, lassen Sie es mich bitte wissen. Inzwischen werde ich mich mit einem der Immobilienmakler beraten, die mein Unternehmen an der Hand hat.« Er drehte sich um und ging zur Tür. Dann blieb er stehen und warf ihr einen Blick über die Schulter zu. »Ich an Ihrer Stelle würde keinen allzu langfristigen Mietvertrag unterschreiben«, spie er ihr entgegen. »Vor allem angesichts der unsicheren wirtschaftlichen Situation und mit einer derartigen Konkurrenz im Nacken.« Dann stürmte er zur Tür hinaus und war verschwunden.

Theodosia spürte, dass Drayton hinter ihr stand.

»Was wollte er?«, fragte er leise, legte ihr eine Hand auf die Schulter und steuerte sie langsam zur Ladentheke hinüber, wo sie ein wenig unter sich waren.

»Er ist gekommen, um mich aufzurütteln. Um mich einzuschüchtern«, sagte sie, um einen leichten Tonfall bemüht, doch sie wusste, dass sie tief im Innern tatsächlich aufgerüttelt und eingeschüchtert worden war.

»Wer war denn dieser ungehobelte Trampel?«, fragte Haley flüsternd.

»Das war Booth Crowley«, erklärte Drayton.

Haley machte große Augen. »Tatsächlich? Verdammt! Wenn ich geahnt hätte, wer er ist, wäre ich vorhin nicht so nett zu ihm gewesen.« Sie hatte ihre Bemerkung lustig gemeint, aber sie sah Theodosias bestürztes Gesicht. »Womit hat er denn versucht, dich einzuschüchtern?«

»Ach, zuerst nur indirekt«, erzählte Theodosia. »Er hat davon gesprochen, wie sehr sich seine Frau immer einen Teesalon gewünscht hätte, irgendwo hier in der Altstadt. Aber dann hat er die Schraube fester angezogen und mir geraten, keine langfristigen Mietverträge zu unterschreiben.« Theodosia war nach wie vor um Fassung bemüht, aber innerlich zitterte sie.

»Du hattest auch früher schon Konkurrenz«, sagte Drayton, bemüht, praktisch zu denken. »Und es hat nicht das Geringste ausgemacht.«

»Keine *echte* Konkurrenz«, widersprach Theodosia.

»Und was ist mit Tea Baggy's drüben auf der Wentworth Street?«, fragte Drayton.

Theodosia dachte nach. »Das ist etwas anderes. Tea Baggy's ist ein Einzelhändler, und der ganze Charme liegt im Namen. Außerdem haben sie nur ein paar Dosen mittelmäßigen Tee auf Lager. Den Hauptumsatz machen sie mit Bonbons und Glasgeschirr. Und mit Bergen von Geschenkartikeln.«

»Sie haben gerade erst Teddybären ins Programm genommen«, ergänzte Haley hilfreich.

»Siehst du?«, sagte Theodosia zu Drayton. »Es ist eher Einzelhandel. Booth Crowley hat von etwas ganz anderem gesprochen.«

»Wetten, dass er nur geblufft hat«, sagte Haley.

»Wie war eigentlich dein Gespräch mit Timothy?«, fragte Drayton, weil er der Meinung war, es sei das Beste, das Thema zu wechseln, um Theodosia von Booth Crowleys Drohungen abzulenken.

Theodosia starrte Drayton an, als hätte sie keine Ahnung, wovon er sprach. Dann blinzelte sie, und alles fiel ihr wieder ein. »Meine Güte, ich habe ja völlig vergessen, dir davon zu berichten. Kaum war ich zurück, bin ich in dieses schreckliche Treffen gestolpert!«

»Konnte Timothy dir helfen?«, fragte Drayton.

»Er hat mir sogar sehr geholfen. Genau wie du«, sagte Theodosia. »Vielen Dank, dass du ihn vorher angerufen und mir den Weg geebnet hast.«

Drayton winkte ab. »Habe nur sichergestellt, dass der grausame Timothy kein Hackfleisch aus dir macht.«

»Also, was hat Timothy Neville gesagt?«, drängte Haley.

»Im Grunde genommen hat er mir erklärt, dass es ziemlich einfach ist, eine Pistole zum Explodieren zu bringen«, erzählte Theodosia. »Man muss sie lediglich überladen.«

»Überladen?« Haley runzelte die Stirn. »Und womit?«

Ein Grinsen kroch über Theodosias Gesicht. »Ich vermute, irgendwer hat die Pistole aus dem Jachtklub mit Erde überladen«, verkündete sie.

»Was sich mit dem decken würde, was Professor Morrow dir gesagt hat!«, rief Drayton aufgeregt. »Er sagte, an dem Tischtuch sei Erde gewesen!«

»Würde mir endlich mal jemand die ganze Geschichte erzählen«, bat Haley ungeduldig.

»Haley«, sagte Theodosia, »Professor Morrow hat das Tischtuch analysiert und ist zu dem Schluss gekommen, dass es sich bei dem Dreck oder Schmierakel, wie du es genannt hast, um Gartenerde handelt. Dann habe ich mit Timothy gesprochen, und er hat mir erklärt, dass eine Pistole vermutlich explodieren würde, wenn man sie mit Erde voll stopft.«

»Heiliger Bimbam!«, sagte Haley. »Dann ist vielleicht die Gartenerde ...«

»... wirklich aus dem Garten von irgendjemandem«, vollendete Drayton den Satz.

Die drei sahen sich verschwörerisch an.

»Klingt, als müssten wir uns heute Nacht unsere Ninja-Kostüme anziehen und ein paar Gärten einen Besuch abstatten«, sagte Haley.

Drayton rieb sich aufgeregt die Hände. »Wie zum Beispiel den von Booth Crowley, Billy Manolo ...«

»Damit sollten wir noch ein bisschen warten«, sagte Theodosia. »Professor Morrow will die Erde analysieren. Er kann uns noch viel mehr sagen, als nur, dass es sich um Erde handelt.«

»Du meinst, er wird den ph-Wert und den Stickstoffgehalt bestimmen?«, fragte Drayton. »Das wäre fabelhaft! Dann könnten wir uns auf eine bestimmte Richtung konzentrieren. Wenn es sich zum Beispiel um saure Erde handelt, dann könnten wir nach jemandem Ausschau halten, der, sagen wir, einen Rosengarten hat.«

»Ganz schön schlau«, stimmte Haley zu. »Das würde wirklich helfen, die Suche einzugrenzen. Wann, glaubst du, hat dein Professor die Ergebnisse für uns?«

»Hoffentlich morgen«, antwortete Theodosia.

»Welch wundersame Fügung«, sagte Drayton, »dass just in zwei Tagen das Gartenfest beginnt.«

»Das uns eine wunderbare Ausrede verschafft, ein wenig im Schmutz zu wühlen«, sagte Haley mit einem verschmitzten Grinsen.

25

Am nächsten Morgen schwirrten die drei nervös durch den Laden und warteten ungeduldig auf Professor Morrows Anruf. Als der gute Professor bis zehn Uhr vormittags noch immer nichts von sich hatte hören lassen, machte Drayton den Vorschlag, die Köpfe zusammenzustecken und sich ein paar Gedanken zu einem Künstler-Tee zu machen.

»Ich habe von Garten-Tees und von Teddybär-Tees gehört, und natürlich hatten wir gerade erst unseren Krimi-Tee«, sagte Haley, »aber was um alles in der Welt ist ein Künstler-Tee?«

Drayton ließ den Blick durch den Laden schweifen. Es waren nur drei Tische besetzt, und die Gäste waren alle versorgt. Das Geschäft lief ein wenig mau, was Mitte der Woche nicht ungewöhnlich war.

»Ich habe mir überlegt, in Verbindung mit dem Spoleto Festival einen Künstler-Tee zu veranstalten«, erklärte Drayton. »Den Teesalon im Art-déco-Stil zu dekorieren, ein ausgefallenes Menü zu servieren, ein paar Künstler einzuladen. Ein Jazz-Trio vielleicht oder ein Streichquartett. Wir könnten auch eine Lesung veranstalten.«

»Klingt gut«, sagte Haley.

»Theo?«, fragte Drayton. Theodosia hatte winzige Schmuckkannen in den Holzregalen arrangiert und schien tief in Gedanken zu sein. »Was hältst du davon?«

»Am Erfolg deines Krimi-Tees gemessen, denke ich, du solltest es diesmal mit Stehplätzen versuchen«, sagte sie und zauberte damit ein Lächeln auf Draytons ehrwürdiges Gesicht, das von einem Ohr zum andern reichte.

»Wie wäre es, wenn wir Badamtam ausschenkten«, schlug Haley vor. »Es wirklich zu etwas Besonderem machen.«

Drayton tat überrascht. »Meine Güte, unser kleines Mädchen hat ja aufgepasst. Badamtam ist wirklich ein großartiger Darjeeling.«

»Wir könnten ein paar Maler einladen«, sagte Theodosia. »Sie könnten ihre Bilder ausstellen oder auch während der Veranstaltung etwas skizzieren oder malen. Ihr wisst schon, wie die Straßenkünstler, die ein kleines Gemälde sozusagen in einem Rutsch vollenden.«

»Wie wäre es, wenn wir Notenblätter mit klassischer Musik als Tischsets verwenden?«, meinte Haley.

»Das ist es!«, jubelte Drayton, während sein schwarzer Montblanc-Füller förmlich über die Seiten seines Notizbuches flog. »Hoffentlich kann ich diese vielen tollen Ideen alle auf …«

»Juhuh!«

Die drei fuhren herum. Delaine stand vor ihnen und lächelte auf ihre enervierend wichtigtuerische Art.

»Bekomme ich eine schnelle Tasse Tee zum Mitnehmen?«, bat sie. »Assam, wenn es nicht zu viele Umstände macht.«

»Wir haben zehn Sorten Assam«, sagte Drayton und ließ die Finger über die Teedosen gleiten, die aufgereiht im Regal an der Wand neben ihm standen. »Aber dieser Golden Tips ist mit Abstand der Beste«, sagte er und zog eine der glänzenden Messingdosen herunter.

»Theo, ich habe die Jacke immer noch für dich reserviert«, sagte Delaine.

»Ich weiß. Und ich denke immer noch darüber nach.« Theodosia hielt kurz inne. »Delaine, hast du zufällig neulich irgendetwas zu Booth Crowleys Frau gesagt?«

Delaine lächelte bescheiden. »Was meinst du damit?«

»Booth Crowley ist gestern Nachmittag hier hereingeschneit. Zu sagen, er wäre nicht glücklich gewesen, wäre milde ausgedrückt. Er schien zu glauben, ich hätte die Leute über ihn ausgehorcht.« Und nach einer kurzen Pause sagte sie: »Dabei haben wir uns doch einfach nur unterhalten, oder etwa nicht?«

Delaine zögerte einen Augenblick, und Theodosia konnte förmlich sehen, wie sie sich bemühte, ein plausibles Ablenkungsmanöver zu formulieren.

Theodosia seufzte innerlich. Im Grunde war sie wirklich selbst schuld. Obwohl sie wusste, dass es in Delaines Natur lag, so viele Informationen wie möglich zu streuen, hatte sie zusätzlich nachgebohrt.

»Ach, Himmel, Theodosia«, sagte Delaine schließlich. »Ich bin Booth Crowleys Frau neulich über den Weg gelaufen, das ist alles. Beatrix und ich sitzen im gleichen Ausschuss. Ich meine, es *könnte eventuell* sein, dass ich ganz beiläufig erwähnt habe, dass der Name ihres Mannes in einer Unterhaltung gefallen ist, aber ganz bestimmt nicht mehr als das!«

Theodosia knirschte mit den Zähnen. Sie hätte es wirklich besser wissen müssen. Delaine lebte förmlich von Klatsch und Tratsch und liebte nichts mehr, als ihn zu verbreiten.

»Drayton«, flötete Delaine, eifrig drauf bedacht, das Thema zu wechseln, »bist du nicht auch schon fürchterlich aufgeregt wegen des Gartenfests? Besteht eventuell sogar die Möglichkeit, dass wir in diesem Jahr einen Blick auf deine japanischen Bonsaibäumchen erhaschen können?«

Drayton schenkte den frisch aufgebrühten Assam in einen indigoblauen Pappbecher und stülpte einen weißen Plastikdeckel darüber.

»Timothy Neville hat mir angeboten, einige meiner Bonsais in seinem Innenhof auszustellen«, erzählte Drayton. »Wie du weißt, ist sein Garten recht prunkvoll und hat einen asiatischen Touch. Natürlich außerhalb des Wettbewerbs, die Bonsais wären allein zur Erbauung da.«

»Dann wirst du also deine Bonsaibäume auf Timothys Gartenfest präsentieren!«, rief Delaine. »Wie herrlich! Wisst ihr was? Ihr solltet euren primalecker japanischen Tee servieren. Macht doch einen *Themenabend* daraus.«

»Primalecker ist zwar nicht exakt der Ausdruck, mit dem ich japanischen Tee beschreiben würde, Delaine, aber die Idee ist mir auch schon gekommen«, sagte Drayton.

»Wir müssen auf Timothys Fest *arbeiten*?«, fragte Haley.

Delaine sah Haley forschend an. »Stehst du denn auf der Gästeliste, meine Liebe?«

»Na ja, eigentlich nicht«, stammelte Haley.

»Dann wäre Tee zu servieren für dich doch die ideale Gelegenheit, an einem wichtigen gesellschaftlichen Ereignis teilzunehmen, oder etwa nicht?«, sagte Delaine. »Die Möglichkeit für ein Tête-à-tête mit der Café-Society?«

»Trotzdem ist es Arbeit«, murrte Haley, während sie sich

umdrehte, um ans Telefon zu gehen. »Hallo?«, sagte sie, »ja, sie ist hier.« Haley legte die Hand auf den Hörer. »Theodosia, für dich.«

»Ich gehe in meinem Büro dran, Haley«, sagte Theodosia. Delaines etwas pompöse Anspielung auf die Café-Society hatte sie zum Kichern gebracht. Sie konnte Delaine unmöglich lange böse sein. Sie war eine süße Person und unerschöpflich unterhaltsam. Trotzdem, es kam nicht in Frage, dass sie dieses Telefonat oder irgendein anderes vor Delaine Dish führen würde. Diese Lektion hatte sie gelernt.

»Hallo?«, sagte Theodosia, sobald sie sich in ihren bequemen Ledersessel hatte fallen lassen.

»Theodosia, hier spricht Lizbeth Cantrell.«

»Hallo, Lizbeth.«

»Mein Bruder hat es mir gerade erzählt!« Die Worte sprudelten förmlich aus ihr heraus.

»Was hat er Ihnen erzählt?«

»Dass er als Berater für Oliver Dixon gearbeitet hat.« Sie zögerte. »Ich komme mir vor wie … Ich habe Ihnen sicher große Unannehmlichkeiten bereitet. Sie zu bedrängen, ohne die Fakten zu kennen … Na ja, jedenfalls ist es jetzt vorbei, oder? Ich habe das Gefühl, als sei mir eine große Last von den Schultern genommen.«

»Lizbeth, wie meinen Sie das?«

»Jetzt kann schließlich keiner mehr Ford verdächtigen«, sagte Lizbeth erleichtert.

Theodosia starrte auf einen kleinen Lichtfleck, der auf ihren Fuß fiel. »Lizbeth, es tut mir Leid, das sagen zu müssen, aber Ihr Bruder ist noch nicht ganz vom Haken.«

Einen Augenblick lang herrschte Schweigen. »Das verstehe ich nicht«, sagte Lizbeth. »Er und Oliver Dixon haben zusammengearbeitet. Das war für jeden offensichtlich. Wieso sollte jetzt noch irgendwer glauben, dass Ford dem Mann Übles wollte?«

»Ja, aber es ist noch nicht klar, was für eine Art Beziehung sie hatten«, sagte Theodosia. Sie sagte es nicht gerne, aber sie musste es tun. »Soweit wir wissen, könnten sie auch zu Gegnern geworden sein. Ihr Bruder hat erwähnt, dass Oliver Dixon nicht mit ihm einer Meinung ... Nun, das Ergebnis war ein Bruch zwischen den beiden ...«

»Oh«, sagte Lizbeth kleinlaut.

»Ein Mann wie Booth Crowley könnte sogar so weit gehen, der Polizei zu erzählen, dass der Bruch an einem Punkt angelangt war, wo er dem Unternehmen ernsthaften Schaden hätte zufügen können«, erklärte Theodosia. »Und was die Sache mit Olivers, äh, Unfall anbelangt ... Nun ja, in dem Hinblick könnte jedes geschäftliche Problem als Motiv gedeutet werden.«

»Würde Booth Crowley so etwas sagen?« wollte Lizbeth wissen.

O ja, dachte Theodosia. Der Mann würde lügen wie gedruckt, wenn er sich dadurch auch nur einen Millimeter Vorsprung verschaffen könnte. Stattdessen sagte sie: »Es ging um viel. Ein Investor könnte die Sachlage grundsätzlich anders sehen.«

»Und die Sache mit der Pistole schwebt noch immer über dem Kopf meines Bruders«, sagte Lizbeth. »Und das nur, weil Ford ein begeisterter Sammler ist, weil er sich mit Waffen auskennt ...«

Ja, dachte Theodosia, und als Waffensammler könnte er sämtliche Tricks kennen. Wenn Timothy Neville weiß, wie man eine Pistole explodieren lässt, dann bestehen gute Chancen, dass Ford Cantrell es ebenfalls weiß.

»Ich hatte nicht das Recht, Sie da mit hineinzuziehen«, sagte Lizbeth. »Es tut mir schrecklich Leid.« Sie klang, als würde sie jeden Augenblick in Tränen ausbrechen.

»Lizbeth«, sagte Theodosia so sanft sie konnte. »Sie haben mich nicht mit hineingezogen. Um ehrlich zu sein, ich habe mich selbst eingemischt. Und bitte, was ich Ihnen noch sagen will … Ich beabsichtige, diese Sache bis zum Ende durchzustehen. Ich werde auf einige Fragen Antworten finden.«

»Sie werden also weiter nachforschen?«, fragte Lizbeth.

»Ja«, sagte Theodosia.

»In Kooperation mit der Polizei?«, fragte Lizbeth.

»Das kommt darauf an, wie kooperativ die Polizei ist.«

»Mit wem telefoniert Drayton?«, fragte Theodosia, als sie wieder hinter den Ladentisch schlüpfte und sich eine Tasse Lung Ching einschenkte.

»Keine Ahnung«, sagte Haley. »Gerade, als du nach hinten gegangen bist, um zu telefonieren, hat die zweite Leitung geklingelt. Aber wer auch immer dran ist, bis jetzt ist Drayton noch nicht zu Wort gekommen.«

Mit ernstem Gesicht legte Drayton auf.

»Was ist denn mit dir los?«, fragte Haley.

»Ich hatte soeben ein sehr merkwürdiges Gespräch mit Gerard Huber, dem Direktor vom Saint James Hotel«, sagte Drayton.

Haley pfiff leise. »Das ist ein ganz schön schnieker Laden. Was um alles in der Welt wollen die denn von dir?«

»Sie haben mir soeben einen Job angeboten«, sagte Drayton unglücklich.

»Was?«, rief Haley.

»Du hast schon richtig gehört«, schnauzte Drayton.

»Gerard Huber hat gefragt, ob ich daran interessiert sei, für sie zu arbeiten.«

»Und als was genau?«, fragte Haley.

Drayton wandte sich mit finsterem Gesicht an Theodosia. »Manager für den gesamten Bereich Essen und Wein.« Er streckte eine knotige Hand aus und legte sie sanft auf die von Theodosia. »Du weißt doch, was dahinter steckt, oder?«, fragte er.

»Veränderung!«, rief Haley ungestüm. »Genau, wie Madame Hildegarde es an dem Krimi-Abend prophezeit hat!«

Theodosia schüttelte langsam den Kopf. »Ich fürchte nein, Haley. Es bedeutet, dass Booth Crowley seinen Feldzug gegen uns begonnen hat.«

»Booth Crowley?« Haley runzelte verständnislos die Stirn. »Was hat *der* denn damit zu tun?«

»Er ist einer der Besitzer des Saint James«, erklärte Drayton. »Einer der stillen Teilhaber sozusagen.«

»Oh«, sagte Haley. »Haben Sie dir viel Geld geboten?«

»Haley!«, sagte Theodosia. »Das ist Draytons ...«

»Schon gut«, sagte Drayton, und seine grauen Augen suchten ihre blauen. »Er hat gesagt, ich würde das Doppelte von dem kriegen, was ich hier verdiene.«

Haley pfiff noch einmal. »Das Doppelte ... stell dir mal vor!«

Drayton machte ein entrüstetes Gesicht. »Als ob ich käuflich wäre. Was für ein unglaublicher Unsinn!«

26

Am späten Nachmittag ließ sich Detective Burt Tidwell schließlich blicken. Theodosia hatte gewusst, dass er kommen würde. Ihm blieb fast nichts anderes übrig, nachdem ihre Nachricht, die Mail mit dem Verzeichnis aller Mordverdächtigen, ihn offensichtlich sogar dazu verleitet hatte, sich mit Booth Crowley zu unterhalten.

Tidwell packte mit seiner klobigen Pranke die zierliche geblümte Tasse und nahm genießerisch einen Schluck von dem bernsteinfarbenen Dimbulla. »Ach, Miss Browning«, sagte er und lehnte sich zurück, »welch kultivierte Atempause.« Tidwell nahm noch einen Schluck und ließ den Blick bedächtig durch den Teeladen schweifen. »Weshalb mischen Sie sich nur immer weiter in derartige Unannehmlichkeiten ein, wo Sie es hier doch so schön haben?«

»Meinen Sie den Tod von Oliver Dixon?«, fragte sie.

»Den und Ihren hartnäckigen Hang zu Nachforschungen«, sagte Tidwell. »Wozu riskieren Sie, sich unnötig in Gefahr zu begeben?«

»Glauben Sie, ich bin in Gefahr?«, fragte Theodosia mit aufrichtiger Neugier.

»Wer ständig unbequeme Fragen stellt, wird sich früher oder später zwangsläufig unbeliebt machen«, sagte Tidwell.

Was für eine nervtötende Antwort! Theodosia sah ihn über den Tisch hinweg an. Tidwell jongliert wieder mal mit Worten. Er versucht herauszufinden, wer meiner Meinung nach die Liste, die ich ihm geschickt habe, anführen sollte.

»Glauben Sie denn, dass ich mit meinen Fragen tatsächlich in ein Wespennest gestochen habe?«, fragte Theodosia.

Tidwell ließ sich viel Zeit mit seiner Antwort. »Ja«, sagte er schließlich. »Obwohl mir Ihr Mr. Booth Crowley ein wenig überempfindlich zu sein scheint.« Tidwells Augenlider senkten sich über die leicht hervorstehenden Augen, und er sah dabei so entspannt aus, als würde er jeden Moment einschlafen. »Interessanter Mann, dieser Mr. Crowley. Wussten Sie, dass sich sein Stammbaum bis auf John Wilkes Booth, den Lincoln-Attentäter, zurückverfolgen lässt?«

Theodosia ignorierte Tidwells Bemerkung. Im Süden, so schien es, konnte jeder seine Wurzeln bis zu jemandem zurückverfolgen, der entweder berühmt, berüchtigt oder zumindest ein Statist bei den großen historischen Ereignissen der Nation gewesen war. Ihre Mutter war eine Urgroßnichte des Vizepräsidenten Aaron Burr gewesen.

»Wie genau haben Sie Doe unter die Lupe genommen?«, fragte sie schließlich.

»Ah«, machte Tidwell, und seine Augenlider schnappten nach oben wie ein Rollo. »Doe Belvedere Dixon. Trauernde Witwe, Stadtgespräch und Ballkönigin.«

»Magnolienprinzessin nicht zu vergessen«, fügte Theodosia hinzu.

Tidwell spitzte genüsslich die Lippen. »Das Mädel hat anscheinend Schönheitsköniginnen-Krönchen gesammelt wie manche Pfadfinderinnen ihre Verdienstabzeichen.«

»Fragt sich nur«, sagte Theodosia, »ob Oliver Dixon auch zu ihren Verdienstabzeichen gehörte.«

»Miss Browning, Sie haben die unschöne Angewohnheit, von anderen nur das Schlechteste zu denken!«

»Genau wie Sie, Detective Tidwell.« Theodosia lächelte ihn an.

»Eins zu null für Sie!«, sagte Tidwell. »Ich werde Ihnen etwas verraten, Miss Browning: Einer jüngst vom Justizministerium veröffentlichten Statistik zufolge werden vierzig Prozent der so genannten Familienmorde vom Ehepartner verübt.«

»Glauben Sie, dass es sich hier um einen Familienmord handelt?«

»Schwer zu sagen.«

»Gibt es eine Lebensversicherung?«

»Eine beträchtliche Lebensversicherung sowie eine Unfallversicherung im Todesfall.«

»Unfallversicherung«, sagte Theodosia. »Interessant.« Sie dachte einen Augenblick nach. »Hat sich bei der Autopsie etwas ergeben?«

Tidwell zog eine buschige Augenbraue hoch, und über sein rundes, glattes Gesicht huschte ein Lächeln. »Gehe ich recht in der Annahme, dass Sie damit in Erwägung ziehen, ob Oliver Dixon seinen eigenen Unfalltod herbeigeführt hat? Für den Fall, dass er unheilbar krank war?«

»Das wäre nicht das erste Mal, dass jemand so etwas versucht hätte.«

»Und auch nicht das letzte Mal«, stimmte Tidwell ihr zu. »Nein. Ich habe den Bericht der Pathologie mit größter Sorgfalt studiert, das versichere ich Ihnen. Bis auf eine minimale Arterienverkalkung und eine beginnende Arthritis in den Händen war Oliver Dixon für einen Mann von sechsundsechzig Jahren in ausgezeichneter gesundheitlicher Verfassung.«

Theodosia nahm die Teekanne und schenkte jedem noch eine halbe Tasse ein. »Erzählen Sie mir etwas über Ihren Besuch bei Booth Crowley?«, bat sie.

»Lieber nicht.«

»Gehört er denn in Ihren Augen zu den Verdächtigen?«, fragte sie.

»Ich habe Ihnen doch schon mal gesagt, dass für mich grundsätzlich jeder verdächtig ist.«

»Und ich habe Ihnen schon mal gesagt, dass das nicht sehr effizient sein kann.«

»Wenn Sie auf Effizienz aus sind, dann schlage ich vor, dass Sie endlich aufhören, den Detektiv zu spielen«, sagte Tidwell. »Denn der Modus Operandi eines Ermittlers beinhaltet nun einmal ermüdendes Faktensammeln und sich ständig wiederholende Fragen.«

Theodosia entschloss sich zu einem neuen Anlauf. »Dass Sie mit Booth Crowley gesprochen haben, legt den Schluss nahe, dass Ford Cantrell nicht länger im Brennpunkt Ihres Interesses steht.«

»Das habe ich nicht gesagt.«

»Nein, aber Ihre Maßnahmen lassen darauf schließen.«

»Wieso habe ich nur die ganze Zeit das leise Gefühl, Sie versuchen, Ford Cantrell vom Verdacht zu befreien?«

Theodosia seufzte. Was konnte es schon schaden, wenn sie es Tidwell erzählte? Egal, wie wortkarg er ihr gegenüber auch sein mochte. »Wenn Sie es unbedingt wissen müssen, ich habe seiner Schwester versprochen, alles zu tun, was in meiner Macht steht, um ihm zu helfen.«

»Warum?«, fragte Tidwell.

»Aus persönlichen Gründen«, sagte Theodosia und stand auf. »Wir haben festgestellt, dass uns eine gemeinsame Vergangenheit verbindet. Wenn Sie mich jetzt entschuldigen würden, Detective …« Und damit eilte sie zu Drayton hinüber, der damit beschäftigt war, Servietten zu falten.

Tidwell blieb an seinem Tisch sitzen, trank seinen Tee und genoss die blubbernde und zischende Geräuschkulisse und die verführerischen Düfte, die ihn umgaben wie ein schützender Kokon. Er lebte allein, die Arbeit bei der Polizei füllte seine Tage und die meisten seiner Nächte, und er hatte nicht oft Gelegenheit, sich in einer so angenehmen, entspannenden Atmosphäre zu bewegen.

Dann hat die Browning Lizbeth Cantrell also etwas versprochen, sinnierte Tidwell. Das war schade, weil er noch immer Zweifel an Ford Cantrells Unschuld hatte. Und dass Billy Manolo in die Sache verwickelt war, machte die Lage für Cantrell nicht besser.

Zumindest glaubte er, dass Billy Manolo darin verwickelt war.

Er hatte die Streifenwagen in Billy Manolos Nachbarschaft angewiesen, auf den hitzköpfigen Kerl ein besonderes Auge zu haben. Wenn Billy sich abends blicken ließ, dann ging er meistens auf ein paar Bier in den *Rüsselkäfer*, eine heruntergekommene kleine Bar. Doch bei zwei verschiedenen Gelegenheiten, beide Male spät abends, hatten sie Billys alten Chevy-Pickup auf die 165 in Richtung Low Country fahren sehen. Und im Low Country lebte Ford Cantrell.

Steckte Billy Manolo vielleicht mit Ford Cantrell unter einer Decke?, fragte sich Tidwell. Möglich wäre es.

Natürlich war er immer noch mit der Befragung von Angestellten der inzwischen aufgelösten Firma Grapevine beschäftigt, aber er hatte mittlerweile genug Geschichten über die Unstimmigkeiten zwischen Oliver Dixon und Ford Cantrell gehört. Ford hätte also durchaus ein Motiv haben können. Und Billy hätte für ihn die Drecksarbeit erledigen können.

Tidwell hatte sich die Aufnahmen angesehen, die der Fotograf vom *Post and Courier* in White Point Gardens gemacht hatte. An diesem schönen Sonntagnachmittag, den er selbst in seinem handtuchgroßen Garten mit dem Versuch verbracht hatte, den im letzten Herbst gepflanzten Tulpenzwiebeln ein wenig Leben zu entlocken.

Sie hatten sich alle die Regatta angesehen. Oliver Dixon, Doe Belvedere Dixon, Ford Cantrell, Billy Manolo und Booth Crowley. Und Theodosia Browning.

Tidwell trank den letzten Schluck Tee, schob den Stuhl zurück und stand auf, mit sparsamen Bewegungen für einen derart großen Menschen. Er zog einen Fünfdollarschein aus der Brieftasche und legte ihn behutsam auf den Tisch. Theodosia hatte von ihm nie etwas für den Tee verlangt, doch er fand, es sei nur recht und billig, dafür zu bezahlen. Ihm war klar, dass Haley, das junge Mädchen, ihn wahrscheinlich nicht ausstehen konnte, aber sie war trotzdem immer höflich zu ihm und bediente ihn mit aller Zuvorkommenheit. In einer Welt, die immer gleichgültiger wurde, war das durchaus etwas wert.

»Miss Dimple, Sie machen doch auch für ein paar andere Geschäfte auf der Church Street die Buchhaltung, habe ich Recht?«, fragte Theodosia. Sie wusste, dass es so war, aber es schien ihr ein guter Einstieg, um das Gespräch in die gewünschte Richtung zu lenken.

Es war später Nachmittag, und die letzten Kunden waren gerade gegangen. Miss Dimple hatte ihre Unterlagen auf einem der Tische ausgebreitet und ging langsam die letzten Belege des Tages durch.

Sie strahlte. »Allerdings. Montagmorgens hole ich die Wochenendbelege aus dem Chowder Hound ab und Dienstagnachmittag bin ich in Pinckney's Geschenkboutique. Ab und zu helfe ich sogar an der Kasse aus. Ich finde es herrlich zwischen all dem Leinen und Kristall.«

»Ist Ihnen irgendetwas über Doe Belvedere Dixon zu

Ohren gekommen? Wie es ihr geht, was sie macht?«, fragte Theodosia.

Miss Dimple tippte sich mit dem gelben Bleistift an die Lippen und dachte einen Augenblick nach. »Ich habe gehört, dass sie ein paar ihrer Kunstgegenstände und Sammelstücke verkauft. Aber das wissen Sie ja schon.«

»Stimmt«, mischte Haley sich ein, die gerade eine neue Lieferung blauweißer chinesischer Porzellankannen auspackte. »Giovanni Loard hat doch letzte Woche diese Edgefield-Kanne vorbeigebracht.«

»Ich habe auch irgendetwas davon gehört, dass sie ihren Namen ändern will«, sagte Miss Dimple.

»Ihren Namen ändern?«, fragte Drayton. Offensichtlich hatte er ebenfalls das Gespräch verfolgt, während er die Bestellungen für eine Serie Teetassen mit Deckel überprüfte, die er in einem Katalog entdeckt hatte.

»Ja«, antwortete Miss Dimple, der es nun wieder einfiel. »Es heißt, dass Doe sich nur noch Doe Belvedere nennen möchte.«

»Wisst ihr, warum sie das meiner Meinung nach tut?«, fragte Haley. »Weil Doe Dixon nach einer exotischen Tänzerin klingt.«

»Unsinn«, sagte Drayton, der sich ein Lächeln nicht verkneifen konnte. »Exotische Tänzerinnen erfinden ihre Namen, indem sie den Namen ihres Haustiers mit dem Mädchennamen ihrer Mutter kombinieren.«

»O mein Gott!«, kreischte Haley. »Dann hieße ich Lulu Rendell!«

»Siehst du?«, sagte Drayton.

»Ach, ihr zwei!« Miss Dimple bebte förmlich vor Lachen.

27

Im CD-Spieler lief Wynton Marsalis, und Theodosia war völlig in Pearl Bucks *Die Frauen des Hauses Wu* vertieft, als Professor Morrow anrief.

»Miss Browning«, sagte er auf seine etwas zerstreute Art, »ich hoffe, ich rufe nicht zu spät an.«

Theodosia warf einen Blick auf die barocke Messinguhr auf dem hölzernen Kaminsims. Es war kurz nach halb acht.

»Überhaupt nicht, Professor Morrow«, sagte sie, legte ein Lesezeichen zwischen die Seiten und klappte das Buch zu. Ihr Herz klopfte erwartungsvoll. »Ich freue mich, dass Sie mich anrufen. Um ehrlich zu sein, ich habe auf Ihren Anruf gewartet«, sagte sie.

»Gut, gut. Hat länger gedauert, als ich dachte. Aber heutzutage dauert ja alles irgendwie länger, nicht wahr? Ich halte im Juni einen zweiwöchigen Kurs, und jetzt hat Kiplinger, der Leiter unserer Fachabteilung, vorgeschlagen, dass ich eine Zusammenfassung ins Internet stelle. Ich musste mich also ziemlich abstrampeln ...«

»Was ist das für ein Kurs?«, fragte Theodosia, um höflich zu sein.

»Mehrjährige Kräuter«, sagte Professor Morrow. »Einfach zu lehren, nicht viel Vorbereitung, und den Studenten scheint es zu gefallen.«

»Wunderbar«, sagte Theodosia. »Ich danke Ihnen ganz herzlich, dass Sie sich die Zeit für die Analyse der Erde genommen haben.«

»Richtig«, sagte Professor Morrow. »Die Analyse.«

Theodosia stellte sich bildlich vor, wie er die Brille zurechtrückte und durch seine Notizen blätterte, um ihr gleich einen kleinen Vortrag zu halten.

»Ich habe einen Standardtest zu den Mikronährstoffen durchgeführt und dabei die Konzentration von Schwefel, Eisen, Magnesium, Kupfer, Zink und Bor gemessen. Was den ph-Wert anbelangt, würde ich sagen, Ihre Erde stammt aus einem Areal mit ziemlich saurem Boden.«

»Welche Art Pflanzen gedeihen in saurer Erde?«, fragte Theodosia.

»Geht es um Blumen oder Sträucher?«, fragte Professor Morrow.

»Blumen«, sagte Theodosia. Sie stützte ihre Vermutung auf die Vorstellung, dass jemand hinaus in den Garten gegangen war, eine Blumenschaufel in weiche, schwarze Erde gestoßen hatte und sie in einen Plastikbeutel hatte gleiten lassen, um sie in den Jachtklub zu bringen.

»Blumen.« Professor Morrow wägte die Möglichkeiten ab. »Das wären zum Beispiel Verbenen, Ringelblumen, Mädchenauge oder Tabak. Allerdings handelt es sich bei diesen Arten um einjährige Pflanzen. Bei den mehrjährigen hätten wir Baptisia, Bidens, die Ballonblume oder die Lichtnelke.«

»Wow!« Theodosia war überwältigt.

»Natürlich bevorzugen auch Rosen leicht sauren Boden, aber er darf nicht zu sauer sein. Diese verwöhnten kleinen Dinger bevorzugen einen ph-Wert zwischen 5,5 und 6,5. Liegt er darüber, werden sie chlorotisch.«

»Was bedeutet das?«

»Die Blätter werden fleckig«, sagte Professor Morrow.

28

»Bloß gut, dass er dir seine Notizen gefaxt hat«, sagte Drayton, »sonst wäre es fürchterlich kompliziert geworden.«

Seit einer Stunde saß Drayton über Professor Morrows Notizen und verglich sie mit drei verschiedenen Gartenbüchern, die er sich nebenan im Buchladen geliehen hatte. Bücher, Faxseiten und aus seinem Notizbuch gerissene Blätter lagen durcheinander auf einem Tisch des Teeladens. Wann immer sie nicht gerade Gäste bediente oder Gebäck aus dem Ofen zog, lungerte Haley in der Nähe des Tisches herum, an dem Drayton und Theodosia ihr Hauptquartier bezogen hatten.

»Ich werde diese Bücher kaufen«, verkündete Drayton. »Sie sind sehr gut, und ich habe sie noch nicht in meiner Sammlung. Werft nur mal einen Blick auf diese Liste von mehrjährigen Gartenpflanzen und dieses wunderbare Kapitel über die Behandlung von Baumwunden. Über solche Hinweise stolpert man nicht jeden Tag.«

Theodosia hatte Drayton und Haley vorhin in Professor Morrows Erkenntnisse eingeweiht, und beide hatten mit Feuereifer die Gelegenheit ergriffen, sich an den Ermittlungen zu beteiligen. Obwohl sie das Gefühl hatten, auf der richtigen Spur zu sein, fanden sie ihre Aufgabe gleichzeitig ein wenig beängstigend. Professor Morrow hatte sie mit derartig vielen Details und Möglichkeiten versorgt, dass eigentlich ein Abschluss in Gartenbau nötig gewesen wäre, um sämtliche Aspekte auszuwerten.

»Haley, wir brauchen Lackmuspapier«, sagte Drayton. »Kannst du nacher zur Apotheke gehen und uns ein Paket besorgen?«

»Klar«, sagte sie. »Glaubst du immer noch, dass wir rauskriegen können, wer die Pistole überladen hat, indem wir Proben aus verschiedenen Gärten nehmen?«

»Und vom Jachtklub«, sagte Theodosia. »Wir dürfen den Jachtklub nicht vergessen.«

»Richtig«, sagte Drayton und fügte dann, an Haley gewandt, hinzu: »Unsere Rechnung *könnte* aufgehen. Die Ergebnisse von Professor Morrows Tests sind ein Ansatzpunkt. Wir werden also die verschiedenen Erdproben mit den Analyse-Sets untersuchen, die wir aus Hattie Bootwrights Gartenladen geholt haben.«

»Und wie genau wollen wir es angehen?« Haley wäre, ohne dabei die Gäste des Teeladens aus dem Auge zu lassen, vor Aufregung beinahe auf der Stelle gehopst, bei der Aussicht, an einer waschechten Ermittlung beteiligt zu sein.

»Das haben Drayton und ich auch schon überlegt«, sagte Theodosia. »Heute Abend sind wir bei Timothy Neville. Sein Garten wird also unser Basislager sein.«

»Genau«, sagte Drayton. »Wir werden von dort aus operieren. Doe wohnt nur einen halben Block weiter, es ist also kein Problem, in ihren Garten zu gehen und eine Probe zu nehmen.«

»Seid ihr sicher, dass sie heute Abend auch bei Timothy ist?« Haley war skeptisch.

»Ganz bestimmt«, sagte Drayton. »Sie kommt mit Giovanni Loard. Er hat mich gestern wegen einer silbernen Teekanne angerufen, die ihm jemand gebracht hat, und bei der Gelegenheit erwähnte er, dass er heute Abend da sein würde. Wenn du dich erinnerst, ist sein Garten auf der morgigen Tour an der Reihe. Er ist also sehr aufgeregt wegen dem ganzen Gartenfest-Spektakel.«

»Ist er nicht mehr sauer wegen neulich?«, wollte Theodosia wissen.

»Das hat er mit keinem Wort erwähnt.«

»Also gut«, sagte Theodosia und kam zurück zum Wesentlichen. »Booth Crowley wohnt zwei Blocks weiter in der Tradd Street, sein Garten sollte also ebenfalls kein Problem darstellen. Wir wissen, dass er heute Abend dabei sein wird, weil seine Frau Beatrix mit Delaine in einem der Festivalausschüsse sitzt.«

»Perfekt.« Drayton rieb sich die Hände.

»Was ist mit Billy Manolo und Ford Cantrell?«, fragte Haley. »Ich dachte, die stünden auch auf der roten Liste.«

»Stehen sie auch«, sagte Theodosia, »aber Billy Manolo hat eigentlich keinen Garten. Na ja, einen Garten schon, aber fast jeder Zentimeter ist voll gestellt mit Eisenteilen und fertigen Gittern. Aber wir können am Jachtklub Halt machen, das dürfte ziemlich einfach sein.«

»Sich bei Ford Cantrell umzusehen dürfte dafür ziemlich schwierig werden, bei der Riesenplantage«, sagte Haley. »Man wüsste ja gar nicht, wo man anfangen sollte.« Sie drehte sich wieder um und musterte den Teesalon. Durch das Fenster sah sie, dass einer der gelben Touristenbusse soeben eine Gruppe Touristen abgeladen hatte, die schnurstracks auf den Indigo Tea Shop zukamen.

»Ich denke, wir werden einfach mit dem arbeiten müssen, was wir haben«, sagte Haley auf dem Weg zur Tür, um die Neuankömmlinge zu begrüßen.

»Eigentlich«, sagte Theodosia, sobald Haley außer Hörweite war, »ist das noch nicht alles, was wir haben.«

Drayton fuhr herum und starrte sie an. Ihr Tonfall sagte ihm, dass sie einen neuen Plan ausheckte. »Wie meinst du das?«, fragte er argwöhnisch.

Theodosia beugte sich ganz weit nach vorne und flüsterte ihm ins Ohr. Draytons Gesicht wurde immer erstaunter. Als sie fertig war, sah er sie voller Bewunderung an.

»Das ist ja wirklich ein unverschämt guter Plan«, sagte er. »Fragt sich nur, ob er auch funktioniert.«

Theodosia hob beinahe unmerklich die Schultern. »Könnte den einen oder anderen Fuchs aus seinem Bau locken.«

»Aber er ist auch ziemlich gefährlich«, sagte er und gab der Unterhaltung damit einen ernsteren Ton.

»Zugegeben«, sagte Theodosia. »Aber das ist auch ein Grund, weshalb er mir gefällt.« Sie runzelte die Stirn. »Das Problem ist nur, dass der ganze Plan auf Timothy Nevilles Unterstützung angewiesen ist. Glaubst du, wir können ihn überreden mitzumachen? Und noch dazu so kurzfristig?«

»Überlass Timothy mir«, sagte Drayton. »Ich kann sehr überzeugend sein, wenn es sein muss. Und da in der Heritage Society bald Neuwahlen anstehen und Timothy sehr daran interessiert ist, wieder zum Vorsitzenden gewählt zu werden, könnte es gut sein, dass er auf das hört, was ich zu sagen habe. Du rufst jetzt Lizbeth Cantrell an und bringst sie dazu, sich einen Trick auszudenken, mit dem sie ihren Bruder auf die Party heute Abend locken kann.«

Theodosias Finger trommelten nervös auf das Telefon. Das würde nicht einfach werden, sagte sie sich. Denn es konnte sein, dass sie Ford Cantrell damit schrecklich zum Straucheln brachte. Aber andererseits, wenn Ford bei Oliver Dixons Tod wirklich eine führende Rolle gespielt hatte, wäre so wenigstens der Gerechtigkeit Genüge getan.

Das Wort *Gerechtigkeit* hallte in ihrem Kopf wider. Auch Lizbeths Huflattichkranz hatte Gerechtigkeit eingefordert. Seltsam, wie dieses eine Wort über der gesamten Ermittlung zu hängen schien wie ein Schwert am seidenen Faden.

Theodosia holte tief Luft, schlug das Telefonbuch auf, ließ den Finger eine beträchtliche Spalte von Cantrells hinuntergleiten, fand schließlich Lizbeth Cantrells Nummer und tippte sie in die Tastatur des Telefons.

Lizbeth Cantrell war zu Hause. Sie hob beim ersten Klingeln ab.

»Lizbeth«, sagte Theodosia und verhaspelte sich beinahe. »Können Sie Ford dazu bringen, heute Abend auf einem Fest bei Timothy Neville zu erscheinen?«

»Weshalb? Was geht da vor sich?«, fragte Lizbeth, sämtliche Antennen in Alarmbereitschaft.

»Hoffentlich ein Plan, der den Mörder von Oliver Dixon zu Tage fördert«, sagte Theodosia.

Lizbeth zögerte. »Ein Plan, an dem mein Bruder teilhaben soll.«

»Ja. Aber ich kann Ihnen leider keine Einzelheiten verraten.«

»Und wenn der Schuss nach hinten losgeht?«

Theodosia hörte die Angst und die Sorge in Lizbeths Stimme und wusste genau, was sie dachte. Mit dem Schuss nach hinten meinte Lizbeth einen Beweis, dass Ford schuldig war. Theodosia war klar, dass diese Möglichkeit Lizbeth schrecklich zusetzte.

Ich muss sie unbedingt von diesem Gedanken abbringen. Sie dazu bringen, positiv zu denken.

»Ich hoffe«, sagte Theodosia, »dass dieser Plan hilft, Fords Namen ein für alle Mal reinzuwaschen. Aber es funktioniert nur, wenn er heute Abend da ist. Auf der Eröffnungsfeier des Gartenfestes.« Einen Augenblick lang herrschte Schweigen. »Wissen Sie, wo Timothy wohnt?«, fragte sie vorsichtig.

»Ja«, sagte Lizbeth.

»Dann können wir also mit Ihnen rechnen?«

»Wir werden da sein«, sagte Lizbeth schließlich. »Ford wird zwar nicht begeistert sein, aber ich lasse mir etwas einfallen.«

Mit einem Seufzer der Erleichterung legte Theodosia auf. Das war nicht so schwierig gewesen, wie sie befürchtet hatte. Aber schließlich war Lizbeth Cantrell eine starke Frau, aus ziemlich hartem Holz geschnitzt.

Heute Abend würde sich alles finden, dachte Theodosia, sobald ihr Plan erst angelaufen war. Natürlich hatte der Plan auch ein paar Schwachstellen: Die richtigen Leute mussten kommen, und sie brauchten Timothy Nevilles uneingeschränkte Kooperation. War das zu viel verlangt?

Versonnen betrachtete sie die Bilder an der Wand gegenüber, und plötzlich wurde ihr Blick von einem alten Schwarzweißfoto angezogen. Es zeigte ihren Vater beim Auftakeln eines seiner alten Segelboote, einem Stone Horse. Ihre Gedanken wanderten zu Billy Manolo, dem übellaunigen Teilzeithandlanger des Jachtklubs.

Es wäre perfekt, wenn sie Billy Manolo heute Abend auch noch irgendwie auf das Fest lotsen könnte. Dann wären alle Spielfiguren versammelt …

Ja, es wäre wirklich perfekt, dachte sie. Und einen Versuch war es wert. Aber wie sollte sie …?

Theodosia wählte die Nummer des Jachtklubs. Ihr war gerade eine verrückte Idee in den Sinn gekommen, die sich bei genauerer Betrachtung vielleicht als gar nicht so verrückt entpuppen würde.

»Jachtklub«, antwortete eine junge Männerstimme.

»Ist Billy Manolo da?«, fragte sie.

»Oh, er ist ... ich glaube, er arbeitet draußen an einem der Boote. Ich habe ihn vor etwa einer Stunde auf dem Pier gesehen, aber wo er jetzt ist, kann ich nicht sagen. Ich bin nur zufällig ins Klubhaus gekommen, um einen Schluck Wasser zu trinken, als das Telefon geklingelt hat. Ich fürchte, ich kann Ihnen nicht helfen ...«

»Könnte ich eine Nachricht für ihn hinterlassen?«

»Eine Nachricht? Klar. Denke schon. Warten Sie einen Moment. Muss mir nur schnell was zu schreiben holen.«

Es raschelte und klackte, als der Hörer daneben gelegt wurde, und dann war der junge Mann wieder dran.

»Okay, schießen Sie los.«

»Eine Nachricht für Billy Manolo«, sagte Theodosia. »Bitte seien Sie heute Abend um acht bei Timothy Neville. Die Adresse lautet 413 Archdale.«

Theodosia hörte den Mann leise die Nachricht wiederholen, während er sie aufschrieb. »Sonst noch was?«, fragte er.

»Dass es wichtig ist, dass Billy kommt. Und bitte schreiben Sie dazu, dass Booth Crowley darum gebeten hat.«

»Wie schreibt sich das? Booth ist klar, aber bei Crowley bin ich mir nicht sicher.«

»C-R-O-W-L-E-Y«, buchstabierte Theodosia.

»Okay«, sagte der junge Mann. »Und wer ist am Telefon?«

Theodosia durchforstete ihr Hirn fieberhaft nach dem Namen der Frau in Crowleys Büro, mit der sie damals gesprochen hatte. Marilyn, die Frau hatte Marilyn geheißen.

»Ich bin Marilyn aus Booth Crowleys Büro.«

»Alles klar«, sagte der junge Mann. »Ich lege ihm die Nachricht in sein Fach.«

»Ja. Das ist wunderbar«, sagte Theodosia und erinnerte

sich an die Reihe mit vier oder fünf hölzernern Postfächern, die von Angestellten, Arbeitern, Jachtklubpräsidenten und anderen Leuten genutzt wurden, die sich im Klub aufhielten.

29

Timothy Neville liebte es, Feste zu feiern. Feste zu Feiertagen, Wohltätigkeitsgalas, musikalische Soireen. Und sein riesiges Stadthaus im Südstaatenstil, ein prachtvolles Schmuckstück auf der Archdale Street, war, für die meisten Gäste zumindest, wie ein Fenster, das Einblick gewährte in den glanzvollen Luxus längst vergangener Zeiten.

Obwohl Timothys Eröffnungsparty kein offizielles Ereignis des Gartenfests war, gab er sie schon seit vielen Jahren. Es war eine Gelegenheit, alle Teilnehmer zusammenzubringen, und gleichzeitig eine Art inoffizielles Signal, das die Ankunft des Frühlings verkündete. Die Tage wurden wärmer, und tiefblaue Abende versprachen flirrende Glühwürmchen und nachtblühende Tabakpflanzen. Und wie jedes Jahr wartete ganz Charleston schon sehnsüchtig darauf, den Garten als zusätzliches Wohnzimmer zu nutzen. Denn die Charlestoner liebten ihre Gärten, egal ob es sich um winzige, abgeschiedene Steinpatios handelte, die von schlanken Oleandersträuchern gesäumt waren, oder um einen der riesigen Gärten in der Altstadt, verschwenderisch ausgeschmückt mit weinumrankten Ziegelmauern, mit Brunnenfiguren und wohl gepflegten Beeten voll üppiger Pflanzenpracht.

In makelloses Weiß gekleidet, hielt Timothy Neville auf

seiner breiten Veranda Hof und begrüßte jeden einzelnen Gast mit ein paar freundlichen Worten. Flackernde Gaslaternen tauchten die Szenerie in warmes Licht und verliehen dem Teint seiner weiblichen Gäste auf schmeichelhafte Weise einen alabasterfarbenen Schimmer.

Im Innern des Hauses stand Henry Marchand, Timothys Kammerdiener seit beinahe vierzig Jahren, im strahlend hellen Foyer. Angetan mit rotem Überzieher und weißen Kniebundhosen, wies Henry den weiblichen Neuankömmlingen würdevoll den Weg zur Toilette und den Herren den zur Bar, mit der Erhabenheit eines Majordomus, der sich der Bedeutung seiner Position bewusst ist.

»Obwohl nicht alle Smoking tragen, ist doch sehr viel kreativer Putz zu bewundern«, bemerkte Drayton, als er mit Theodosia zu der plaudernden Menge stieß. Die meisten von Timothys Gästen wohnten ebenfalls im historischen Viertel, und deswegen wurden die beiden von allen Seiten mit Kopfnicken begrüßt. Viele stammten aus den alteingesessenen Familien Charlestons und lebten bereits seit Jahrzehnten in direkter Nachbarschaft. Andere waren von ihrer Liebe zu Geschichte, Tradition und dem Charme der alten Welt in das Viertel gelockt worden und hatten jeden Heller und Pfennig gespart, um ihre Häuser zu kaufen und sie zu restaurieren. Denn in der Altstadt wurde um Restauration viel Aufhebens gemacht, auch zum großen Segen von Stuckateuren, Tapezierern, Kaminbauern, Gärtnern, Innenarchitekten und diversen anderen Händlern und Handwerkern, die regelmäßig gerufen wurden, um die vornehmen Häuser in Stand zu halten.

Am Nachmittag hatten Drayton und Theodosia Haley geholfen, ihr Serviertischchen in Timothys prächtigem Garten aufzubauen. Zehn von Draytons Bonsaibäumen waren auf schlichte niedrige Holztische gestellt worden und hatten eine elegante, Zen-artige Atmosphäre geschaffen. Jetzt schenkte Haley eifrig japanischen Tee in kleine, blau lasierte Teeschalen, die sie jenen Gästen reichte, die hinauskamen, um Timothys geschmackvollen Garten und Draytons zierliche Bonsais zu bewundern.

»Ich liebe dieses Haus«, sagte Theodosia, während sie ehrfürchtig die Hepplewhite-Einrichtung, glitzernde Kristallleuchter und das geschnitzte Kaminsims aus Walnussholz bewunderte, das der italienische Künstler Luigi Frullini entworfen hatte. Sie hatte lediglich einen kurzen, neugierigen Blick auf die Ölgemälde geworfen, die an den Wänden hingen, und auf Anhieb waren ihr ein Horace Bundy und ein Franklin Whiting Rogers ins Auge gestochen. Sie wusste auch, dass es sich bei dem Porzellan, welches Timothy in beleuchteten Vitrinen in einem der beiden vorderen Salons ausgestellt hatte, um echtes Spode handelte.

»Geschmack hat er«, sagte Drayton. »Und ein erhebliches Maß an Klasse obendrein. Kaum zu glauben, wie gern er bereit war, einen Part in unserem kleinen Plan zu übernehmen.«

»Ich bin froh, dass er einverstanden war«, sagte Theodosia. »Aber ich muss gestehen, die ganze Sache macht mich doch ein bisschen nervös.«

»Mich auch«, sagte Drayton. »Aber wenn wir uns strikt an unseren Plan halten … Oh, wo wir gerade von Perfektion sprechen«, flüsterte Drayton verhalten.

»Du hast den Blazer gekauft!« Delaine Dishs schrille Stimme übertönte das Stimmengewirr im Wintergarten, in den Theodosia und Drayton geschlendert waren, um sich an der Bar zwei Gläser Jahrgangschampagner zu holen.

Ein übergroßes Glas Weißwein in der Hand und in ein wallendes Wickelkleid aus rosa Seide gewandet, kämpfte sich Delaine durch die Menge zu ihnen.

»Wann denn?«, fragte sie Theodosia mit strahlenden Augen. »Heute?« Sie hatte ihre dunklen Haare zu einem bezaubernden Knoten geschlungen, der von einer rosa Spange gehalten wurde. Ihre rosa lackierten Zehennägel lugten aus passenden rosa Sandaletten heraus.

»Vor ungefähr zwei Stunden«, sagte Theodosia. »Ich dachte plötzlich, der Blazer sei das ideale Teil für dieses Fest. Also habe ich bei dir im Laden angerufen und mit Janine gesprochen, und siehe da! Ich hatte Glück. Der grüne war noch da.«

»Und er passt so gut zu deinem Ring«, flötete Delaine mit einem Blick auf den Peridot-Ring, der an Theodosias Finger glitzerte. »Ist das ein Erbstück?«

»Von meiner Großmutter.«

»Geerbter Schmuck«, murmelte Delaine, »ist immer der beste.« Sie warf Drayton einen strahlenden Blick zu. »Ohne Haken. Nicht wie das Geschenk eines Gentlemans.«

»Delaine, ein wahrer Gentleman würde sich glücklich schätzen, dich mit Geschenken zu überhäufen, ohne einen einzigen Haken daran.«

»Oh, Drayton«, säuselte Delaine.

Drayton deutete eine Verbeugung an. »Wenn die Damen mich jetzt entschuldigen wollen, ich werde mich auf den Weg in den Garten machen. Timothy hat mich gebeten, eine kleine improvisierte Rede über die besonderen Merkmale des windgepeitschten Bonsai zu halten.«

»Was für ein Gentleman«, sagte Delaine. Sie lächelte Theodosia mit leicht glasigem Blick an, und Theodosia wusste, dass Delaine heute ihre gefärbten Kontaktlinsen trug. Sie war schrecklich kurzsichtig und liebte es außerdem, ab und an ihre Augenfarbe zu wechseln.

»Delaine.« Theodosia verspürte den Hauch eines schlechten Gewissens angesichts dessen, was sie gleich in Gang setzen würde. »Du weißt ja, dass ich nicht gerade wenige Fragen im Zusammenhang mit Oliver Dixons Tod gestellt habe …«

Delaine blinzelte und rückte ein Stückchen näher. »Gibt es etwas Neues?«, fragte sie.

»In gewisser Weise ja. Ich sollte eigentlich nicht …«

»Aber mir kannst du's doch erzählen, meine Liebe!« Delaine legte Theodosia eine Hand auf den Arm und zog sie vorsorglich ein Stück zur Seite. »Das alles macht mir genauso Sorge wie dir.«

»Es geht darum«, sagte Theodosia, »… ich bin da über einen erstaunlichen Zusammenhang gestolpert.«

»Was um alles in der Welt meinst du damit?«

»Erinnerst du dich noch an das Leinentischtuch?«, fragte Theodosia.

Delaine machte ein verständnisloses Gesicht.

»Das, auf das Oliver Dixon bei seinem … äh … Unfall gestürzt ist?«

Plötzlich dämmerte es Delaine. »Ach, *natürlich*! Das *Tischtuch*!«

»Nun, ich habe es analysieren lassen.«

»Du meinst, in einem Kriminallabor?«, fragte Delaine. Sie sah sich um, um sicherzugehen, dass niemand sie belauschte.

»Nein, eine private Analyse. Aber bei einem Experten.«

»Wie aufregend!« Delaine strahlte vor Begeisterung. »Und? Weiter?«

»Es gibt eine Theorie, dass jemand absichtlich die alte

Pistole explodieren ließ. Jemand hat sie bis zum Rand mit Schwarzpulver und Erde voll gestopft.«

»Wie grässlich!«, sagte Delaine, aber sie lächelte immer noch vor Aufregung.

»Bei der Analyse wurde die Erde in ihre Bestandteile zerlegt. Wenn es uns gelingt, die Erde aus der Pistole mit der passenden Erde aus einem Garten in Verbindung zu bringen, haben wir theoretisch den Mörder von Oliver Dixon.«

Delaine machte mehrmals den Mund auf und zu. »Das ist ja erstaunlich«, brachte sie schließlich heraus. »Wirklich unglaublich.«

»Ja, nicht wahr?«, sagte Theodosia.

»Und wann willst du diese Erdproben vergleichen?«, fragte Delaine.

»Wir sind gerade dabei«, sagte Theodosia.

»Dann weißt du es vielleicht schon *heute Abend*?«

»Theoretisch … ja«, sagte Theodosia.

»Weiß die Polizei davon? Dieser Typ, dieser Detective Tidwell?«

»Alles zu seiner Zeit«, sagte Theodosia.

Delaine schauderte ein wenig. »Ich kriege eine Gänsehaut! Das ist ja genau wie in einer dieser Fernsehsendungen, die echte Verbrechen aufklären. Eine Live-Ermittlung … wie spannend!«

Theodosia musterte die Menge. An der Bar entdeckte sie Booth Crowley. Er hatte soeben einen Martini oder einen Gimlet oder etwas anderes in einem kurzstieligen Glas mit einer Zitrone am Rand bekommen und sah missmutig zu seiner Frau hinunter, einer kleinen, stämmigen Frau mit blondem Dutt.

Auf der anderen Seite hatte gerade Ford Cantrell mit seiner Schwester den Raum betreten. Er sah nervös zur Bar hinüber und fragte sich wahrscheinlich, ob er anstatt des Champagners auch drei Finger breit Bourbon kriegen konnte und weshalb um alles in der Welt Lizbeth ihn auf diese steife Party mitgeschleppt hatte, auf der er mit Sicherheit höchst unwillkommen war.

Auf der anderen Seite des Korridors sah Theodosia Doe Belvedere Dixon auf einem Brokatsofa in Timothys riesiger Bibliothek sitzen. Doe trug einen schmal geschnittenen, dunkelroten Hosenanzug und unterhielt sich angeregt mit drei anderen jungen Frauen. Kichernd wie ein Teenager, von der trauernden Witwe keine Spur.

Theodosia ließ den Blick über die übrigen Gäste schweifen und hoffte, dass Billy Manolo ihre Nachricht bekommen hatte und irgendwann im Laufe des Abends ebenfalls auftauchen würde.

Theodosia wusste, dass jeder von ihnen die Pistole überladen haben konnte. Jeder von ihnen konnte ein kaltblütiger Killer sein. Und heute Abend war es an der Zeit, die Falle zu stellen und zu sehen, wer hineinstolpern würde.

30

Der Schweißbrenner zischte wie eine Viper, wütend und bedrohlich. Und genauso fühlte sich Billy Manolo heute Abend, während er sein Werkzeug schwang. Er war wütend. Wütend und ziemlich sauer. Erstens, weil er bis morgen früh mit diesem bescheuerten Gartentor fertig sein musste. Er musste nach einer klassischen französischen

Vorlage vorgehen, und der Auftrag schien sich bis in alle Ewigkeiten hinzuziehen. Marianne Petigru hatte ihm klar zu verstehen gegeben, dass er nie wieder für Popple Hill arbeiten würde, sollte er noch ein einziges Mal einen Termin versäumen. Aber Marianne war eine eingebildete reiche Schlampe, dachte er, die bleiben konnte, wo der Pfeffer wächst.

Auf der anderen Seite jedoch liebte er diese Arbeit wirklich sehr. Es waren gute Aufträge, echte Arbeit, und, was das Design betraf, recht anspruchsvoll. Abgesehen davon tat es nicht weh, dass er jedes Mal ein paar Hunderter dafür bekam.

Und, mal ehrlich, ganz bestimmt würde er nie im Leben Smalltalk mit diesen reichen Stinkern machen können und sie davon überzeugen, dass sie einen Typen wie ihn engagierten, um schmiedeeiserne Gartentore, Zaunpfähle und Treppengeländer für ihre schnieken Häuser zu entwerfen. Verdammt, wenn er ein reicher Stinker wäre, würde er sich ganz bestimmt auch nicht engagieren!

Das zweite Problem, das an ihm nagte, war die Tatsache, dass er heute Abend eigentlich noch einen anderen Job gehabt hätte. Und wenn er nicht wäre, um diesen Idioten praktisch das Händchen zu halten, wären sie mit Sicherheit am Arsch. Weil diese Volltrottel nämlich selbst zu dämlich waren, bei voller Beleuchtung ihren eigenen Hintern zu finden. Das stand fest.

Aber die bescheuerte Nachricht von Booth Crowley hatte alles geändert. Der alte Wenn-ich-pfeife-springst-du-Crowley wollte sich mit ihm bei irgendeinem Typen treffen. Was sollte das? Hatte sich der Plan komplett geändert? Sollte er in ihrer heimlichen Mission auf einmal nicht mehr den großen Max markieren?

Mit dem Lederhandschuh fasste Billy nach dem Knopf und drehte das Gasventil zu. Er ließ die blauweiße Flamme vor seinen Augen verlöschen, ehe er das Visier zurückklappte.

Acht Uhr, hatte auf der Nachricht gestanden. Acht. Einen Typen wie Booth Crowley zu verärgern war bestimmt nicht klug. Crowley war in Charleston ein großer Macker, und Billy wusste aus erster Hand, dass er manchmal ein ziemlich unangenehmer Macker sein konnte. Im Augenblick bereute er zutiefst, dass er sich überhaupt je mit Booth Crowley eingelassen hatte.

Behutsam legte Billy Manolo seine Gerätschaften auf die zerbeulte Werkbank. Er machte das Licht in der Garage aus, zog das Tor herunter und schloss ab.

Während er sich einen Weg durch den Hof bahnte, sagte er sich, dass ihm kaum noch genug Zeit zu duschen blieb.

31

»Hast du die Proben?«, fragte Drayton leise.

Triumphierend legte Haley drei Plastiktütchen mit Erde auf den Tisch neben Draytons Bonsaibäumen. »Ich habe es genau gemacht, wie du gesagt hast«, erzählte sie. »Ich habe an ungefähr sechs Stellen das Lackmuspapier verwendet. Und als ich eine Stelle gefunden habe, wo der ph-Wert dem von unserer Erde ähnlich war, habe ich eine Probe genommen.«

»Braves Mädchen«, raunte Drayton und zog drei kleine Petrischalen aus Plastik aus dem Matchbeutel, in dem er seine Bonsai-Geräte und den Kupferdraht verwahrte. »Bist du dir auch sicher, dass niemand deine Taschenlampe gesehen hat?«

»Ganz sicher. Der Jachtklub war ein Kinderspiel, weil keiner da war. Und als ich in die zwei Gärten eingestiegen bin, habe ich die Taschenlampe nur ganz kurz eingeschaltet, um das Lackmuspapier abzulesen. Und dabei habe ich das Licht mit der Hand abgeschirmt.«

»Klingt nach perfekter Einbrechertaktik«, sagte Drayton.

Haley war noch immer ganz aus dem Häuschen von ihrem kleinen Abenteuer. »Bei Does Garten war es ganz einfach«, sprudelte sie. »Keine Menschenseele zu Hause. Aber um in Booth Crowleys Garten zu kommen, musste ich über einen ziemlich hohen Zaun klettern. Dabei konnte ich die Sportlerin in mir unter Beweis stellen.« Sie unterbrach sich. »Machst du die Tests jetzt gleich?«

»So war es geplant«, sagte Drayton, während er mit flinken Fingern herumfuhrwerkte und aus jedem Beutel einen Löffel Erde in eine eigene Petrischale gab.

»Und dann wissen wir es sofort?«, fragte Haley.

Drayton versteckte die drei Petrischalen hinter einem großen, braun lasierten Bonsaitopf, in dem ein winziges Lärchenwäldchen wuchs. »Haley«, sagte er, »*jeder* wird es sofort wissen, wenn du nicht mit deiner Fragerei aufhörst!«

»Ich dachte, so sei es geplant«, gab sie zurück.

Drayton lächelte milde. »Alles zu seiner Zeit, Kindchen, alles zu seiner Zeit.«

Die Laternen funkelten, das Stimmengewirr schwoll an, und das Streichquartett, das Timothy Neville geladen hatte, Freunde aus dem Symphonieorchester, spielte einen Auszug aus Vivaldis *Vier Jahreszeiten*. Theodosia schlenderte von Raum zu Raum, ließ hier eine Andeutung fallen, machte dort eine Anspielung. Dabei blieb sie in Delaines Fahrwasser, sie musste also eigentlich nur ein paar versteckte Andeutungen hinterherwerfen. Es war erstaunlich einfach. Und da die Gesprächspartner auf diesem Fest ständig wechselten und sich zu neuen Grüppchen arrangierten, war es ganz leicht, zu rühren und zu mischen und die Gerüchteküche zum Kochen zu bringen.

In einem der beiden vorderen Salons lief Theodosia dem großzügigen Gastgeber in die Arme.

»Na, Miss Browning, amüsieren Sie sich?« Timothy löste sich aus einer Gruppe Gäste, die angeregt über das Für und Wider der Faux-Finish-Technik diskutierten, und sah sie wissend an.

»Ein wunderbarer Abend, Mr. Neville«, sagte sie.

»Ich habe Sie schon herumschwirren sehen«, sagte Timothy und entblößte seine kleinen, eckigen Zähne, »und mit meinen Gästen plaudern. Der alte Marketing-Instinkt ist nicht kleinzukriegen, was? Macht Spaß, wieder am Ball zu sein.« In seiner Stimme schwang eine Spur Sarkasmus, aber seine Augen blitzten vergnügt. Dann beugte Timothy sich ganz nah zu ihr und fragte leise: »Ist Drayton schon mit seinen Erdproben zugange?«

»Er müsste schon dran sein«, sagte sie, trank einen Schluck Champagner und fühlte sich recht konspirativ.

»Wieso huschen Sie dann nicht kurz hinaus und sehen nach dem Resultat? Wenn ein Treffer dabei ist, stürzen wir uns sofort auf Teil zwei Ihres Plans!«

Theodosia war entzückt von Timothys Begeisterung. »Ja aber, Mr. Neville! Ich habe fast den Eindruck, das Ganze macht Ihnen Spaß!«, sagte sie.

»Es ist ein Spiel, Miss Browning, ein spannendes Spiel. Um ehrlich zu sein, Drayton musste nicht lange drängen, um mich zum Mitspielen zu bewegen. Aber« – plötzlich wurde Timothy ernst – »Oliver Dixon war auch ein ehrbarer Mann und ein Freund. Er war ein großzügiger Gönner der Heritage Society und hat auch andere nützliche Stiftungen hier in Charleston unterstützt. Ihn hat ein schreckliches Schicksal ereilt, und wenn wirklich jemand die Verantwortung für einen derart furchtbaren Akt trägt, dann muss dieser Mensch dafür bezahlen. Und da die Polizei bis jetzt noch immer nichts herausgefunden hat, sehe ich keinen Grund, weshalb man dem Schicksal nicht unter die Arme greifen sollte. Oder ihm zumindest von unserer Seite aus einen kleinen Schubs versetzen.« Timothy zog ein makelloses weißes Taschentuch aus der Innentasche seines Jacketts und betupfte sich geziert die Augenbrauen. »Also, Miss Browning, sobald Sie ein Ergebnis haben, lassen Sie es Henry bitte umgehend wissen. Er ist mit der Befehligung der Truppen für mein kleines Schauspiel heute Abend beauftragt.« Damit nahm Timothy sich ein Glas Champagner vom Tablett eines vorbeikommenden Kellners und prostete Theodosia zu. »Henry ist es auch, den die meisten meiner Gäste mehr fürchten als mich.« Er kicherte.

»Drayton? Timothy möchte wissen, ob es schon irgendwelche Ergebnisse gibt«, sagte Theodosia ein wenig außer Atem. Sie war von einem Ende des Hauses ans andere geeilt und dann förmlich die Treppen hinunter in den eleganten Garten geflogen.

Wie herrlich es hier draußen ist, dachte sie, als sie die sanfte Brise in den Palmen und im Bambus um sich spürte und das schimmernde Mondlicht auf dem langen Zierteich sah. So kühl und ruhig nach dem vielen Lärm und der Enge im Haus.

Doch Drayton sah sie niedergeschlagen an. »Ich habe Ergebnisse, aber keine, die dir gefallen werden«, sagte er mit warnendem Unterton.

Theodosia war augenblicklich bei der Sache. »Was stimmt denn nicht?«

»Was nicht stimmt, ist, dass keine unserer Erdproben mit der übereinstimmt, die Professor Morrow von deinem Tischtuch genommen hat«, sagte er. Verärgert trommelte er mit den Fingern auf dem Tisch.

Theodosia registrierte, wie verdrossen und frustriert Drayton war. Haley, die mit einer japanischen Teekanne wie angewurzelt neben ihnen stand, war den Tränen nahe.

»Ich habe es genau so gemacht, wie du wolltest, Drayton«, sagte sie.

Er hob eine Hand. »Ich stelle deine Methodik nicht in Frage. Anfangs sah es ja gut aus. Es ist nur so, dass ...«

»Was denn?«, fragte Theodosia.

»Sobald wir eine tiefer gehende Analyse machen«, erklärte Drayton, »stehen wir mit leeren Händen da.«

»Dann sind Doe, Booth Crowley und Billy Manolo alle nicht schuldig?«, fragte Haley.

»Nicht schuldig, Erde aus ihren eigenen Gärten genommen zu haben«, sagte Theodosia. »Oder vom Jachtklub, in Billys Fall.« Auch sie war bitter enttäuscht. Aber gleichzeitig war ihr klar, dass die ganze Geschichte mit der Erde von Anfang an ein Versuchsballon gewesen war.

»Das war's dann wohl«, sagte Haley. »Sind wir wirklich so weit gekommen, nur um am Ende einer Sackgasse zu stehen?«

»Nicht ganz«, sagte Theodosia. »Die Erdproben waren eigentlich nur ein Lockmittel. Jetzt wird es Zeit, dass Timothy seinen Köder auswirft.«

32

Billy Manolo konnte das Gelächter und die Stimmen bereits aus einem halben Block Entfernung hören. Wie Silberfäden zogen die Geräusche aus den geöffneten Fenstern und Türen von Timothy Nevilles riesigem Haus und erhoben sich in den nachtblauen Himmel.

Billy blieb einen Augenblick stehen und sah nach oben, als könne er im Nachthimmel wirklich etwas Greifbares erkennen. Dann schüttelte er den Kopf und ging weiter auf das große Haus in der Archdale Street zu. Blödsinn, schalt er sich. Völliger Blödsinn.

Noch ehe er klopfen oder klingeln konnte, wurde er von Henry an der Tür empfangen.

»Mr. Manolo?«, fragte Herny mit seiner trockenen, rauen Stimme.

Billy starrte ihn an. Der alte Kerl in der rot-weißen Uniform musste mindestens neunzig sein. Er sah aus wie jemand aus einem alten Film. Aus einem Stummfilm.

»Ja, ich bin Billy Manolo«, antwortete er, und seine Neugierde wurde um ein paar Grad angeheizt. »Gibt es irgendein Problem?«

»Ganz und gar nicht.« Henry lächelte. »Wir haben Sie bereits erwartet.«

»Ach wirklich?« Billy sah Henry misstrauisch an, folgte ihm ins Foyer und sah sich hektisch um. »Sieht aus, als würde hier 'ne Party gefeiert.«

»Allerdings«, sagte Henry.

»Ganz schöner Kasten. In der Diele könnte man glatt 'ne 747 parken.«

»Vielen Dank«, erwiderte Henry. »Ich werde Mr. Neville

Ihre scharfsinnige Bemerkung übermitteln. Ich bin mir sicher, er freut sich, das zu hören.«

»Ist Booth Crowley da?«, fragte Billy. »Ich habe eine merkwürdige Nachricht bekommen und soll mich hier mit ihm treffen.«

»Ja, das war doch geschickt eingefädelt, nicht wahr?«, sagte Henry.

»Was?«, fragte Billy scharf.

»Wenn Sie mir in den Musiksalon folgen wollen, Sir.« Henry winkte ihn zu sich. »Es ist an der Zeit zu beginnen.«

Der weiße Haarschopf auf Booth Crowleys Kopf sträubte sich wie die Stacheln eines Stachelschweins. Seine kleinen, wässrig grauen Augen hatten Billy Manolo entdeckt, der in verblichenen Jeans und schwarzem T-Shirt dem orientalischen Läufer folgte, der sich über die gesamte Länge des Foyers erstreckte. Komischerweise ging er hinter Timothys Butler Henry her.

»Verfluchtes Arschloch!«, grummelte Booth Crowley und schnitt damit den beiden Damen das Wort ab, die versucht hatten, ihm mit schmeichelndem Geschwafel eine Spende für ihre geliebte Operngesellschaft zu entlocken, in der sie derzeit *Turandot* einstudierten.

Die Augenbrauen der Damen schossen nach oben. Nicht, dass sie keine Flüche kannten, aber es war für einen Herrn doch absolut unüblich, sich in einer gesellschaftlichen Situation wie dieser derart rüpelhaft zu benehmen. Die Frau, die für die Koordination der Laiendarsteller zuständig war, warf der Dame aus dem Vorstand einen viel sagenden Blick zu: Ungehobelt. Kein Gentleman.

Doch einen gesellschaftlichen Fauxpas begangen zu haben kümmerte Booth Crowley im Augenblick am allerwenigsten. Er hatte ein aufbrausendes Naturell, eines, das ohne Zwischenstufen von Vernunft zu Rage beschleunigte, ohne Notbremsen oder Fallschirme.

Booth Crowley bahnte sich einen Weg durch den Saal. Mit seiner breiten Brust schob er sich in dem Versuch, Billy von Henry abzudrängen, zwischen die beiden Männer.

»Zieh Leine!«, schnaubte Booth Crowley Billy an. Sein Mund war gespitzt, und sein Adamsapfel hüpfte wild über der geblümten Krawatte auf und ab. Einige Leute in der Nähe unterbrachen neugierig ihr Gespräch und beobachteten die hässliche Szene, die da offenbar ihren Anfang nahm.

Billy sah Booth Crowley ungläubig an und kam zu dem Schluss, dass der alte Sack schizzo sein musste, oder wie immer der derzeit gebräuchliche Psycho-Begriff auch lautete. Erst bestellte Booth ihn mit einer Nachricht, die einem kaiserlichen Befehl gleichkam, hierher. Und jetzt versuchte der Irre, ihn rauszuwerfen! Was für ein Idiot, dachte Billy und schüttelte genervt den Kopf. Aber zurzeit schien ja alles und jeder durchzuknallen, als würde die ganze Welt um ihn zusammenbrechen.

Helles Glockenklingeln unterbrach die gespannte Stimmung und das aufgeregte Gemurmel.

»Die verehrten Gäste werden gebeten, sich in den Musiksalon zu begeben.« Henrys eigentlich dünne Stimme hatte plötzlich um zwanzig Dezibel zugenommen und klang klar und autoritär. Er hörte sich an wie ein Saaldiener, der das Eintreffen der Königin im Parlament verkündet.

»Alter Idiot!«, spie Billy Booth Crowley entgegen, als die beiden plötzlich zusammenstießen und von den vorbeieilenden Menschen fast überrollt wurden.

Die Gäste drängten zum Musiksalon, ausgelassen, die Gemüter angeregt von dem nicht versiegenden Strom Roederer Cristal. Billy Manolo und Booth Crowley blieb nichts anderes übrig, als sich von der Menge mitreißen zu lassen. Wütende Blicke waren alles, wozu sie in der Lage waren.

Draußen im Innenhof hatten auch Drayton, Theodosia und Haley das melodische Klingeln von Henrys Glöckchen vernommen.

Theodosia strahlte Drayton an. »Jetzt geht es los«, flüsterte sie aufgeregt. »Halt uns die Daumen.«

»Würde mir bitte endlich jemand sagen, was hier eigentlich vorgeht?«, jammerte Haley. »Ich habe das Gefühl, ich bin der einzige Mensch auf Erden, der …«

Drayton nahm sie an der Hand und zog sie mit sich. »Na dann komm. Timothy wird jetzt seine kleine Rede halten. In etwa zwei Minuten wirst du wissen, was wir vorhaben!«

Die drei sprangen über die Freitreppe hinauf ins Haus und eilten mit den restlichen Gästen durchs Foyer. Im großen Musiksalon brachten sie sich schnell in Position.

Im Mittelpunkt, vor einem überdimensionalen Marmorkamin, wartete Timothy Neville, während seine Gäste noch immer hereinströmten und sich um ihn versammelten. Hoch über ihm hing, unvereinbar mit der üppigen Tapete aus Goldbrokat, das Porträt eines seiner gestrengen Hugenotten-Vorfahren.

Es dauerte eine ganze Minute, ehe das Gehüstel, Flüstern und Wispern sich gelegt hatte. Dann warf Timothy einen Blick zu Henry hinüber, der ihm kaum merklich zunickte. Timothy musterte gelassen die Menge, fand Drayton und Theodosia, ließ sich aber nichts anmerken. Dann nahm er die übliche steife Haltung an und begann.

»Ich danke Ihnen allen, dass Sie heute Abend hier erschienen sind«, begrüßte er seine Gäste mit schallender, leidenschaftlicher Stimme. »Es ist mir stets eine Ehre, Gastgeber einer derartig erlauchten Gesellschaft zu sein.«

Er wurde mit überschwänglichem Applaus und vereinzelten »Hört, hört!«-Rufen belohnt.

Wieder wartete Timothy, bis der Lärm sich gelegt hatte. »Unser Gartenfest wird von Jahr zu Jahr größer«, erzählte er. »Allein in diesem Jahr haben wir unser Programm um sechs Schauplätze erweitert. Das bedeutet für uns unter dem Strich achtunddreißig Privatgärten in unserer geliebten Altstadt, die im Laufe der nächsten drei Tage zur Erbauung des Publikums geöffnet sein werden.«

Mehr Applaus.

»Nun noch eine persönliche Anmerkung«, sagte Timothy. »Ich bedaure zutiefst, dass der Garten meines Freundes und Nachbarn Oliver Dixon nicht länger Teil des Gartenfests sein wird. Wie Sie alle wissen, haben wir Oliver vor kurzem verloren, und die Erinnerung an seinen Unfall verfolgt uns noch immer.«

Mit diesen wenigen Worten hatte Timothy plötzlich die ungeteilte, gespannte Aufmerksamkeit seines Publikums.

»Oliver Dixon war ein großzügiger Gönner der Heritage Society«, sagte Timothy. »Und vor mehr als nur ein paar Jahren, als ich noch jünger und viel beweglicher war, bin ich in vielen Jachtklub-Regatten gegen ihn gesegelt: dem Isle-of-Palms-Rennen, dem Catfish-Cup, der Patriots-Point-Regatta. Oliver war ein echter Gentleman und ein fairer Rivale. Ich bin davon überzeugt, dass er nicht gewollt hätte, dass das Ansehen des Jachtklubs und seine langjährigen Traditionen durch einen wahrhaft sinnlosen Unfall befleckt würde.«

Timothy machte eine Pause, so wie ein Geistlicher, um einen Augenblick der Stille zu erbitten. Die versammelten Gäste schienen kollektiv den Atem anzuhalten, weil sie spürten, dass jeden Moment etwas Bedeutendes passieren würde.

»Um Oliver Dixons unermessliche Verdienste zu ehren und um die altehrwürdigen Bräuche des Jachtklubs bewahren zu helfen, mache ich zu seinem Gedenken eine ganz besondere Schenkung.«

Jetzt trat der unnachahmliche Henry nach vorn, eine große Holzkiste in seinen Armen. Er wandte sich der Menge zu, wartete einen Augenblick und hob dann langsam den Deckel.

Im Glanz des Kronleuchters an der Decke glitzerte auf dem plüschigen Bett aus rotem Samt eine silberne Pistole.

Zuerst herrschte Schweigen, ein erster Schock, als die Menge instinktiv begriff. Die Leute waren überrascht, wie betäubt. Dann fingen einige der Männer, die ganz vorne standen, vereinzelt an zu klatschen. Der Applaus schwoll langsam an, bis schließlich beinahe jeder höflich eingefallen war.

»Du hattest Recht«, flüsterte Drayton Theodosia ins Ohr. »Das war ein richtiger Schocker!«

Doch Theodosia hatte sich der Menge zugewandt und beobachtete aufmerksam die Gesichter.

Sie sah den anfänglichen Ausdruck des Entsetzens, dann äußersten Unbehagens auf Does jungem Gesicht.

Ford Cantrell, an die hintere Wand gelehnt, bewahrte ein verhaltenes Lächeln, das ein wenig zu zittern schien. Doch hinter Fords sorgsam zur Schau getragener öffentlicher Maske hatte Theodosia den Funken von etwas anderem ausmachen können: Neugierde. Ford Cantrell hatte die ganze Szene aufmerksam beobachtet und versuchte, dahinter zu kommen, was hier vor sich ging, was für ein Schwindel veranstaltet wurde.

Booth Crowleys mürrisches Gesicht schwebte über der Menge wie ein zorniger Ballon. Er hatte mechanisch geklatscht, doch er wirkte nervös und abgelenkt. Seine Frau Beatrix neben ihm hatte denselben leicht verwirrten Gesichtsausdruck, den sie schon den ganzen Abend zur Schau getragen hatte.

Und Billy Manolo, der mit dem schwarzen T-Shirt zwischen den Dinnerjacketts und Fräcken aussah wie ein zorniger Rebell, hatte ein anmaßendes Grinsen im Gesicht.

»Was für eine Pistole ist das?«, fragte ein junger Mann ganz vorne. Seine Augen glänzten, und er schien stolz auf sich zu sein, weil er eine so gewagte Frage gestellt hatte.

Timothys Lächeln wirkte gleichzeitig einschüchternd und eigentümlich zufrieden. »Eine Pistole des schottischen Regiments, hergestellt von Isaac Bissell in Birmingham, England. Sehen Sie die gravierten Initialen RHR? Sie stehen für das Royal Highland Regiment.«

Delaine stand in seiner Nähe und fächerte sich nervös Luft zu. »Ist sie geladen?«, fragte sie mit einer Mischung aus Grauen und Faszination.

»Selbstverständlich«, antwortete Timothy, nahm die Waffe in eine Hand und richtete sie zur Decke. »Es handelt sich um eine traditionelle handgerollte Patrone, loses Pulver und eine runde Kugel, in dünnes braunes Papier gewickelt. Sie wurde nach britischer Tradition von Lucas Clay hergestellt, einem der führenden Munitionsexperten im Süden.« Timothy hielt die Pistole einen Augenblick in die Höhe und legte sie dann ehrfürchtig zurück in die Schachtel.

Gemurmel und bewundernde Pfiffe waren zu hören, als sich mehrere Gäste nach vorne drängten, um einen Blick auf die Waffe zu werfen, die glänzend und gefährlich in ihrem Nest aus rotem Samt lag.

Sie werden magisch davon angezogen wie das Kaninchen vom hypnotisierenden Blick der Kobra, dachte Theodosia. Verstörend und verlockend zugleich lag die Pistole für alle frei zugänglich auf dem Büchertisch neben dem Kamin.

Langsam zerstreute sich die Menge jedoch. Man begab sich hinaus ins Foyer, wo es kühler war, und die meisten gingen weiter bis in den Wintergarten, um sich an der Bar die Gläser wieder füllen zu lassen.

Booth Crowley hatte sich einen Weg durch die Menge gebahnt und redete mit Billy Manolo. Oder besser gesagt, er redete auf Billy Manolo ein. Billy hatte seinen Blick auf den Boden geheftet, während Booth Crowleys Ohren immer rosaroter wurden.

Fast wie Delaines Kleid, dachte Theodosia und wünschte, sie wäre ein Mäuschen und könnte über den Boden huschen und dem Wortschwall an Beleidigungen lauschen, den Booth Crowley offenbar über Billy Manolo ergoss.

»Was glaubst du?«, fragte Drayton eifrig, als er wieder neben ihr auftauchte.

»Die Jury hat noch nicht entschieden«, antwortete Theodosia.

»Ich werde mal auf ein Wort zu Timothy rüberlaufen«, sagte Drayton. »Bin gleich wieder da.«

Der Salon leerte sich zusehends, und Theodosia schloss sich der Menge an, wobei sie sich bemühte, niemanden aus den Augen zu verlieren. Direkt vor ihr streckte Doe ein leeres Champagnerglas in die Luft und reichte es mit einem wohl bedachten Schütteln ihrer blonden Mähne Giovanni Loard.

Giovanni Loard.

Der Gedanke traf Theodosia wie ein Schlag. Vielleicht hätten wir aus seinem Garten auch ein paar Proben nehmen sollen, dachte sie plötzlich. Schließlich schien er Doe so kurz nach Olivers Tod ziemlich nahe gekommen zu sein. Andererseits war Giovanni Olivers Cousin, und es wurde erwartet, dass er Trost und Fürsorge spendete.

Sie drehte sich nach Drayton um, doch er und Timothy waren nirgends zu sehen.

»Theodosia!« Vor ihr tauchte Delaines verstörtes Gesicht auf. »Hat Timothy heute Abend nicht ein wenig die Grenzen des guten Geschmacks überschritten?« Delaine trug empörte Entrüstung zur Schau, doch Theodosia wusste, dass sie die Ereignisse dieses Abends noch tagelang genüsslich verbreiten und immer wieder Revue passieren lassen würde.

»Timothy ist ein wahrer Exzentriker«, sagte Theodosia. »Man weiß nie, was er als Nächstes aus dem Ärmel zieht.«

»Exzentrisch trifft es wohl kaum«, stotterte Delaine. »Er ist regelrecht ...« Sie suchte nach dem passenden Wort. »... zügellos.«

Amüsiert blickte Theodosia zurück in den Musiksalon. Er schien inzwischen leer zu sein. Drayton und Timothy mussten durch eine andere Tür hinausgegangen sein.

»Und was ist mit diesen Erdproben, die ihr eingesammelt habt?«, fragte Delaine. Sie rutschte näher. »Schon irgendwelche Ergebnisse, über die du sprechen kannst?«

Erdproben, dachte Theodosia wieder. Sollte wirklich noch eine aus Giovannis Garten holen, nur zur Sicherheit.

»O mein Gott!«, japste Delaine plötzlich. »Da ist Gabby

Stewart!« Sie reckte den Hals, um die zaundürre Frau in dem kurzen schwarzen Cocktailkleid besser sehen zu können. »Sieh dir nur ihr Gesicht an! Nicht eine einzige Falte. O Gabby …« Mit den Ellbogen bahnte Delaine sich hektisch einen Weg durchs Gedränge.

Theodosia blieb einen Augenblick lang allein zurück und sah den letzten Gästen auf dem Weg in den Wintergarten und hinaus auf die riesige Veranda nach. Dann traf sie eine schnelle Entscheidung.

Giovanni wohnte ganz in der Nähe. Sein Garten war in dem Plan des Gartenfests markiert, der vorhin an alle Gäste verteilt worden war.

Sie würde auf der Stelle hingehen und eine Probe nehmen. Was konnte es schon schaden? Schließlich wäre sie in fünf Minuten wieder da.

33

Fackeln beleuchteten Timothys Garten, der im Augenblick völlig verlassen war. Ursprünglich war es ein klassischer Charlestoner Hinterhofgarten gewesen, doch im Laufe der Jahre hatte er sich immer mehr hin zum Asiatischen gewandelt. Jetzt standen blühende einheimische Bäume und Büsche Schulter an Schulter mit Bambusdickicht, Streifenfarn und Zedern. Der lange, rechteckige Teich war überwuchert mit asiatischen Wasserpflanzen. Entlang der Wege hielten steinerne Löwen und Buddhas Wache.

Eine kühle Brise wehte durch den Garten, als Theodosia den steinernen Pfad entlangeilte. Etwas entfernt plätscherte im Dunklen ein Wasserfall. An der hinteren Mauer angekommen, drückte Theodosia gegen das alte Holztor, das hinaus auf die Straße führte. Die alten Metallscharniere protestierten quietschend. Und im gleichen Augenblick hörte Theodosia noch etwas anderes: leise Schritte, direkt hinter sich.

Sie zögerte, drehte sich dann um und spähte in die Dunkelheit.

Hinter einer Wolkenbank kam der silberne Mond hervor und warf ein bleiches Licht auf den Mann, der vor ihr stand.

Theodosia legte erleichtert eine Hand auf die Brust. »Giovanni, Sie haben mich erschreckt.«

»Das wollte ich auch«, sagte er.

Theodosia hielt den Atem an. Giovannis Stimme klang kalt und bedrohlich. Er spielte nicht mehr die Rolle des charmanten, geistreichen Antiquitätenhändlers. Theodosias Blick fiel auf die Pistole, die er umklammert hielt. Es war dieselbe Pistole, die Timothy eben im Musiksalon präsentiert hatte. Giovanni musste gewartet haben, bis der Raum sich geleert hatte, und die Pistole dann aus der Kiste genommen haben, die so unheimlich an einen Sarg erinnerte.

»Sie halten sich für so unglaublich schlau«, zischte Giovanni. »Wieso kümmern Sie sich nicht um Ihre eigenen Angelegenheiten?«

»Und lasse Sie mit Mord davonkommen, Giovanni?« Theodosia begegnete ihm mit allem Mut, den sie aufbringen konnte. »Den eigenen Cousin zu töten. Als was für ein Feigling Sie sich doch erwiesen haben, Giovanni.«

»Cousin zweiten Grades«, korrigierte er sie. Drohend wedelte er mit der Pistole vor ihr herum. »Aber was spielt unser Verwandtschaftsverhältnis schon für eine Rolle? Tatsache ist, dass Oliver sein Todesurteil selbst unterschrieben hat, als er sich stur weigerte, mir zu helfen.«

»Helfen womit?«, fragte Theodosia, entschlossen, ihm die Wahrheit zu entlocken.

»Mit Geld«, zischte Giovanni. »Ich brauchte Geld. Einige ziemlich unhöfliche Herren haben die unverzügliche Zahlung von Außenständen verlangt. Aber Oliver, aufrichtiger Bürger und ehrlicher Geschäftsmann, wollte mir nichts *geben*. Wollte mir nicht mal etwas *leihen*. Sagte, ich hätte meine Finanzen nicht im Griff.«

»Wozu haben Sie das Geld gebraucht?«, fragte sie ihn, wohl wissend, dass Gier oft ein größeres Motiv war als dringende Geldnot.

»Was spielt das noch für eine Rolle?«, fragte Giovanni verdrießlich. »Für den Laden, Spielschulden ... Wie dem auch sei, meine Sorgen liegen beinahe hinter mir.«

»Und Sie glauben, Sie können an Olivers Geld kommen, indem Sie Doe den Hof machen«, sagte Theodosia. Sieh zu, dass er weiterredet, sagte sie sich. Drayton wird sicher nach mir suchen.

»Doe ist wie ein kleines Kind«, sagte Giovanni verächtlich. »Aber sie hört auf mich. Sie vertraut mir. Nicht mehr lange, dann habe ich das Sagen.«

»Sie glauben, Sie können Doe dazu bringen, sich in Sie zu verlieben? Sie zu heiraten?«

Giovanni zuckte mit den Achseln. »Sicher. Wieso nicht?«

»So ein Kind ist sie auch nicht mehr«, sagte Theodosia.

»Halten Sie den Mund!«, herrschte er sie an. All die vorgetäuschte charmante Kultiviertheit war schon lange aus seiner Stimme verschwunden.

»Was schwebt Ihnen jetzt vor?«, stachelte Theodosia ihn an. »Noch ein Unfall? Noch eine explodierende Pistole?« Ihre Augen blitzten vor Zorn, ihre Wangen leuchteten rot.

»Nicht unbedingt«, antwortete Giovanni, und plötzlich war seine Stimme sanft und eiskalt. »Ich bin sicher, dass diese Pistole von ganz alleine losgehen wird. Unserem Gastgeber Timothy Neville sei Dank. Ein echter Experte, wenn es um Waffen geht.« Giovanni spähte in den dunklen Garten, aber außer den goldenen Koi im Teich sah ihnen niemand zu. Die Frau versucht nur Zeit zu schinden, dachte Giovanni, und ihm war klar, dass er jetzt ein schnelles Ende finden musste.

»Machen Sie das Tor auf!« Er wedelte mit der Pistole. »Wir beide machen jetzt einen kleinen Spaziergang hinunter zum Charleston Harbor. Das Wasser ist um diese Jahreszeit zwar noch fürchterlich kalt, aber …«, er lachte dreckig, »… das werden Sie sowieso nicht mehr spüren.«

Theodosia sah ihn direkt an. »Das glaube ich nicht.«

Ihre Selbstsicherheit machte ihn wütend. »Sie dämliche Schnüfflerin«, zischte er. »Also gut, dann eben ganz wie Sie wollen. Hören Sie die da drinnen?« Er deutete auf Timothys Haus. »Niemand wird kommen, um Sie zu retten. Alle amüsieren sich prächtig, schlürfen Champagner und tuscheln über Ihre dummen Erdproben. Ich bin mir sicher, die halten Sie alle für übergeschnappt. Vor allem, wenn sie herausfinden, dass Sie mitten in der Nacht durch die Gegend schleichen und in anderer Leute Gärten eindringen. Kein Wunder, dass Ihnen solch ein unglücklicher Unfall widerfahren wird.«

Theodosia starrte ihn an. Giovanni war inzwischen so außer sich, dass er fauchte wie eine Katze, und seine Augen waren zu schmalen Schlitzen verengt wie bei einer bösen Kabuki-Maske.

O Hilfe!, dachte Theodosia plötzlich, und ihr Herz fing an, in ihrer Brust ein Schlagzeugsolo aufzuführen. Habe ich ihn zu weit getrieben? Ich hoffe, er …

Giovannis Finger krümmte sich um den Abzug.

»Giovanni …«, sagte Theodosia und streckte die Hand aus.

Giovanni Loard drückte den Abzug und zuckte leicht zusammen, als ein lautes *Wumm* im Innenhof widerhallte. Theodosias Hände flogen überrascht in die Luft, und sie stieß einen leisen Schrei aus.

»Sie Idiot!«, tönte Timothy Nevilles Stimme schneidend durch den Garten, klirrend wie Glasscherben auf Kieselsteinen.

Verwirrt wirbelte Giovanni herum und sah sich dem grimmigen Gesicht von Timothy Neville gegenüber, das ihn über den Lauf einer Pistole hinweg anstarrte, einer schlanken, modernen Pistole, die sehr viel bedrohlicher aussah als die, die er in Händen hielt.

»Miss Browning?«, rief Timothy. »Sind Sie noch heil und ganz?« Er sah an Giovanni vorbei, aber die Pistole wich nicht einen Millimeter. Sie blieb direkt auf Giovannis Herz gerichtet.

Giovanni drehte den Kopf mit einem Ruck zu Theodosia zurück.

»Was?«, keuchte er ungläubig, weil sie noch immer vor ihm stand.

»Sie sind ein jämmerliches Exemplar von Mann«, sagte Timothy mit verächtlich gekräuselter Oberlippe.

Giovanni war erschüttert, weil sein Schuss ohne Folgen geblieben war. »Die war doch geladen«, stammelte er. »Sie sagten …«

»In der Annahme, dass Sie noch heil und ganz sind, Miss

Browning, wären Sie wohl so freundlich, unseren begriffsstutzigen Mr. Loard aufzuklären?«

Triumphierend hob Theodosia das Kinn. Ihr Blick bohrte sich in Giovanni, und ihre Haare umgaben sie wie einen Racheengel.

»Wir haben eine ganz besondere Munition kreiert«, sagte sie. »Gunpowder Green.«

»Genau«, sagte Timothy. »Wir dachten, wenn unser Mörder erst erfährt, dass Bodenproben untersucht werden, wäre es nur noch eine Frage der Zeit, bis er oder sie in kopflose Panik geriete und irgendetwas Dummes täte.« Timothy lächelte selbstgefällig. »Ihre Dummheit eben gerade ist der Beweis.«

Giovanni Loards Gesicht war vor Zorn dunkelrot. »*Was* haben Sie in die Pistole getan?«, spie er.

»Gunpowder Green«, sagte Theodosia. »Übrigens ein ziemlich kräftiger und geschmackvoller chinesischer Tee. Aber das wird Ihnen ja nichts sagen.« Ihre Augen glänzten wie die einer Jägerin, die gerade ihre Beute gestellt hatte. »Sie haben selbst gesagt, Sie seien nicht in der Lage, chinesischen von japanischem Tee zu unterscheiden. Wir sind einfach davon ausgegangen, dass Ihre Unkenntnis sich auch auf das andere Gunpowder, das Schwarzpulver, erstreckt.«

»Und wir hatten Recht.« Timothy lächelte.

»Sie aufgeblasener alter Pfau«, giftete Giovanni ihn an. Seine Hände ballten sich zu Fäusten und lösten sich wieder, und seine Augen hefteten sich auf die blasse Haut von Theodosias Hals.

Im Bruchteil einer Sekunde erkannte Timothy die kalte, kalkulierende Drohung auf Giovannis Gesicht. »Sie sind nicht annähernd so schlau oder schnell, wie Sie meinen«, warnte er ihn. »Bedenken Sie, diese Ruger ist mit 5,5 mm Hohlspitzkugeln geladen.« Timothys Augen blitzten, forderten Giovanni fast heraus, sich zu bewegen.

Als Giovanni Theodosia weiter anstarrte, verzog Timothy das Gesicht zu einem angestrengten Grinsen und spannte den Hahn. Das laute Klicken hallte von den steinernen Gartenmauern wider.

»Timothy …«, warnte Theodosia. Plötzlich packte sie die Angst. Sie fürchtete, die Situation könnte durch Timothy Nevilles hitzköpfiges, stures Naturell eskalieren.

In Timothys dunklen Augen blitzte kalter, harter Zorn. »Los, Giovanni, wieso packen Sie sie nicht? Bei meiner Arthritis und in meinem fortgeschrittenen Alter sind meine Reflexe sicher nicht mehr das, was sie mal waren. Wir könnten ein Spiel daraus machen, wir beide. Ungeachtet dessen, dass ich den Hahn gespannt habe und Sie sich nur noch eine Nanosekunde davon entfernt befinden, Ihrem Schöpfer ins Auge zu blicken.«

Giovanni schien einen Moment lang ernstlich über diese Möglichkeit nachzudenken. Dann ertönten schnelle Schritte auf dem Kies, und aus der Dunkelheit lösten sich einzelne Schatten.

Zu Theodosias unbeschreiblicher Freude hüpfte Tidwells beleibter Bauch über den Rasen auf sie zu. Noch nie in ihrem Leben war sie über den Anblick dieser ungeheuren Wölbung so froh gewesen.

Begleitet wurde Tidwell von zwei uniformierten Polizisten, der eine mit gezogener Waffe, der andere mit einem Paar Handschellen. Beim Anblick dieser drei Gesetzeshüter schien Giovanni innerlich zusammenzubrechen.

»Detective Tidwell«, sagte Theodosia überrascht und ein wenig außer Atem. »Was tun Sie denn hier?«

»Ich habe mir erlaubt, ihn zu rufen, Ma'am«, sagte Henry, Timothy Nevilles zuverlässiger alter Butler, und trat hinter Tidwell hervor. Trotz seiner maßgeblichen Rolle in dem Drama des heutigen Abends hatte er die Fassung noch immer nicht verloren.

»Gut gemacht, Henry«, freute sich Timothy, offensichtlich erleichtert, Giovanni den professionellen Händen der Polizei überlassen zu können. »Sehr gut gemacht.«

Henry sah Timothy vorwurfsvoll an. »Sir, Ihre Gäste sind dabei zu gehen. Vielleicht sollten Sie wieder ins Haus kommen und sie angemessen verabschieden.«

34

»Sie machen einen schlimmen Fehler!«, schrie Booth Crowley, als sich die Handschellen erbarmungslos um seine dicken Handgelenke schlossen. »Ein Anruf bei Senator Wilbur, und Ihre Karriere ist beendet!«

»Ja, sicher«, sagte der Polizist ruhig. Als Tidwell das Haus betrat, drehte er sich um. »Gehen die beiden zur Zentralregistrierung?«, fragte er.

Tidwell nickte. »Die zuständige Behörde ist informiert, sie wissen, dass die beiden kommen.«

»Tidwell, Sie Idiot!«, schrie Booth Crowley. »Wenn ich mit Ihnen fertig bin, kriegen Sie nicht mal mehr einen Job als Nachtwächter!«

Theodosia traute ihren Augen nicht, als sie die seltsame Szene in Timothys Haus beobachtete. Sie hatte eben erst der Verhaftung von Giovanni Loard im Garten beigewohnt. Und jetzt hatten zwei andere uniformierte Polizisten Booth Crowley und Billy Manolo Handschellen angelegt und waren im Begriff, sie abzuführen. Billy wirkte kooperativ und schien sich in sein Schicksal zu fügen, aber Booth Crowley war außer sich vor Wut.

Beatrix Crowley lief hilflos neben ihrem Mann her und gab fortwährend kleine Blöklaute von sich.

»Was ist denn los?«, fragte sie weinerlich. »Sag mir, was hier vor sich geht!«

»Lass die dämliche Fragerei und sieh zu, dass du Tom Breedlaw ans Telefon kriegst!«, schnauzte Booth sie an. »Sag diesem Nichtsnutz von Anwalt, dass er augenblicklich Himmel und Erde in Bewegung setzen soll! Los, mach schon, worauf wartest du noch?«, zischte er.

»Was geht denn hier vor sich?«, fragte Theodosia Tidwell, während eine verwirrte Schar Schaulustiger, die Überreste von Timothys Festgästen, flüsternd beobachtete, wie die beiden Männer abgeführt wurden.

Tidwell lächelte Theodosia milde an. »Lediglich noch ein bisschen Arbeit erledigt, Miss Browning. Ohne Henrys Verdiensten Abbruch tun zu wollen, aber wir waren sowieso auf dem Weg.« Er unterbrach sich einen Augenblick, um seinen Namen auf ein Blatt Papier zu kritzeln, das ihm ein Officer hinhielt. »Wir sind hergekommen, um diese beiden Burschen hochzunehmen.« Tidwell wies auf Billy Manolo und Booth Crowley. »Und dabei ist uns auch noch Ihr Mr. Loard ins Netz gegangen. Ein netter Extrafang, das muss ich schon sagen.«

Theodosia sah Tidwell mit zusammengezogenen Augenbrauen an. »Bitte erklären Sie mir das«, sagte sie, während Drayton, Haley und Timothy sie umringten.

Drayton und Haley waren gerade noch rechtzeitig in den Garten gekommen, um zu sehen, wie Giovanni Loard in Gewahrsam genommen wurde. Sie waren genauso erstaunt über die Verhaftung von Booth Crowley und Billy Manolo wie alle anderen.

Tidwell blickte in ihre gespannten Gesichter. Drayton sah aus, als würde er jeden Augenblick ohnmächtig werden, Haley war furchtbar aufgeregt, und Theodosia und Timothy warteten seine Ausführungen mit erstaunlicher Ruhe ab.

»Der Sheriff von Huntville hat eine Schmugglerbande verhaftet«, fing Tidwell an. »So ungefähr vor einer Stunde. Er war von der Behörde für Alkohol, Tabak und Schusswaffen benachrichtigt worden, in diesem Fall über die Küstenwache. Man war sich sicher, dass heute Nacht gewisse Aktivitäten stattfinden würden; man wusste nur nicht genau, wo. Als die Schmuggler dann mit ihrem Boot anlandeten, wurden sie vom Sheriff und seinen Leuten geschnappt. Auf frischer Tat, mitsamt der Schmuggelware! Da dauerte es keine fünf Minuten, bis die vier Männer die Namen ihrer Anführer preisgaben.«

»Lassen Sie mich raten«, fiel Theodosia ihm ins Wort. »Die Anführer sind Booth Crowley und Billy Manolo.« Theodosia konnte sich bildlich vorstellen, wie Sheriff Billings die verdatterte Bande auf seine lakonische, unaufgeregte Art verhörte. Sie freute sich, dass gerade er sie gestellt hatte.

»Booth Crowley war der Kopf der Bande«, sagte Tidwell. »Billy Manolo war lediglich von ihm angeheuert. Offensichtlich wurde Billy in der Gegend geboren, in der Nähe von Shem Creek. Er kennt das Küstengewässer, und wie eine Sumpfratte bahnt er sich seinen Weg durch die Kanäle und Zuläufe. Billy sollte heute Nacht eigentlich als Führer fungieren, doch aus irgendeinem komischen Grund ist er stattdessen hier gelandet.« Tidwell drehte seinen kugelrunden Kopf und sah Theodosia scharf an. »Was für ein seltsamer Zufall, finden Sie nicht?«

»Ja, wirklich eigenartig.«

Haley grinste von einem Ohr zum anderen. »Ich liebe es, wenn einer seine wohlverdiente Strafe bekommt. Booth Crowley in Handschellen abzuführen, hat ihn ganz bestimmt ein Stückchen von seinem hohen Ross runtergeholt.«

»Einen Besseren hätte es kaum treffen können«, stimmte Drayton zu. Er hatte die Fliege gelockert und fächelte sich in Ermangelung eines Fächers mit einem Palmenblatt hektisch Luft zu.

»Aber wieso Schmuggel?«, fragte Theodosia. »Booth Crowley hat doch Geld, eine erfolgreiche Firma ...«

»Für jemand mit ausreichend krimineller Energie genügt das aber nicht«, erklärte Tidwell. »Es genügt nie. Ein Mensch wie Booth Crowley ist ständig auf der Suche nach neuen Möglichkeiten, nach neuen Geldquellen. Und dies ist auch nicht das erste Mal, dass er mit dem Gesetz in Konflikt gekommen ist. Er und ein paar Investoren werden von der Börsenaufsicht sehr genau beobachtet, weil man sie des Insiderhandels verdächtigt.«

»Unglaublich«, sagte Drayton. »Und das nach dem großen Tamtam, das er darum gemacht hat, die Künste zu unterstützen ...«

»Ich muss Ihnen ein Lob aussprechen, Miss Browning«, fuhr Tidwell fort. »Giovanni Loard ein Geständnis abzuringen war ein gelungenes Stück Arbeit.«

»Ohne Timothys Hilfe hätte ich es nicht geschafft«, wiegelte Theodosia ab. »Er hat mit seiner Pistole und der leidenschaftlichen Rede die Falle gestellt.«

Timothy strahlte. »Vielen Dank, Miss Browning«, sagte er. »Das Vergnügen war ganz meinerseits. Ich habe es sehr genossen, Mittäter Ihrer kleinen Verschwörung zu sein, weil jedes Wort dessen, was ich vorhin im Musiksalon sagte, ganz aufrichtig gemeint war. Oliver Dixon war ein wunderbarer Nachbar und ein guter Freund. Wenn ich Giovanni Loard mit Hilfe dieser Pistole in Versuchung geführt habe, dann hat es so sein sollen. Ich glaube fest an das Prinzip der ausgleichenden Gerechtigkeit.«

»Und zu guter Letzt ist Ford Cantrells Name doch reingewaschen worden«, sagte Drayton und drückte Theodosias Hand so fest, als sei die Gefahr, ein schreckliches Schicksal könne sie ereilen, noch immer nicht gebannt. »Seine Schwester wird dir bestimmt unendlich dankbar sein. Obwohl du uns allen einen riesigen Schrecken eingejagt hast!«

»Seine Schwester ist mehr als unendlich dankbar«, sagte Lizbeth Cantrell, die, ihren Bruder Ford im Schlepptau, auf die Gruppe zukam. »Vielen Dank, Theodosia, du bist ein wahrer Engel. Dich hat der Himmel geschickt.«

Die beiden Frauen umarmten sich, und Ford stand hilflos daneben. »Danke, Miss Browning«, sagte er. »Das war sehr nett von Ihnen. Und sehr schlau. Sollten Sie sich je entschließen, auf Computer umzusatteln …«

Theodosia schüttelte den Kopf. »Am heutigen Abend gemessen, hält das Teegeschäft mehr als genug Intrigen für mich bereit.« Sie lachte.

»Und Doe hat sich auch als unschuldig erwiesen«, sagte Haley nachdenklich, während Theodosia noch den Cantrells hinterherlächelte. »Das ist mir direkt ein bisschen peinlich, dass ich sie verdächtigt habe, sie hätte bei dem Mord an ihrem Mann die Hand im Spiel gehabt.«

»Es sieht nicht so aus, als hätte Giovanni Loard in ihrem

Einverständnis gehandelt«, sagte Tidwell. »Wir werden sie verhören, aber ich bezweifle, dass wir irgendeine Verbindung finden werden. Ich bezweifle, dass es irgendeine Verbindung gibt.«

»Giovanni hat ihr sehr viel falsches Mitgefühl entgegengebracht«, sagte Theodosia. »Ich verstehe schon, dass es einfach für sie war, sich auf ihn zu stützen.«

»Sagt mal«, warf Haley ein, »glaubt ihr, dass Giovanni Loard damals beim Krimi-Tee vor unserem Fenster rumgeschnüffelt hat?«

»Da bin ich mir fast sicher«, sagte Theodosia. »Er musste einfach neugierig sein, was unsere Detektivarbeit betraf, und wollte bestimmt herausfinden, wie viel wir wussten.«

»Himmel, ich brauche dringend eine Tasse Tee«, verkündete Drayton.

»Kommen Sie«, drängte Timothy. »Kommen Sie, wir setzen uns jetzt auf die Veranda und entspannen uns. Der heutige Abend war dramatisch genug.«

Sie folgten Timothy die paar Schritte nach draußen und ließen sich dann alle erleichtert in bequeme Korbstühle und auf Chaiselongues fallen. Ganz in der Nähe rief klagend ein Ziegenmelker aus den schützenden Zweigen der Immergrünen Eiche, und Vorhänge aus Spanischem Moos wehten sanft in der nächtlichen Brise.

»Das Teewasser ist aufgesetzt«, verkündete Henry. »Es dauert nur noch einen Moment.«

»Ich sehe noch Booth Crowleys Gesicht vor mir, als ihm die Handschellen angelegt wurden«, sagte Drayton.

»Knallrot«, sagte Haley.

»Wie Keemun-Tee«, sagte Drayton.

»Ich glaube nicht, dass seine Frau in nächster Zeit einen Teesalon eröffnen wird«, sagte Haley.

»Ich auch nicht«, stimmte Drayton ihr zu. »Er wird sein Geld für andere Dinge brauchen, für Anwaltshonorare zum Beispiel.«

»Und er wird sich eine gute Verteidigungsstrategie überlegen müssen«, fügte Tidwell hinzu. »Schmuggel fällt unter das Bundesgesetz. Es ist nicht sehr lustig, sich mit dem Justizministerium anzulegen. Die Jungs dort machen ihre Arbeit, weil sie sie lieben und weil sie wirklich daran glauben. Sie machen es bestimmt nicht wegen des Geldes, denn Geld ist da weiß Gott nicht viel zu holen.«

Genau wie Sie, dachte Theodosia. Genau wie Sie, Detective Tidwell.

Teetassen klirrten, als Henry auf die Veranda kam. Auf einem Silbertablett brachte er ein bezauberndes französisches Teeservice aus blauem Porzellan herein. Henry goss jedem eine Tasse Tee ein und reichte sie dann herum.

»Köstlich«, verkündete Tidwell und schlürfte vernehmlich. »Und was ist das für ein Tee?«

Alle Gesichter wandten sich fragend an Henry. Schließlich hatte er den Tee gekocht.

»Wieso? Ich habe lediglich den Tee zubereitet, den Mr. Conneley uns heute mitgebracht hat«, sagte Henry mit seiner dünnen, korrekten Stimme, doch um seine Mundwinkel spielte ein Lächeln.

»Gunpowder Green!«, riefen Drayton und Haley gleichzeitig.

Timothy stand auf und erhob seine Tasse. »Ich möchte einen Toast ausbringen«, verkündete er. »Auf Theodosia.«

»Auf Theodosia«, stimmten alle ein.

»Genau wie ihr köstlicher Tee«, sagte Timothy, »entpuppt sich erst, was wirklich in ihr steckt, wenn man sie in heißes Wasser taucht.«

»Hört! Hört!«, rief Drayton. »Die perfekte Beschreibung auf unser Mädchen.«

Theodosia lächelte nur und nahm genüsslich einen Schluck Tee.

Ausgewählte Rezepte aus dem Indigo Tea Shop

Theodosias Earl Grey Sorbet

Ein besonders erfrischendes Dessert

Man nehme:

375 ml Wasser
1 Esslöffel Zucker
Saft und abgeriebene Schale zweier Zitronen
2 Esslöffel Earl Grey Tee
1 Eiweiß

Wasser, Zucker, Zitronensaft und Zitronenschale in einem Soßentopf zum Kochen bringen und vier Minuten kochen lassen. Teeblätter zugeben, abdecken, vom Feuer nehmen und ziehen lassen, bis der Sud abgekühlt ist. In eine Schale seihen, zudecken und im Gefrierfach »zu Schneematsch« gefrieren lassen. Eiweiß steif schlagen und unterheben. Gefrieren, bis das Sorbet die gewünschte Konsistenz erreicht hat. Vor dem Servieren in Eisbecher füllen und mit frischen Früchten oder einem Zitronenkeks garnieren.

Theodosias Teeküchlein

Man nehme:

1 Teelöffel Backpulver
1 Teelöffel grobkörnigen Zucker
1 Tasse Mehl
1 Prise Salz
1 Esslöffel Orangensaft
150 ml Milch
½ Tasse Rosinen

Die trockenen Zutaten in einer Schüssel mischen, Orangensaft und Milch dazugeben. Zu einem Teig verrühren und die Rosinen unterheben. Acht Häufchen auf ein gefettetes Backblech geben und im vorgeheizten Ofen bei 220 °C 15–20 Minuten backen. Mit viel Butter und Marmelade warm servieren. Ergibt acht Küchlein.

Aprikosenteeschorle

Man nehme:

400 ml starken irischen Frühstückstee
400 ml Aprikosennektar
400 ml Mineralwasser mit Kohlensäure

Tee, Aprikosennektar und Wasser mischen. In Gläser mit Eiswürfeln schenken. Ergibt vier Gläser.

Theodosias Schokoladenerdbeeren

Man nehme:

100 g hochwertige Schokolade, Vollmilch oder Zartbitter
12 große, reife Erdbeeren

Erdbeeren waschen und trockentupfen. Stiele nicht entfernen. Die Schokolade in kleine Stücke brechen und im Wasserbad schmelzen. Die Erdbeeren einzeln mit der Spitze in die flüssige Schokolade tunken und auf Wachspapier fest werden lassen.

Draytons Gurken-Hummersalat-Sandwiches

Man nehme:

1 Pfund gekochtes Hummerfleisch
2 bis 3 Stangen Sellerie
1 kleine Zwiebel
Mayonnaise aus dem Glas
1 Salatgurke

Das Hummerfleisch kleinschneiden. Sellerie und Zwiebel fein hacken. Zutaten in einer Schüssel vermischen und ein wenig Mayonnaise hinzufügen. Sollte die Mischung zu trocken sein, noch ein wenig Mayonnaise zugeben. Mit Salz und Pfeffer abschmecken. Gurke schälen und in hauchdünne Scheiben schneiden. Hummersalat auf Sandwichbrot verteilen, mit Gurkenscheiben garnieren, mit einer zweiten Scheibe Sandwichbrot zudecken. Die Sandwiches diagonal entzweischneiden und auf einem Teller anrichten.

Earl Greys Leberkuchen

(Nur für Hunde!)

Man nehme:

1 kg Hühnerleber
100 ml Rapsöl
2 Eier
1 Knoblauchzehe
3 Tassen Weizenmehl

Hühnerleber, Öl, Eier und Knoblauch im Mixer pürieren. In Rührschüssel geben und mit Mehl mischen. In gefettete Kastenform füllen und bei 175 °C vierzig Minuten backen. Wenn der Kuchen völlig ausgekühlt ist, kann er mit ein wenig fettarmem Frischkäse bestrichen werden.

Dank

Tief empfundener Dank geht an meine Lektorin Kim Waltemeyer; an Grace Morgan, überragende Agentin; an die PR-Fee Julia Fleischaker und an all die anderen wunderbaren Menschen bei Berkley. Außerdem danke ich meinem Mann, Dr. Robert Poor, für die vielen Ideen, Vorschläge und seine Unterstützung.